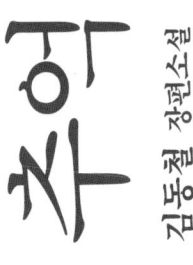

# 계엄의 추억

김동철 장편소설

침묵하던 계엄군의 기억이
빼앗겼던 일기장처럼 돌아온다.
두려움과 속죄가 한 권의 고백으로 응축된다.

청어

# 제엄의 추억

김동철 장편소설

# 계엄의 추억

김동철 장편소설

## 작가의 말

*"마음속에 맺힌 울분을 발산할 길이 없어서,
지나간 일을 서술하며 앞으로 다가올 일을 꿈꾼다."*

2024년 12·3 비상계엄이 성공했다면, 세상은 어떻게 되었을까? 계엄이 가져다줄 혼란스러운 상황을 떠올리면서 나는 1979~1980년 부마사태(민주화항쟁) 때 계엄군으로 다시 돌아가는 시대착오적 데자뷔에 몸서리쳤다. 부끄러운 역사의 반복을 떠올리는 자체가 당혹스러웠다. 12·3 비상계엄은 다행히 오발탄으로 끝났지만, 그 파장은 가히 핵폭탄급으로 여진은 나라 안팎에 지각변동을 일으키고 있다.

'나에게 계엄은 무엇이었나?' 2024년 12월 3일 그날 밤부터 나는 46년 전 계엄군 때 만났던 인연과 사건을 하나씩 떠올렸다. 나는 나를 볼모로 잡고 꼬박 1년 동안 집필에 매달렸다. 섣달그믐 엄동설한, 꽃피는 봄날, 가마솥 찜통더위에 이어 만추와 함께 초겨울이 찾아왔을 때 비로소 탈고했다.

난데없는 사회변혁의 후폭풍! 언제나 그랬듯이 힘없고 가난한 민초들은 사회변혁의 직격탄을 맞아 대거 희생되었다. 권력의 노예가 되기를 거부한 자들 가운데는 합심하여 공동선을 이뤄 소영웅이 되기도 했다. 등장인물 중 동백, 준수, 세화, 기봉, 춘심, 민혁이 바로 그

주인공들이다. 또한 세상은 조금만 비켜서 보면 '풍운아' 김재학 씨 같은 인물도 만날 수 있다. 그리고 선량한 사람을 괴롭히는 악마! 춘발과 대박 같은 사악한 인간들도 있다.

민주화의 거대한 물결이 군사정권을 물리쳤지만, 민주화 세력 또한 권력에 취해 민생을 저버린 채 사리사욕에 몰두했다. 절대권력은 절대 부패한다는 명제를 증명이라도 하겠다는 듯이.

탐욕이 판치는 세상에서 노블레스 오블리주는 찾아보기 힘들다. 정치인들은 입만 열면 국민을 앞세우지만 그것은 새빨간 거짓말이다. 전과자를 양산하는 국회, 부동산 투기, 인사 청탁 뇌물, 명품사냥 등 탐욕 과잉(greedflation)은 천민자본주의를 낳았다. 이와 동시에 사람 냄새 나는 인성은 사라졌다. 우리와 너희로 갈라진 지형에서 상대를 악마화하는 억지와 궤변은 이 땅에서 공정과 상식, 정의를 말아먹었다. 사람들에게서 동백꽃과 동박새의 상생 관계를 찾아보기란 불가능한 것인가.

우리는 지금 권불십년, 화무십일홍의 사례를 똑똑히 목도하고 있다. 자칫 진부해 보이는 권선징악이 사회의 뉴 노멀이 되는 사필귀정의 정의로운 사회를 꿈꾼다.

2025년 12월 3일 계엄 1주기에
김동철

차
례

# 프롤로그

괴물과 싸우는 사람은
그 싸움 속에서 스스로
괴물이 되지 않도록 조심해야 한다.
우리가 심연(深淵)을 오랫동안 들여다본다면,
그 구렁텅이 또한 우리를 들여다보게 될 것이다.

— 프리드리히 니체(1844~1900)

# 46년 만의 외출

"뭐, 계엄이라구?"

"진짜로? 아무려니 이 시대에 계엄이라니…"

"어, 근데 저건 뭐야?"

국회의사당에 군인들이 유리창을 깨고 들어가는 장면을 본 김준수 씨가 소리쳤다. 때마침 김 씨는 그의 최애 프로그램인 '한일가왕전'을 보고 있던 참이었다. 그런데 정규 방송이 갑자기 중단되고 '특보-비상계엄'이란 대문짝만한 글자가 TV 화면을 덮었을 때, 비로소 현타가 오는 걸 느꼈다.

"아닌 밤중에 홍두깨라더니 난데없이 이런 기변이 또 있을까? 허~."

김 씨는 억장이 무너져 내리는 듯 긴 탄식을 내뱉었다. 2024년 12월 3일 화요일 밤 10시 30분쯤 V(대통령)가 난데없이 불쑥 나타나서 비상계엄을 선포했다. 이 뜬금없는 괴이한 장면과 함께 계엄포고령이 발표되었고, 국회로 난입하는 군대의 출동 상황은 실시간으로 생방송 되었다. 김 씨는 이것이 꿈인지 생시인지 분간하지 못한 채 한동안 넋이 나가 멘붕에 빠졌다.

자라 보고 놀란 가슴 솥뚜껑 보고 놀란다고, 김 씨는 46년 전인 1979년 부마사태(부마민주항쟁)가 터졌을 때, 부산에서 계엄군으로 활동한 적이 있어 머리가 쭈뼛 섰다. 화면에 나타난 헬기와 군인들의 실시간 국회 침투 상황은 영화의 한 장면을 방불케 했다.

"계엄? 분명 계엄이라고 했지."

12·3 비상계엄은 몇 시간도 채 걸리지 않아 국회에서 해제안이 통과되었고, 국무회의에서 없던 일로 일단 흐지부지되었다.

"맞아, 내 예감이 맞아떨어졌어. 오발탄! 똥 볼 차기! 헛발질! 말야."

가족들이 모두 해외에서 살고 있어 졸지에 독거노인이 된 김 씨는 이렇게 누군가와 대화하듯이 자문자답하고 있었다. 화장실도 거른 채 잠시도 TV에서 눈을 떼지 못하고 촉각을 곤두세웠던 것은 기자 출신이라는 직업병 탓도 있었다.

머릿속 의식은 타임머신을 타고 시공을 초월해 과거로 날아갔다. 요즘 MZ세대들은 이런 것을 타임슬립이라고 한다. 그에게 계엄은 엄혹했던 군사독재 시절, 악몽의 트라우마로 남아있었다. 불유쾌한 추억 때문이었을까, 아뜩아뜩 현기증이 일면서 머리가 팽 돌았다. 소파에서 잠시 눈을 감고 있던 김 씨는 비몽사몽간 혼미한 상태에서 어디선가 나타난 붉은 동백꽃들이 TV 화면을 뒤덮는 환영을 보았다. 시시각각 터져 나오는 앵커의 들뜬 목소리와 국회 현장 취재기자의 다급한 멘트는 동백의 초록 꽃잎들 사이로 비집고 나와 소음으로 울려 퍼졌다. 지병인 이석증이 도진 것이다. 거실문을 열고 차디찬 바깥바람을 쏘이고 나니 기분 다소 전환되었다. 어둑한 마당에는 그의 반려 식물인 산수유 세 그루가 동지섣달 맹추위에 꿋꿋이 서 있었다.

'지금쯤 동백꽃은 동박새에게 먹일 꿀을 부지런히 만들고 있겠지?'

김 씨는 하필이면 왜 그때 생뚱맞게 동백꽃이 떠올랐는지 알 수 없었다. 다만 조금 전까지 쿵쾅거리던 심장의 두근거림은 다소 진정되어 신기하게도 TV 화면이 제대로 보이기 시작했다. 평소 같으면 화요일 밤 그 시각, '한일가왕전'에 출전한 두 나라 가수들이 갈고닦은 '비장의 무기'를 선보이는 경연에 푹 빠져있었을 것이다. 트로트와 엔카를 비롯 발라드와 재팬 시티팝 등 여러 장르의 음악은 늦깎이 소설가로 입문한 김 씨의 심심파적 소일거리이자 소확행을 선물하는 최고의 엔터테인먼트였다.

김 씨가 이렇게 대중음악에 빠진 것은 원래부터 잠재된 끼가 있기도 했겠지만, 무엇보다 작곡, 작사, 노래 3박자가 빚어내는 '3분 예술' 속에서 인생과 자연의 섭리 등 심오한 서사를 맛볼 수 있었기 때문이었다. 이난영의 '목포의 눈물'을 '엔카 신동'이라는 18세 일본 가수 아즈마 아키가 불렀는데 기가 막혔다. 한국 가수보다 더 한국적인 한(恨)을 신기(神技)에 가까운 음색으로 표현해 박수갈채를 보냈다. 혼자서 환호하는 게 멋쩍기도 했지만 유일한 오락이었다.

그런데 느닷없이 선포된 계엄 사태로 인해 김 씨의 화요일 밤 취미는 산산조각이 나고 말았다. 김 씨는 그러나 기자 출신으로서 계엄으로 인해 예상되는 나라 안팎의 내우외환 사안을 추리하느라 한시도 보도와 신문에서 눈을 뗄 수가 없었다.

그날 꼭두새벽에 친구의 전화가 왔다.

"안 자는구나. 난 5·18 때 광주에 근무했는데, 앞으로 어떻게 되는 거냐?"

"알면 진즉에 돗자리 폈지. 뭐가 뭔지 통 모르겠다. 일단 지켜보자구."

김 씨는 기자 시절의 촉을 세워서 나름대로 진상을 규명하느라 여러 채널을 돌려가며 시시각각 쏟아지는 뉴스에 집중했다. 그런데 위헌 위법한 계엄이 국회와 국무회의에서 단 6시간 만에 해제되는 걸 보고 나서야 이번 사태는 법보다 주먹이 앞선, 다분히 감정적인 '자폭계엄'이었다는 결론에 다다랐다.

오발탄! 그것이었다. 더더욱 가관인 것은 한 치 앞을 내다볼 수 없는 시계 제로의 상황에서 사리사욕은 난무하고 있었다. '계엄과 반계엄(계몽), 탄핵과 반탄핵 세력 간 힘겨루기', '내란이냐 아니냐?'의 대결 구도, 권력 공백기의 내우외환, 민생 실종과 양극화 문제, 당리당략을 앞세워 치고받는 정치인들의 진흙탕 개싸움은 여전했다. 지키려는 자와 빼앗으려는 자와의 피 튀기는 싸움에서 "우리가 남이가?", "우덜끼리 거시기 혀부러~"로 갈라져 나라는 빨강과 파랑으로 두 동강이 났다.

정치권의 이전투구 혼란한 틈을 타서 한몫 챙기려는 탐관오리들의 발호는 고질병이었다. 부모 찬스, 금수저, 흙수저, 개천의 용 vs 가재·붕어·게, 전관예우, 매관매직, 부정부패, 부동산 투기, 거짓말, 사기 등 가치의 양극화는 심화되어 대한민국이 불평등 사회임을 만천하에 드러냈다. 팽배한 황금만능주의는 천민자본주의를 낳았고, 공정과 상식, 정의를 한꺼번에 집어삼켰다. 대한민국은 탐욕 과잉 (greedflation 욕심 인플레)의 부패 공화국, 헬조선 괴물이 되어갔다.

김 씨는 '한일가왕전' 말고도 매주 화요일 같은 시간대에 방영하는 '강철부대'를 또 다른 최애 프로그램으로 꼽고 있었다. 밀리터리 덕후로서 인간의 한계를 뛰어넘는 강인한 힘을 가진 특수부대 전사들의 활약에 매료되었다. 지지난해에는 특전사, 707특임단, UDT, UDU, HID, 해병수색대, CCT, SSU, SART 등 예비역 남자 특수부대원들이 출연해서 최강을 가렸다. 그 후속 프로그램으로 최강 대테러부대 707, 수방사 특임대, 육군과 해군, 해병대 등 예비역 여성 위관·부사관들이 여성의 한계를 뛰어넘는 밀리터리 서바이벌 게임을 펼쳐 흥미진진했다.

그런데 참 이상한 점이 노출되었다. 현역과 예비역의 이미지가 극명하게 갈린 것이었다. 서바이벌 게임에 출연한 강철부대의 당당한 남녀 전사들과는 달리, 현역 시절 그들의 지휘관이었을지도 모르는 계엄에 참여한 특수부대 최고 지휘관들은 마치 패잔병, 포로, 투항자 같은 모습이었다. 어떤 사령관은 4성 장군 출신 의원이 진행하는 유튜브 생방송에 출연해서 계엄 당일 대통령과의 통화 내용을 폭로했다. 마치 적진에 투항해 아군의 극비정보를 누설하는 듯한 비굴한 모습으로 비쳤다. 이제 '용장 밑에 약졸 없다'는 말은 '약장 밑에도 용졸은 있다'는 말로 바뀌어야 할 것 같았다.

12·3 비상계엄에 동원된 '정치군인'들이 달고 있던 별의 숫자를 모두 합치면 20여 개로 모두 쇠고랑을 차고 수감되었다. 앞으로 조사결과에 따라서는 더 많은 장군이 포함될지도 모른다. 이들은 '반란세력', '시대의 반역자', '내란 동조자'가 되어 흑역사에 기록될 것이 분명했다.

"군사력 세계 5~6위를 자랑하는 대한민국의 별자리들이 저 정도일 줄이야."

"전쟁이라도 터지면 저런 풀죽은 지휘관을 믿고 전투를 할 수 있을까?"

"하지만 어느 누가 군 최고 통치권자의 지시를 거절할 수 있단 말인가?"

"그래서 윗사람을 잘 만나는 게 복이란 말이 진리야. 그런데 아무리 상명하복의 군대라지만, 위법한 명령을 받았을 때, 어떻게 처리해야 하나?"

사람들은 군인들에 대한 실망과 연민을 스스럼없이 토해냈다.

"이보게, 근데 말야 2년 전 '서울의 봄'이란 12·12 군부 쿠데타 영화가 나왔잖아? 앞날을 예측한 불길한 징조가 아니었을까."

"오멘?"

"도사, 법사, 점쟁이가 판치는 세상이다 보니 그런 것 같기도 하네.

참 아리까리해.”

　정치군인은 교도소 담장 위를 걷는 것처럼 늘 위태위태하다. ‘혁명은 성공하면 천하의 충신이요, 실패하면 반정부 쿠데타로 만고의 역적이 된다’는 말처럼 이들의 운명은 종이 한 장 차이로 극명하게 갈렸다.

　경마장식 보도가 지루하게 이어지던 어느 날 김 씨는 소슬한 음풍을 맞으며 부산행 KTX 열차에 몸을 실었다. 을사년 하늘도 상심했는지 꽁꽁 언 하늘은 검게 찌푸려 있었다. 열차는 엄동설한 한기를 뚫고 본격적인 남행을 시작했다. 김 씨는 논산훈련소에서 완행열차를 타고 자대를 찾아가던 20대 때의 기억을 떠올렸다. 기차는 어디엔가로 갔는데, 고르던 기차 바퀴 소리가 갑자기 덜커덩거리며 공중에 붕 뜬 소리를 내자 잠이 깼다. 창문을 가린 커튼을 살짝 올려 바깥을 내다보니 기차는 넓은 강물 위 철교를 달리고 있었다. ‘여기가 어딘가? 남쪽인가? 북쪽인가?’ 기차는 긴 기적소리를 울리며 검은 연기를 토해내며 속력을 냈다. 낙동강이었다.

　김 씨는 차장 바깥을 내다보면서 지나간 일들을 떠올리니 감개무량했다. 1979년 부산 광안리 해수욕장 부근 부대에서 군 복무를 할 때 계엄군이 되었다. 그해 10월 16일부터 20일까지 부산과 마산에서 유신철폐 반정부시위가 일어나 부마사태(후일 부마민주항쟁)로 번졌고, 18일 0시를 기해 부산 지역 비상계엄령이 발동되었다. 이에 따라 부산의 군수사령부(사령관 육군 중장) 예하 전 부대원들은 계엄군으로 편재되었다.

그 며칠 후인 10월 26일 대통령이 중앙정보부장에게 피격당한 경천동지(驚天動地)할 만한 대통령 시해 사건이 발생하자 비상계엄은 전국으로 확대되었다. 김 씨가 군 복무 중이던 때에 현대사의 변곡점을 찍을 만한 전대미문의 대형 사건들이 연신 터지고 있었다. 명령과 양심 사이에 끼인 그에게 강요된 선택은 단 하나. 계엄군으로서 나라에 충성을 다해야 한다는 것이었다.

KTX는 낙동강 대교를 건너 구포를 지나 이윽고 부산역에 도착했다. 오랜만에 찾은 부산 땅, 비릿한 바다 내음이 풍겨와 코끝을 찔렀다. 남쪽 하늘은 이방인의 여독을 풀어주려 함인지, 따사로운 햇살을 듬뿍 뿌려주었다.

"안녕? 오, 나의 부산!"

2025년 1월 15일. 그날은 현역 대통령 V가 체포돼 서울구치소에 구금된 날이었다. 김 씨는 사뭇 달라진 부산역 앞거리 풍경에서 세월의 간극이 엄연히 존재하고 있음을 느꼈다. 십 년이면 강산이 바뀐다고 했는데 벌써 네 번씩이나 지났으니 충분히 그럴 만도 했다. 가판대에는 12·3 비상계엄을 다룬 타블로이드판 호외(號外) 한 장이 빛바랜 채 바람에 날리고 있었다. 그동안 호외는 '김일성의 죽음', '남북정상회담', '삼풍백화점 붕괴', '박근혜 대통령 탄핵' 등 국가의 중대사, 재난 등이 있을 때마다 충격적인 뉴스를 속보로 전해주었다. 젊은 MZ세대는 이런 신기한 호외를 '역사의 굿즈'로 박물관에 영원한 남겨야 할 기념품쯤으로 여기지 않을까.

'앞으로 100년 이내에 신문 호외가 몇 번이나 더 찍힐까?' 기우 같은 쓸데없는 걱정이 고개를 들었다.

'사람은 방황할 시간이 필요하다.' 그렇다. 김 씨는 오랜만에 밟은 땅에서 발길 닿는 대로 흘러가는 방랑자가 되고 싶었다.

부산에는 여러 노선의 지하철이 생겨 사방으로 뚫려있었다. 하얀 백사장만 드넓게 펼쳐져 허허벌판이었던 광안리 해수욕장은 가히 푸른 바다가 뽕나무밭으로 바뀐 벽해상전(碧海桑田)으로 변했다. 왼쪽 끄트머리 민락동 횟집 센터 빌딩은 서로 어깨를 맞댄 채 빼곡히 들어서 있었다. 그 뒤로 언제 생겼는지 모를, 웅장한 자태를 뽐내는 광안대교가 버티고 있었다. 다리 아래 모래톱이 끝나는 언저리에서 어부들로부터 붕장어를 사다가 포장마차에서 아나고회로 맛있게 먹었던 군대 시절 추억이 떠올랐다. 저 멀리 아득하게 펼쳐진 수평선 너머에 시선이 꽂힌 김 씨는 미동조차 없어 망부석이 된 정물 같아 보였다.

해안가 벤치에 앉은 중년 남녀의 말소리가 들렸다.

"거 뭐꼬, 자폭 계엄령을 왜 했을까?"

"오죽했으면 계몽령이라고 할까? 다수당의 입법 독재, 그놈의 지긋지긋한 줄탄핵 패악질이 원인을 제공한 게 맞아, 맞다카이."

"그럼에도 불구하고 그건 자살골, 자충수, 돌이킬 수 없는 패착이란 말이닷."

"그런가? 난 아직도 모르겠는데…"

김 씨는 두 사람이 티키타카 하듯이 주고받는 말에 귀를 기울였다.

"진실은 분명 어디쯤에 숨어있을 것이다."

파도는 끊임없이 밀려와 모래톱에 찰싹대며 부서지고 있었다. 찬바람에 문득 고독감이 뼛속까지 스며들었다.

역사에서 한 권력자의 오만과 편견은 패가망신은 물론, 나라 전체를 도탄에 빠뜨리는 내우외환의 비극을 몰고 왔다. 결국 문제는 사람이다. 모든 것의 처음과 시작은 사람이었다. 그 사람의 됨됨이와 사물의 이치를 아는 처신 그리고 배려가 학식보다 백배 천배 더 중요했다.

동백의 낙화를 뿌려놓은 듯 윤슬은 저녁놀에 점점홍이 되어 반짝이고 있었다. 갈매기 떼가 끼룩끼룩 울어대며 집을 찾아가고 푸르른 바다는 어느새 레드와인의 붉은빛을 띠기 시작했다.

# 비상계엄, 체포령

김준수는 1980년 초 비상계엄 때 계엄군으로서 근무했던 부대 쪽으로 걸어갔다. 세월은 모든 풍경을 모조리 바꿔놓았다. 부동산에 들러 목적지를 물어봐야 할 정도였다. 군부대 시설이 있던 곳에는 이미 아파트가 들어서 있었다. 부대는 오래전에 대전 계룡대 부근으로 이사 갔다고 했다. 고된 청춘을 보낸 곳이 자취도 없이 사라진 것을 보니 좀 허망했다. 블록 담장 위에 철조망이 쳐진 부대의 모습은 찾을 수 없었다. 그때 부대 안은 엄정한 군법이 지배하는 땅이어서 동토의 왕국처럼 추웠다. '자유 영혼의 소유자'임을 자처했던 그는 그 특유의 예민한 감성으로 인해 숨이 막힐 듯한 폐쇄공포증으로 거의 질식 상태였다. 하지만 용뺴는 수가 없었다. 그저 찍소리 않고 3년 동안 시집살이를 묵묵히 감수할 수밖에 없었다.

김준수가 부대로 전입한 지 얼마 되지 않은 때인 1979년 10월 26일 대통령이 시해되는 어마어마한 큰 사건이 터졌다. 부마사태에 이어 10·26 사건에 따른 비상계엄령이 전국에 발동되었다.

"근디, 계몽령이 뭐 단가?"

"계몽령? 야 새끼야! 입은 삐뚤어져도 말은 바로 하랬다, 계엄령! 복창한다. 실시!"

"계엄령! 계몽령! 계엄령! 계몽령!"

"이 찌질이 새끼야! 다시 복창한다. 계엄령! 계엄령! 계엄령!"

내무반장의 선창에 조춘발 일병은 입을 헤벌리며 연방 따라했다.

"근디, 아까 전에, 정작 과장이 '이제 군대가 앞장서야 할 일이 생겼다'고 하더만, 그게 뭔 소리여?"

"뭐긴 뭐야? 군이 출동해서 거수자(거동이 수상한 자), 빨갱이들을 체포하는 거지."

군대는 상명하복. 위에서 시키는 대로 토 달지 않고 절대복종하는 곳이다. 만약 추상같은 명령을 어기면 전시에는 즉결 처분, 평시에는 군법회의 회부다. 게다가 국방의 의무를 이행하러 입대한 현역병들은 그저 거대한 조직의 부속품에 불과하므로 군말 없이 얌전히 명령에 따르는 게 미덕이자 군인의 본분이었다.

정보와 작전을 담당하는 정작 과장 A 소령은 "계엄령은 군인들이 행정·입법·사법권 등 3권을 장악해서 활동하는 군사 정권의 시작을 의미한다. 3권의 모든 권력은 계엄사령부로 이관되고 대통령의 직접 지시와 통제를 받는다"고 설명했다. 이 말을 들은 김준수 일병은 명령과 양심 사이에서 고민이 생겨 갈등했다.

군대에 와 보니 거의 비슷한 또래들인데 고향, 학교, 거주지, 가정, 직업, 얼굴, 키, 몸무게, 혈액형, 성격, 외모 등 모든 게 다른, 각양각색의 인간군상을 모아놓은 집합소 같았다. 상대를 알기 전에는 입조심,

말조심하면서 눈치를 살피지 않을 수 없었다.

'그가 누구인지?' 상대의 신원을 정확히 알 수 없었기 때문이었다. 일단 전방의 일선 전투부대가 아닌 이상, "누구의 빽으로 후방 부대에 왔는지"부터 "누구네 아버지는 계급이 ○○이래" 등의 말이 돌아다녔다. 김준수는 재수 한 번에 대학 3학년을 마치고 입대했으므로, 또래에 비해 나이가 서너 살 정도 많았다. 그러나 군대는 전입 짬밥 순이었으므로, 몇 달 며칠 먼저 입대한 걸 내세워 텃세로써 서열을 정하는 게 오랜 관행이었다. 부대에 '깜상'이란 별명을 가진 조춘발 일병이 있었다. 그는 김준수보다 1주일 정도 일찍 전입온 것을 내세워 고참 행세를 하려 했다. 그러나 김준수가 "웃기는 짬뽕! 같은 소리 하네"라며 일언지하에 거절하자, 춘발은 그때부터 앙심을 품게 되었다.

"어쭈구리, 니가 그렇게 잘 났냐? 시골 깽깽이라고 날 무시해? 서울내기 다마네기 새끼! 맛 좋은 다마네기! 자근자근 씹어 먹어 버릴 텡 게로, 앙."

김준수 외 사병 1명과 P 하사 등 3명은 전입온 날 수송부의 '운짱(운전병)' 병장 네댓 명으로부터 혹독한 전입 신고식을 치렀다. 운짱들은 내무반 문을 꽁꽁 걸어 잠그고 취침 시간임에도 물컵에 소주를 따라 마시면서 전입신고를 받았다. 같은 사병 두 명은 엎드려뻗쳐 실시로 열외시켰다. 이날의 타깃은 신참 하사였다. 짬밥 수가 훨씬 많은 병장들은 군기를 잡는다는 이름 아래 하사에 대한 구타를 서슴지 않았다. 소주 한 잔 마실 때마다 안주 삼아 한 대씩, 반대편 침상으로 건너뛰어 오가며 한 대씩 주먹세례가 퍼부어졌다. 이 같은 주먹질이 1시간 정도 난무하는 가운데 P 하사는 녹초가 되어 그 자리에 풀썩 주저앉아 퍼졌다.

"아가야, 오늘은 약식 신고식이다. 우리 땐 취침 전 빠따 10대씩 맞아야 잠이 잘 왔단 말이다, 알아들었나? 짜아식들."

"야, 신병들 일어섯! 저 빠께쓰에 찬물 떠다가 그 새끼 머리에 찌그려부러라."

잔뜩 겁먹은 사병 2명이 잽싸게 명령을 수행했다. 이렇게 호되게 당한 하사는 다음 날 전입 고참 하사에게 불려가 죽도록 얻어터졌다.

"왜 하사가 병에게 맞고 다니냐?"는 것이었다. 자기들도 전입 때 고참 사병들에게 당했던 쓰라린 울분을 토해내면서 동병상련의 뜨거운 눈물을 흘렸다. 이렇듯 계급보다 짬밥이 우선되는 게 군대 사회였다.

무지막지한 군대의 악습이 자행되던 어느 날, 대통령이 시해되는 10·26 사태가 발생했다. 내무반 흑백 TV에는 보안사령관 겸 합동수사본부장인 별 둘의 대머리 경상도 아저씨 J가 나타나 억센 사투리를 구사했다. 그는 엄청난 사건 전말에 대해 대국민 담화를 발표하고 있었다.

"에~ 중앙정보부장 K는 당일 안가에 정보부원 10여 명을 미리 곳곳에 배치해 놓고 권총과 기관총에 실탄을 지급했으며, 부장의 지시가 떨어지면 먼저 경호원을 처치하도록 했습니다. 에~ 본인은 국민 여러분의 의혹을 말끔히 씻어드리기 위해서 한 치의 의혹도 없이 철

저한 수사를 지시했으며, (중략) 국민 여러분, 오로지 본인만 믿고 오늘 밤 편안히 취침하세요. 모두 소등 실시!"

그의 고약한 인상과 억센 사투리는 국민에게 공포감을 심어주기에 충분했으므로 한동안 사람들의 뇌리에 강렬한 인상을 남겼다. 대통령이 급작스레 서거하는 바람에 국무총리를 중심으로 하는 과도 내각이 출범했다. 이보다 앞서 10월 16일 부산에서 5천여 명의 학생들이 시위를 주도, 대규모 반정부시위를 벌이자, 정부는 10월 18일 0시를 기해 부산에 계엄령 선포를 했고, 10월 20일 마산 및 창원 일원에 위수령을 선포, 군을 출동시켰다. 이때 시위 진압으로 체포자 1058명, 구금자 125명이 나왔고 간첩 및 민간인 59명은 군사재판에 회부됐다. 이때부터 내무반의 흑백 TV 뉴스 시청이 점호 전 잠깐 허용되어 바깥세상 소식을 찔끔 들을 수 있었다.

김준수 일병은 고교 3학년 때 대통령이 시해된 서울 궁정동 안가 부근에서 살았던 적이 있어서 그곳에서 일어난 급박한 사건의 전말을 재구성해 한 편의 다큐멘터리를 만들었다. 야간 보초를 나가서 자신이 만든 16밀리 필름을 돌려보는 재미가 쏠쏠했다. 안가(安家)는 중앙정보부가 운영하던 '안전가옥'의 준말로 대통령의 안위와 비밀을 보장하는 철옹성 같은 특급 비밀 연회장이었다.

그날 대통령은 충남 삽교천 방조제 준공식에 참석한 후 헬기를 타고 이동해 궁정동 안가에서 경호실장, 비서실장, 중앙정보부장 등과 만찬을 하고 있었다. 12년산 스카치위스키 시바스 리갈이 나왔고 초청된 대학생 여가수 S가 낭창한 목소리로 대통령의 애창곡 '그때 그 사람'을 통기타 반주에 맞춰 애절하게 불렀다. 연회장 분위기는 구슬 픈 노래 탓인지 쓸쓸하고 무거웠다.

평소에 애창곡이 나오면 따라 부르던 대통령은 이날은 아무 말 없이 그저 양주만 들이켰다. 위스키가 서너 배 돌아가 분위기가 무르익기 시작할 때 경호실장 C가 대통령의 심기를 살피다가 무겁게 입을 열었다.

"각하! 부마사태 빨갱이 새끼들, 너무 걱정하지 않으셔도 됩니다. 탱크로 싹~. 캄보디아에서는 수백 명을 밀어버렸다고 합니다."

대통령은 아무 말 없이 한 잔 더 비웠다. 이날 대통령의 머릿속은 복잡했다. 유신철폐! 대정부 강경 투쟁에 앞장섰던 야당 당수 YS는 총재직 박탈에 이어 의원직마저 잃어버린 상태여서 그의 정치적 기반인 부산에서 대학생들과 시민들이 가두 투쟁에 나섰다. 게다가 야당 당사를 점거 농성하던 YH 무역의 여종업원들이 경찰에 의해 해산되는 과정에서 한 명이 죽었다. 서민들은 생존권 투쟁에 나섰고 민심은 요동치기 시작했다.

술이 몇 순배 더 돌았을 때 바깥에 잠시 나갔던 중앙정보부장 K가 돌아와 앉았다. K는 잠시 숨을 고르는가 싶더니 허리춤에서 대뜸 권총을 꺼내 대통령을 향해 겨눴다.

"각하! 이 버러지 같은 새끼 말만 들으시면 안 됩니다."

그의 목소리는 떨리는 듯했으나 비장했다.

정보부장 K와 경호실장 C는 오랜 악연으로 이어져 앙숙의 관계였다. 육사 2기인 K는 중장으로 예편했다. 그런데 육사 12기 시험에 떨어져 포병 간부 시험으로 임관한 C는 군 입문 시기나 나이 차이(8살)로 봤을 때 상대가 되지 않는 인물이었다. 두 사람 사이가 서먹해진 결정적 사건이 있었다. C는 공수부대 대위 때 5·16 쿠데타에 가담한 후 중령으로 예편했고, 1964년 국회에 입성, 국방위 소속 의원으로 활동했다. 그때 강원도 한계령 지역을 담당하는 6사단을 방문했을 때, C의원은 군 한참 선배인 K사단장을 옆의 딱딱한 의자에 앉혀놓은 채 자신은 푹신한 상석에 앉아서 브리핑을 받았다. 그때 사진을 보면 아무리 국회의원이라지만 삐딱하게 앉아있는 C의 모습은 매우 거만하고 무례해 보였다. K는 이때부터 "어린놈이 군대 한참 선배를 몰라보고 안하무인의 건방진 태도를 보였다"면서 불평을 쏟아놓곤 했다. 이 말이 C의 귀에 들어가지 않았을 리 없었다.

이윽고 K의 권총에서 총알 세 발이 발사되었다. 탕! 탕! 탕! 모두 대통령의 가슴을 뚫고 지나갔다. 대통령은 으윽! 비명을 지르면서 왼쪽으로 비스듬히 쓰러졌다. 순간 총소리에 놀란 여가수가 기타를 내려놓고 긴급히 대통령을 부축하면서 "각하! 각하! 괜찮으십니까?"라며 울부짖었다. 가슴팍에서 피가 솟구치던 대통령은 "난 괜찮다"라며 "후일, 역사가, 판단할, 것이다. 내 무덤에, 침을, 뱉 어 라"라며 꺼져가는 목소리를 남긴 채 절명했다.

비서실장 K 또한 겁에 질린 듯 어찌할 바를 몰라 허둥댔다. 순간 경호실장 C가 재빨리 품속에서 권총을 꺼내 중정부장에게 겨누는 순간, K의 총알이 더 빨랐다. 탕! 탕! 연사로 발사된 두 발의 총알이 경호실장을 맞추자 악! 소리와 함께 피를 흘리며 문밖으로 뛰쳐나가 화장실로 숨어들었다. 그곳까지 따라온 중정부장 K는 "이 버러지 같은 새끼! 그러니까 각하를 잘 모셔야지, 죽어라!"면서 총알을 발사했다. 중앙정보부장은 10·26 사건으로 내란 목적 살인혐의·내란미수 혐의로 재판에 넘겨져 1980년 5월 급행으로 사형이 집행됐다.

부하에 의해 대통령이 시해되는 하극상의 살인사건이 일어나자 나라 안팎의 분위기는 급랭했고 경제는 침체되었다. 전혀 예기치 못한 국난의 먹구름이 다가온 것이다.

한 치 앞을 내다볼 수 없는 이 절체절명의 상황에서 나라의 가장 큰 걱정은 호시탐탐 적화통일의 야욕을 보이는 북한의 남침 우려였다. 전방부대에서는 전투준비태세인 데프콘 2가 발령되어 실탄이 지급되었고, 부대 편제 인원 100% 모두 충원되어 만일의 사태에 대비했다. 휴전선 155마일과 동·서해 NLL 해상을 지키는 전방 군인들은 불철주야 나라 지킴이로서 역할을 다하고 있었다.

이 혼란한 틈을 노린 보안사령관 J는 '하나회'라는 군내 사조직을 중심으로 정권 찬탈을 시도했다. 이른바 12·12 군사 반란이었다. 신군부는 논공행상을 통해 '그들만의 잔치'를 벌이며 특권을 향유했다. "우리가 남이가?" 위아래서 끌어주고 밀어주면서 군내 특권층 파벌로 부상했다. 언론에서는 하나회의 계보를 파악하고 있었지만, 공식 발표를 하지 못했다. 다만 인사철에 끼리끼리 노른자위 꽃방석 자리를 나눠 가지는 행태를 보도함으로써 예측이 거의 다 맞아떨어졌다.

이 엄중한 계엄 상황에서 일선 부대에서는 체포령이 발동되었다. 드디어 출동의 날이 왔다. 1979년 10·26 대통령 시해 사건에 이어 그

이듬해 신군부에 의한 5·17 비상계엄 전국 확대로 광주에서의 무력시위가 일어났다. 이를 진압하는 과정에서 무장한 시민들과 공수부대 간 공방전 끝에 수많은 희생자가 발생했다.

그즈음 김준수의 부대에서도 시도 때도 없이 비상경계 및 출동령이 발동됐다. 전국적으로 야간통행 금지가 실시되었고, 현역병의 외출·외박이 전면 금지되었다. 특히 5분 대기조는 군화를 신은 채로 취침에 들었고 밤중에도 비상 호출이 자주 울렸다. 데모 진압 훈련인 '충정작전'에 편성된 사병들은 낮에는 시위 진압용 충정봉을 깎았고 방석망을 만들었다. 연병장에서는 사기 앙양 차원에서 군가 연습을 실시했고 시위대 해체 및 체포술 훈련을 했다.

"때려잡자 김일성!", "쳐부수자 공산당!", "무찌르자 북괴군!" 등 구호와 함께 총검술 16개 동작으로 체력 단련을 했다.

정작 과장 A 소령은 충정작전에 동원된 장병들 앞에서 비장한 표정으로 일장 연설을 했다.

"이제 우리는 계엄령에 따른 충정작전에 돌입한다. 거동이 수상한 거수자는 무조건 체포한다. 그들은 계엄분소의 분류심사를 통해서 죄의 경중에 따라 훈방, 삼청교육대 입소 또는 수사본부에 보내져 군사재판을 받게 될 것이다. 거수자를 많이 잡는 자에게 포상 휴가가 돌아갈 것이다. 알겠나?"

"넷!"

충정부대 체포조 가운데는 서면 로터리와 광복동 등 중앙지역으로 배치되거나 휴교령이 떨어진 대학교 운동장에 막사를 세우고 경계 작전에 투입되었다. 김준수 부대는 해운대 로터리와 광안리 해수욕장 일대에 배치되었다. 군경합동검문소를 거점으로 거수자에 대한 불심검문 및 거리 포획 작전을 펼치는 임무였다.

"차례대로 버스에 탑승한다. 출발 앞으로 갓!"

노란색 계엄군 완장을 왼쪽 팔에 찬 조춘발 일병은 천둥벌거숭이처럼 신바람이 나서 방방거렸다.

"야, 이 빨갱이 새끼들아! 뭐 할 짓이 없어서 종북 좌파질이냐?"

그는 혼자서 고함을 빽! 지르며 충정봉을 하늘 높이 치켜들었다. 부대에서 출발한 군용버스가 해운대와 광안리 일대에 충정작전 요원들을 내려놓았다. 그곳에는 벌써 타 부대 계엄군들이 모여서 건제순으로 정렬해 있었다. 방석망을 씌운 철모에 M16 소총, 충정봉, 방독면 등 단독군장 차림으로 도열한 계엄군들의 질서정연한 모습은 사뭇 위압적이었다.

현장 충정작전 대장인 밥풀때기 세 개(대위)의 간단한 지시 뒤 즉각 현장에 투입되었다.

"각 조별로 작전 투입!"

"작전 투입!"

현장 대장의 단호한 명령에 부대원들의 복명복창 소리는 씩씩했다. 거리는 쥐 죽은 듯이 조용했다. 그런데 얼마 후 짧고 날카로운 호각 소리와 성마른 외침, 길거리에 뿌연 먼지를 일으키는 군홧발 소리와 단말마의 비명이 간간이 정적을 깼다.

"거기 섯! 저놈 잡아랏!"

"군인 아찌, 나 담배 사러 나왔어. 이렇게 아무나 잡아가면 어떡해?"

"아씨, 일단 가서 해명해. 우린 바빠."

"야! 너들 시위대 맞지? 마빡에 '유. 신. 철. 폐'라고 써 붙인 흔적이 있는데, 근데 왜 도망갔어?"

"무, 무서워 그랬어요. 여자 친구랑 약속이 있단 말예요. 놔줘요. 네?"

"말이 많다. 비상시국에 한가하게 연애질이나 하구? 퇴폐적 인간들이야, 잡아가!"

"아아악! 제가 무슨 잘못을 했냐고요? 억울해요."

조춘발 일병은 중년 한 명과 청년 두 명의 손목을 포승줄로 꽁꽁 묶은 뒤 광안리 해수욕장 백사장에 있는 임시막사로 데리고 갔다. 노란 완장을 찬 조 일병은 사람들이 겁에 질려 새파래지거나 사시나무 떨듯이 와들와들 떠는 모습을 보면서 우쭐했다.

"나 조춘발, 나라의 부름을 받아 영예로운 충정부대 체포조 대원이 됐다 이기야. 빨갱이 새끼들아, 지둘러! 싹 잡아가 줄텡 게로. 이히힛."

조 일병은 군인 2명과 경찰 1명의 3인 1조 단위에 속해있었다. 산짐승 사냥하듯 종횡무진 신나게 뛰어다닌 결과, 조 일병은 반나절 만에 5명을 붙잡아 그날의 MVP 신기록을 세웠다. 그다음 날에도 기세가 한껏 올라 물이 오른 조 일병은 의기양양해서 거리를 휘젓고 다녔다. 조 일병의 2조는 해운대역 부근 사거리 일대를 맡았고, 1조인 김준수 일병은 광안리 해수욕장 부근이었으므로 서로 부딪치는 일은 없었다. 다만 잡혀온 시민과 학생들은 막사 한군데로 몰아넣었다. 쫓고 쫓기는 와중에 시간이 흐르자, 슬슬 약이 오른 체포조는 토끼몰이식의 무리한 포위 작전을 펼쳤다. 쌍끌이 저인망 그물을 편 듯 무차별 연행으로 길거리의 시민들은 겁에 질려 전전긍긍했지만 어디다 대고 하소연할 곳이 없었다.

조 일병은 자신의 팔뚝 문신 '차카게 살자' 위아래에 체포자의 숫자를 바를 정(正) 자로 기록했다. 점점 정 자가 늘어가자 기세가 등등해진 나머지 자기가 수훈갑이 되어 포상 휴가 갈 것이라고 큰소리 땅땅 쳤다.

"나가 고향에서 겨울 토끼 사냥할 때 동네 최고였지, 알긋냐? 요놈들아."

마침내 그의 살기 어린 두 눈에 사냥감이 걸려들었다. 허름한 차림의 20대 젊은이가 구멍가게에서 나와 담배 한 대를 입에 물자 기다렸다는 듯이 조 일병과 경찰 한 명이 다가가 불심검문을 했다.

"어이, 청년! 신분증 내봐."

이 불심검문 장면을 지켜본 건너편 골목에 있던 젊은이 서너 명이 날래게 몸을 돌려 반대편 방향으로 도망가기 시작했다. 이때를 놓칠세라 20대 젊은이도 덩달아 뛰기 시작했는데, 마침 좁고 막다른 골목으로 들어가고 말았다.

호루라기를 삑! 삐삐 삑! 불면서 뒤쫓아온 조 일병과 경찰의 손에 젊은이는 붙잡혔다. 목덜미와 허리를 잡힌 젊은이는 겁에 질려 고함을 빽! 질렀다.

"놔줘요, 난 아니란 말예요!"

또 다른 골목으로 들어간 한 사람은 남의 담벼락을 타고 오르려다 바짓가랑이가 붙잡히는 바람에 허연 궁둥이가 쑥 드러났다. 그때 조일병이 충정봉으로 머리와 어깨를 강타한 뒤 허연 궁둥이를 찰싹! 찰싹! 때렸다. 그 사람은 비명을 지르면서도 기어코 담장을 넘어 멀찌감치 달아났다.

픽! 팍! 폭!

"아이쿠, 내 수박 깨지네."

"수박이라 고라? 겉은 초록색, 속은 붉은 색! 양다리, 이중인격자!"

잡힌 젊은이의 머리통에서 피가 흘러내렸다.

"너 이 새끼, 왜 도망갔어? 좌파 종북 빨갱이 맞지?"

"아니, 그냥 대학생인데요?

"대한민국 군인을 보고 도망가는 놈은 빨갱이, 북괴 간첩이란 말이다. 글구 이 사제담배는 압수한다. 학생이 비싼 담배 피우면 못써야."

"저 신분증을 잃어버렸어요. 학생증도 없고요."

"너를 구원할 종이 딱지가 없으니 어째쓰까잉?"

조 일병이 휘두른 개머리판에 머리가 깨진 젊은이의 얼굴에는 붉은 피가 줄줄 흘러내렸다.

"거봐, 이 빨간 피가 빨갱이라고 말해주잖아."

조 일병은 노골적으로 이죽거리면서 "시골서 그런 상처에 담뱃가루를 바르면 낫던디"라며 담배꽁초를 던져 주었다.

"여봐 순경! 뭘 꾸물거려, 이 자를 수갑 채워 얼릉 잡아갓! 빨리 빨리!"

조 일병은 자기보다 나이가 훨씬 많아 보이는 경사에게 불호령을 내렸다. 계엄 상황에서는 군인이 경찰보다 높다면서 항상 명령조의 말을 내뱉었다.

"이 무식한 군바리 새끼야! 순경은 잎사귀 하나고 난 네 개짜리 경사란 말이다."

경찰은 젊은이의 손에 수갑을 채워 연행해 가면서 애꿎은 하늘을 보며 혼잣말로 볼멘소리를 했다.

김준수 일병도 검거조로서 광안리 해수욕장 부근 현장에 나선 적이 있었다. 체포가 그의 체질과는 잘 안 맞았는지 한 명도 못 잡아 실적이 최하위였다. 현장 책임자인 대위가 김준수를 체포조에서 감시조로 임무를 바꿔서 근무하도록 했다. 그래서 잡혀 온 사람들이 들어있는 군용 막사를 감시하는 임무를 맡게 되었다. 평소 심리학에 흥미를 느끼던 그는 체포된 자들과 간단한 일대일 면담을 시도했다. 서로의 신뢰 관계를 맺는 라포 형성까지는 못했지만, 상담 결과 이들은 경험칙으로 볼 때 아무런 죄가 없는 선량한 시민과 대학생일 것이라는 확신이 섰다.

계엄 당국의 포고령에 명시된 노름꾼이나 도박장 개설자, 남의 돈 떼먹고 안 갚는 사기꾼, 서민 자영업자와 소상인을 괴롭히는 불량배

등과는 거리가 멀어도 한참 멀다고 생각했다. 더욱이 자유민주주의 체제를 무너뜨리려는 공산 좌파 이념을 가진 빨갱이, 고첩(고정 간첩)과 무정부주의자 등 위험인물은 더더욱 아닐 것이라고 확신했다. 그러나 '열 길 물속은 알아도 한 길 사람 속은 모른다'는 속담이 있지 않은가. 그럼에도 불구하고 김 일병은 영장도 없이 마구잡이로 체포하는 인권 침해에 대해서 절대 반대했다. 그것이 군인으로서 명령과 양심 사이에서 방황하는 최대 고민거리였다.

막사 주변은 잡혀 오고 다른 곳으로 보내지는 사람들로 붐벼 아귀다툼과 고함, 비명, 소음 등으로 소란스러운 도떼기시장을 방불케 했다. 군용 텐트 안에는 끌려온 젊은 청년 등 민간인 십여 명이 있었다. 이들은 가족, 연인, 지인과 갑작스레 연락이 단절되자 절망의 늪에서 허우적거렸고 무력감에 빠져 불안감을 호소했다. 연행되는 과정에서 충정봉에 머리를 맞아 피범벅이 된 청년과 도망가다가 다리를 다친 중년 등은 호송차에 올라 인근 군부대 의무실로 보내졌다. 이제 남은 일곱 명은 계엄분소로 분류심사를 받으러 가야 할 처지가 되었다.

그때 조 일병과 다른 부대 체포조 일행이 왁자지껄한 소리를 내며 김 일병의 근무처인 행정반 막사로 들어왔다.

"오늘 다섯 마리 사냥, 끝!"

입이 귀에 걸린 조 일병은 어깨를 으쓱이며 다음과 같은 주문을 외웠다.

"낼은 더도 덜도 말고 오늘만 같게 해주세요. 천지신명님이시여! 알라신님! 부처님! 예수님! 아멘님!"

김준수는 이 같은 체포조를 내심 사악한 '인간 사냥꾼'으로 경멸했고 어서 빨리 이 아수라장에서 벗어날 날만을 손꼽아 기다렸다. 해가 떨어지자 이윽고 어두침침한 땅거미가 내려앉기 시작했다. 혼란과 무질서한 분위기를 틈탄 김준수는 붙잡혀온 이들 중 한 명씩 막사 바깥으로 달아나도록 도와주었다.

"알아서 눈치껏 가시오. 잡히지 말고…."

김 일병의 턱짓과 눈짓은 이런 메시지를 담고 있었다.

막사에서 하나씩 빠져나온 사람들은 주위를 살피는 듯 두리번거리다가 이내 어둠 속으로 재빨리 사라졌다. 이 방면(放免)은 상급자의 허락을 받지 않고 김 일병 단독으로 한 훈방 조치여서 나중에 문제가 될 소지가 분명히 있었다.

'무슨 억하심정을 품고 그랬을까?' 김준수는 그날의 일을 고해성사하듯이 수양록에다 꼼꼼히 적어놓았다.

"애꿎은 시민과 대학생 7명을 풀어줬다. 간사할 정도로 거드름을 피우는 인간 사냥꾼 놈들의 꼴이 같잖아서 참을 수가 없었는데, 이제 속이 좀 시원하다. 북한의 어버이 수령 그림자를 밟은 인민도 아니고, 일제강점기 '나쁜 마음만 먹어도 징역 10년'이라는 조선총독부의 치안유지법에 따른 '불령선인(不逞鮮人)'도 아닌 마당에 선량한 시민을 영장 없이 체포한다는 것은 말이 안 된다. 아무리 계엄 상황이라도. 낼 새벽 보초가 있는 날이다. 곧 취침 시간이다."

김준수의 이 같은 고백은 언젠가 누군가에 의해 발각되어 '항명, 자의적 불법 방면'이라는 죄목으로 군법회의감이 될지도 모를 일이었다. 그럼에도 고해성사처럼 자신의 속마음을 다 털어놓고야 말았다. '양심에 따른 용기인가?', '부질없는 만용인가?', '멍청한 짓인가?' 앙숙인 조춘발에게 발각이라도 된다면? 매사 경우를 살펴 빈틈없이 일 처리를 잘하는 김준수도 어떤 때는 어리숙한 숙맥 같았다. 혈액형은 침착하고 사색적인 AB형. 그의 MBTI는 INTJ-A, 전략가였다. '모든 일에 계획을 세우고 상상력이 풍부한 성격'이었다.

그 뒤, 조 일병의 귀에 항간에 나도는 김 일병 관련 소문이 들어갔다.

"뭐? 그 잘난 서울 놈이 빨갱이 간첩들을 풀어줬다고라?"

조 일병은 눈을 부라린 채 이를 부득부득 갈았다.

"네가 빨갱이들 풀어줬다며? 내가 어떻게 잡은 건대. 앙?"

"무슨 자다가 봉창 두들기는 소리야!"

"조사하면 다 나와, 얼른 자복해."

"증거나 대고 말해. 짜아식아."

"네놈이 진짜 간첩이었구나. 서울내기 다마네기! 흠."

# 방위병 기봉

1981년 새해가 밝았다. 1년 3개월 정도 계속된 계엄령이 마침내 해제되었다. 계엄군이었던 김준수는 오랜만에 1박 2일 외박 허가를 받아 마음이 날아갈 듯 가벼웠다. 그날 그는 전혀 예상치 못한 이상 야릇한 경험을 하게 되었다. 동백이란 이름의 아리따운 아가씨를 만나게 되었던 것이다. 김준수는 정문 위병소에서 용모 및 복장 검사를 마친 뒤 부대 밖 구멍가게에 들러 4홉들이 소주 1병과 구운 쥐포 2마리를 사서 검은 비닐봉지에 담았다. 쥐꼬리만 한 월급에서 큰맘 먹고 사제 거북선 담배도 한 갑 샀다. 봄날 아지랑이가 피어오르는 남쪽 나라, 싱그러운 해풍을 맞으니 콧노래와 휘파람이 절로 나왔다. 조금 걷다 보니 어느새 광안리 해수욕장이 나왔다. 드넓게 펼쳐진 파란색 바다를 보자 가슴이 탁 트였다.

'사람의 마음은 왜 이리도 간사한 것일까?'

담장 하나를 사이에 두고 부대 안과 바깥의 분위기는 하늘과 땅 차이만큼 컸다.

엄동설한을 이겨내고 이른 봄까지 꽃을 피우는 동백은 지금쯤 동백섬을 뒤덮고 있을 것이다. '사랑의 열정'이란 꽃말을 가진 동백꽃은 애인이 없는 준수에게는 애초에 어울리지 않는 꽃이었다. 동백섬에서 벌과 나비 대신에 암꽃과 수꽃을 분주히 오가며 수정을 돕는 동박새들의 푸드덕거리는 소리가 들리는 듯했다. 동백꽃은 찬란하게 붉어졌다 선선하게 머리 째 떨어짐으로써 나무 아래는 으레 선혈을 뿌려놓은 듯 붉은색으로 물들었다. 일본 사무라이들은 이런 낙화를 할복 때 잘려진 목으로 미화하는 탐미주의적 취향을 가지고 있다는 걸 읽은 적이 있었다.

광안리 해수욕장 백사장의 모래알은 알알이 눈부시게 반득반득했다. 짙푸른 바다는 나그네의 옆구리에 허허로운 바람을 간간이 불어넣어 주었다. 저 수평선 너머 대마도, 일본열도를 지나 태평양까지 가는 길이 분명 있을 것이다. 친구 하자며 끼룩끼룩 울어대는 갈매기 소리가 오랜만에 정다웠다. 계엄 전에 외출 나가서 붕장어 아나고회를 맛있게 먹었던 포장마차를 떠올리니 군침이 돌았다. 오늘따라 모두 고기잡이를 떠났는지 어선은 한 척도 보이지 않았다. 배가 고팠기에 눈앞에 보이는 조그만 분식집에서 떡볶이와 부산어묵, 라면과 김밥을 조금씩 먹어 요기했다. 지겨운 짬밥 대신 새로운 메뉴로 외식하니 작은 호사를 누린 듯 만족스러웠다.

김준수는 인근 방파제 위로 올라가 하늘과 맞닿은 수평선을 하염없이 바라다보았다. 슬금슬금 멍때리기에 들어가자 졸음이 엄습했다. 하지만 눈앞의 멋진 풍경을 놓칠 수는 없어 억지로 졸음을 참았다. 망망대해 수평선에 간간이 오가는 무역선과 하얀 포말을 일으키는 작은 어선들이 비상하는 기러기 떼와 어울려 한 폭의 정물화 같았다. 그러나 이 풍경을 바라보는 군인의 모습은 웬지 인물화의 주체로서는 어울리지 않았다. 군인은 모름지기 계엄 때처럼 충정봉과 방석모, 소총을 가진 단독군장 차림이 더 잘 어울렸다. 계엄 때 붙잡혀온 시민과 대학생 몇 명을 풀어준 임시막사가 있던 곳이 방파제 모퉁이 저쪽에 보였다. 계엄 전후에 일어났던 일들이 꼬리에 꼬리를 물면서 한 편의 16밀리 다큐멘터리 영화가 만들어졌다. 슬로모션으로 이어지는 장면들은 지난 추억을 불러일으켰다. 놀랍고도 씁쓸하며 고통스러웠던 기억들이었다.

저녁놀이 온 세상을 붉게 물들이고 있었다. 이윽고 어둑한 땅거미가 밀려왔는가 싶더니 어느새 보름달이 휘영청 떠올라 향수를 불러일으켰다. 잠시 서울에 계신 노모 생각이 스쳐 지나갔다. 검은 비닐봉지에서 소주를 꺼내 한두 잔을 따라 마시고 쥐포를 뜯어서 씹었다. 가늠할 수 없는 묘한 행복감이 밀려왔다. 얼마 뒤 방파제 계단을 내려왔을 때 인적은 끊긴 지 오래였다.

'어디로 갈까?'

달밤에 검은 비닐봉지를 든 군인이 갈 곳을 몰라 헤매는 모습은 처량했다. 해운대 쪽으로 걷다 보니 큰길에서 비켜난 골목길이 나타났다. 이 부근은 계엄 때 체포조로 활동하면서 여러 번 지나쳤던 곳이었다. 건물 2층 벽에서 희미한 네온사인이 불을 밝히고 있었다. '동백 다방'. 천천히 계단을 올라가 다방 문을 열었을 때 귀에 익은 노래가 흘러나왔다. 윤시내의 '열애'였다.

"태워도 태워도~/ 재가 되지 않는~/ 진주처럼 영롱한~/ 사랑을 피우리라~."

이 음률이 귀에 꽂히는 순간, 김준수는 사랑스런 여인과 둘이서 외박을 나가는 황홀한 꿈에 잠겼다.

윤시내의 '열애'는 김준수가 가장 좋아하는 최애곡이었다.

"유레카!"

'이 무슨 조화 속이란 말인가?' 그곳에서 애창곡을 우연히 듣게 되었다는 것은 보이지 않는 손이 부리는 요술같이 신통방통한 일이었다. "태워도 태워도~" 음정이 크레센도의 정점을 찍는 순간, 가수의 폭발적 가창력은 그의 폐부를 깊숙이 찌르고도 남았다. '세상에 내 마음을 알아주는 노래가 있었구나.' 암울한 사회 분위기 속에서 오랜만에 외박 나온 군인이 가질 수 있는 노스탤지어? 향수? 원초적 본능? 아무튼 말 못 할 애수가 끓어올라 김준수는 마냥 울고 싶어졌다.

다방에는 원피스를 곱게 차려입은 20대 또래 여인이 다소곳이 창밖 바닷가를 내다보고 있었다. 늦은 시각 다방은 텅 비어있었다. 인기척을 알아채고 고개를 돌린 그녀의 입가에 옅은 미소가 번졌다.

"안녕하세요. 어서 오세요."

"안녕! 멋쟁이 아가씨!"

"좀 늦으셨네요. 어디 갔다 오는 길이세요?"

여인은 평소 안면이 있는 것처럼 다정하게 말을 붙였다. 그가 구사하는 또박또박한 서울 말투는 좀 서툴렀는데 사투리를 애써 숨기려는 모습으로 비쳐 웃음이 나올 뻔했다.

"네, 광안리 해수욕장에서 놀다가 좀 늦었습니다. 제 이름은 김준수입니다."

"아 예, 저는 동백이라고 합니다. 김준수 상병님, 계엄군 아저씨. 맞죠?"

여인은 웃으며 김준수의 윗옷 오른쪽 주머니 위에 박힌 이름표와 계급장을 보고서 그의 관등 성명을 불렀다.

"계엄군이라니요. 이제 다 끝났습니다. 근데 계엄군한테 뭐 호되게 당한 일이라도 있었나 봐요?"

"아, 아니에요. 그냥 그렇게 불러본 거예요."

김준수는 한 송이 동백꽃을 머리에 꽂은 절세미인과 마주하고 있었다. 게다가 살랑살랑 봄바람처럼 미소까지 짓고 있으니 청년의 가슴은 쿵쾅쿵쾅 벌렁벌렁하지 않을 수 없었다. 피렌체 다리에서 베아트리체를 처음 본 단테의 첫 감정이 이랬을까? 김준수는 꿈에 그리던 이상형 여인이 나타났다는 사실에 몽롱한 상태에서 한동안 허우적댔다. 정면으로 바라보지는 못한 채 여인에게 쏠리는 이목을 거두지 못하고 슬쩍슬쩍 곁눈질할 뿐이었다. 상대방 또한 이런 시선을 의식했음인지 오며 가며 남자의 표정을 슬금슬금 살피는 눈치였다. '열애'가 2절까지 흐르는 가운데 두 사람은 서로 묘한 그림자의 실루엣을 바라만 보고 있었다.

"…."

침을 꼴깍 삼킨 김준수는 조금 전 윤시내의 '열애'를 흥얼거리며 다시 한번 듣고 싶다고 청했다. 그러자 여인은 DJ 박스에서 '열애'를 다시 틀었다. 특유의 시적인 가사가 강약 고저장단의 리듬을 타고 울려 퍼졌다.

"이 생명 다하도록/ 뜨거운 마음속~/ 불꽃을 피우리라~/ 태워도~/ 태워도~/ 재가 되지 않는~/ 진주처럼 영롱한~/ 사랑을 피우리라~/ 우우우우우~."

김준수는 '열애'가 자신의 최애곡이 된 사연의 배경을 떠올렸다. 입영 열차를 타는 날, 집결지인 서울 광운대학교 앞 이발소에서 장발이 잘려나가고 중머리로 빡빡 깎고 있을 때 마침 라디오에서 '열애'가 흘러나왔다. 바리캉에 밀려 머리 위에 고속도로가 나는 것도 서러운데, 노래마저 장정의 심정을 아는지 울고 싶은 마음을 부채질했다. 시적인 가사 한 소절 한 소절이 가슴에 콕콕 들어와 박혔고, 여 가수의 절규하는 열창으로 가슴은 더욱 미어졌다. 군대고 뭐고, 어디론가 도망치고 싶은 생각이 굴뚝같았다. 가족은 물론 애인의 배웅도 없이 홀로 떠나가는 몸이어서 그랬던지 논산훈련소 가는 입영 열차에서 그 노랫소리가 내내 사라지지 않았다. 그때 현타가 온 것은 고교 동창생 녀석이 작대기 세 개, 상병 계급장을 달고 열차 칸에 나타났기 때문이었다. 그는 입대 장정들을 관리하는 수송대 사병이었다.

"어? 도진이 아냐?"

준수가 아는 체 하자 친구는 본숭만숭하며 딴전을 피우다 다른 칸으로 건너가 버렸다. 3학년 때 같은 반이어서 익히 알고도 남음이 있었지만, 안면몰수하고 그냥 지나쳐 가는 놈이 밉살스러웠다. 군대에서는 우정보다 계급과 직책이 더 중요하다는 사실을 절감하는 순간이었다.

　신병 교육 4주 동안에도 틈만 나면 그 노랫가락이 환청처럼 들렸다. 화생방 교육장에서 최루가스 냄새에 모두 다 나동그라질 때 "태워도 태워도 재가 되지 않는"이 대목을 구원의 찬양가처럼 이를 악물고 읊조렸다. 그래서인지 훈련소에서 배운 어느 군가들보다 몇 배는 더 친숙하게 귀에 익었다.

　다방 안에 손님이 없음을 확인한 김준수는 가져온 비닐봉지 안에서 4홉들이 소주병과 구운 쥐포 2마리를 꺼냈다.

　"예쁜 아가씨, 이거 여기서 먹으면 안 되는 줄 아는데요…."

　"아입니다. 계엄군 아찌, 편하게 드시소. 한 잔 따라드릴까요?"

　고향을 떠난 군인의 처지를 이해하는 동백의 살가운 태도에 김준수는 그만 감격했다.

　"아, 예. 감사, 눈물이 앞을 가려서…."

　"계엄군도 눈물을 흘리나요? 아참, 고향이 어디세요?"

　"서울이요."

　"그럼 지금 시간이면 외박 나온 거네요. 맞지예?"

　"네, 한 잔 드실래요?"

　"그러지요. 감사합니데이."

　"저 노래에 얽힌 사연 때문에 눈물이 날 지경이에요."

　"아니 무슨 사연인데요? 어서 말해주세요."

　김준수가 풀어놓은 사연은 슬픈 것이었다. 당시 부산의 한 방송사 PD가 급성 암으로 아내와 어린아이들을 두고 세상을 떠나갈 운명에 처했다. 그가 남긴 애절한 마음의 글이 한 작사가를 만나 노래 가사로 탄생한 것이었다. 그리고 입영 전 이발소에서 이 노래를 들었을 때 느낀 절대 고독감! 어릴 적 어머니가 일러주신 천고(天孤), 태어날 때부터 가진 고독한 운명에 대해서 말해주었다.

동백은 아무도 없는 둘만의 오붓한 분위기를 즐기려는 듯 군인이 풀어놓는 인생 이야기에 귀를 쫑긋 세웠다.

"이 노래는 1979년 초 처음 나왔을 때부터 내 가슴에 꽂혔어요. 이것 말고도 이탈리아 출신 상송 가수 아다모의 '눈이 내리네', 심수봉의 '그때 그 사람', 채은옥의 '빗물', 이은하의 '겨울장미', 조용필의 '돌아와요 부산항에', 김정호의 '이름 모를 소녀', 추억의 팝송 중 '카사블랑카' 등이 그때 저의 애창곡이었어요."

소주를 마신 탓인지 김준수의 말은 거침이 없었다.

"어쩜 음악 DJ 같이 청산유수예요? 한잔 마시고 풀어내는 말솜씨, 재미있어요."

"저는 오늘 밤 이 노래들을 모두 듣고 가겠습니다."

"네, 그러시죠. 밤이 새도록… 한 잔 더 드릴까요?"

"네에. 참 오랜만에 기분이 좋습니다!"

"기분 좋다구요?"

그녀가 소리 내어 웃으면서 긴 생머리를 날리며 DJ 박스를 향하다 돌아섰을 때 하얗고 매끈한 손이 빛났다. 그리고 봉긋이 솟은 젖무덤도 눈에 쏙 들어왔다.

김준수는 '돌아와요 부산항에'를 신청했다.

"부산하면 이 노래지요. 꽃 피는~/ 동백섬에~/ 봄이 왔건만~/ 이만⋯."

"노래도 잘 부르시네요. 저는 하루에도 여러 번 들어요."

"이 노래를 엔카로 개사한 노래를 들었는데, 정말 감동적이었어요. 재일동포들의 모국방문 때 이 노래가 부산에서 처음 불러졌대요."

"아, 그래요?"

"이 대목에서 이미자의 '동백아가씨'가 빠지면 섭섭하지요."

"틀어드릴까요?"

"그리움에 지쳐서~/ 울다 지쳐서~/ 꽃잎은/ 빨갛게~/ 멍이 들었소~. 가사가 한 편의 시예요. 음."

자정이 가까워지고 있었다. 여느 연인 같으면 사랑의 밀어를 속삭일 시간이었다. 자칫 통행금지 시간이라도 넘기면 김준수의 이동 수단과 잠자리가 마땅치 않아질 것이 뻔했다.

둘이 홀짝거리던 4홉짜리 소주가 다 비워졌다. 김준수의 눈꺼풀이 천근만근 무겁게 내려앉자, 동백은 찬물과 꿀차 등을 가져다주었다. 준수는 이대로 쓰러져 자고 싶었다. 거의 매일 야간 보초를 서야 하는 군인에게 항상 부족한 것은 수면 시간이었다.

"김준수 상병님, 이제 갑시다."

"아니, 벌써 갈 시간이 되었나요?"

"근데, 주무실 곳은 있으세요?"

"아니, 그냥 어디든지 하늘 아래 잘 곳이 없겠어요?"

다방을 나온 동백은 큰 길거리에서 택시를 잡았다.

"자, 타시지요. 기사님, 감만동 부두 쪽으로 가주세요."

그리 오래지 않아 택시는 희미한 보안등이 깜빡이는 바닷가 어두컴컴한 골목길에 두 사람을 내려주었다.

"동백섬은 어디에 있지요?"

"저쪽 멀리에 있어요. 자 들어갑시다."

바다 건너편 시내의 불빛은 가물가물했다. 동백의 집은 낡은 슬레이트 지붕을 얹은 오래된 구옥 몇 채 가운데 하나였다. 동백이 인기척을 하자, 미닫이문이 빼꼼히 열리면서 희미한 호롱 불빛이 새어 나왔다. 방안에는 어머니인 듯한 초로의 여성과 젊은 청년이 있었다.

"어무이, 저 왔습니더."

"오야, 이제 왔노."

"누나, 오늘도 고생 많았데이."

남동생이 반갑게 인사했다.

동백은 방에 들어서면서 "어무이, 서울에 사는 군인인데, 외박 나왔다가 우리 다방에 왔길래 데리고 왔어요"라고 했다. 이어 "괜찮제?"라는 동백의 소리에 "응, 군인 아찌 들어오시라고 해"라는 남동생의 소리가 들렸다. 동백은 문밖에 멋쩍게 서 있는 군인에게 "들어오세요. 누추하지만요"라며 손짓했다. 미적거리는 군인 앞으로 청년이 다가와서 "저는 박기봉이라 합니다. 어서 들어가입시더"라며 손을 잡아 이끌었다.

참으로 멋쩍은 일이 벌어진 것이다. 술이 확 깬 준수는 난감한 표정을 지었다. '그렇다면 왜? 여인의 집까지 따라온 것인가?'라는 자문

에 적당한 답이나 변명거리가 떠오르지 않자 못 이기는 척하며 군화
끈을 풀고 방으로 따라 들어갔다.

"처음 뵙겠습니다. 저는 광안리 부근 부대에 근무합니다. 외박 나
왔다가… 미안하게 됐습니다. 용서해 주세요."

"아이라에, 서울 군인에게 한밤 잠자리 내주는 게 뭔 대숩니꺼."

"그렇습니더, 계엄으로 힘드셨을 텐데, 서로 도우며 살아야 하지
않겠습니꺼."

동백기름을 발라 반듯하게 쪽 찐 머리의 어머니가 말문을 열자 아
들 기봉도 따랐다.

"누나! 여~ 상 좀 봐줘. 막걸리 있나?"

"늦은 시각에 미안합니다."

김준수는 바늘방석에 앉은 듯 좌불안석이었다.

"서울 군인 양반, 괜찮아요. 낼은 휴일이라 우리도 일이 없어요."

"그러잖아도 배가 출출하던 참인데 라면 하나씩 끓여 먹읍시다.
누나."

20대 초반으로 보이는 청년의 말에 김준수도 시장기를 느꼈는지
침을 꼴깍 삼켰다. 방안에서 석유 냄새를 풍기며 숨결 따라 움직이는
호롱불은 마치 준수의 어린 시절을 상기시켜 정겨웠다. 부엌으로 난
작은 쪽문을 통해서 동백은 소반 위에 김이 무럭무럭 나는 라면 두
그릇, 김치를 담은 보세기, 쌀막걸리 한 병을 내왔다.

"음, 늦은 시각에 미안합니다. 면목이 없습니다."

청년은 군인의 말을 못 들은 척 두 개의 막잔에 막걸리를 따랐다.

어머니가 물었다.

"자, 어서 한잔 드시소. 근데 어느 부대에요?"

"네, 군수사 예하 부대입니다. 광안리에 있는."

"아, 알아요. 해운대역 쪽으로 가는 보면 대로변에 정문이 있지요?"

"네, 맞아요."

"집은 서울이고요?"

"네 그렇습니다."

"내는 아직 서울은 몬 가봤고…. 남편은 서울 사람이었지요."

6·25 때 의용군으로 끌려가 낙동강 전투에서 포로가 되어 거제도 포로수용소 있다가 반공포로로 석방되었다는 이야기를 들려주었다.

"아참, 처음엔 아미동 가파른 산비탈 비석마을에 살았는데, 거가 일본인 공동묘지가 있던 곳이었지."

6·25전쟁 때 부산항에 도착한 미군들은 산등성이에 게딱지처럼 다닥다닥 붙어있는 하코방, 미군 전투식량 C-레이션 박스를 엮어 만든 집을 보고 "원더풀! 피그 하우스(돼지집)!"라고 불렀다. 전쟁 통에 전시 수도 부산에는 북한군과 중공군을 피해 피난 온 수많은 사람이 몰려들었다. 당연히 주택난이 극심했기에 공동묘지 터라도 피난민들에게는 감지덕지했다. 비석과 석물은 축대나 담장, 댓돌, 빨래판, 계단 등으로 요긴하게 쓰였다. 피그 하우스라도 없어서 못 사는, 귀한 보금자리로 대접받을 때가 있었다.

"아, 그러셨군요. 고생 많으셨네요."

"남편은 반공포로 석방 이후 미군 부대에서 하우스 뽀이, 슈샤인 뽀이(구두닦이), 야간 경비로 일하다가 얼마 전 돌아가셨습니다."

"아부지가 평생 날품을 팔아서 우리 네 식구 먹여 살렸다, 맞죠, 어무이?"

"하무. 전쟁 난리통에 다들 고생할 때였지."

동백의 집은 아버지가 미군 부대에서 일하는 덕택에 껌, 초콜릿, 비스킷, 소시지와 햄 등 귀한 미제 식품을 자주 먹을 수 있었다. 특히 햄과 소시지를 썰어 넣고 신김치와 함께 끓인 부대찌개는 천하의 별미였다. 찌개를 끓이는 날은 동네 사람들에게도 한 그릇씩 나누어주어 잔칫날 같았다고 회상했다.

호기심이 많은 기봉의 질문이 이어졌다.

"저는 군대 가려고 휴학했어요. 보충역 판정을 받았는데 어디로 떨어질지 모르겠네요."

"가만, 군대를 안 갈 수도 있을 텐데."

준수는 언뜻 뇌리에 스쳐 가는 생각을 두서없이 풀어놓았다. 아버지가 어머니보다 먼저 돌아가셨다면, 부선망(父先亡)에 편모슬하 아들 1명인 독자였다. 가정 형편상 의가사 면제 사유가 되지 않을까, 하는 생각이 들었기 때문이었다.

"부선망 독자는 병역면제가 아닐까요? 병무청이나 구청 병사계에 한번 알아봐요."

"네. 감사합니데이."

"그런데, 우리 부대로 오면 인쇄 기술을 배울 수 있어요."

"인쇄 기술? 기술은 평생 배반을 안 한다카던데…. 형님! 도와주이소."

기봉은 엉겁결에 군인을 '형님'이라고 불렀다.

"그래, 나와 나이 차이가 좀 나니까 형님이라고 불러도 되겠네요."

기봉은 진짜 형이 생긴 듯 기분이 좋아졌다.

"아참, 저 때문에 쉬지도 못하니 이제 상을 치우시죠."

준수는 동백을 바라보며 미안한 듯 뒷머리를 긁적였다.

석유가 다 한 모양인지 호롱불이 까물까물 꺼져갔다. 벽에 걸어둔 낡은 괘종시계가 게으른 소리로 두 시를 알렸다. 그날 밤 준수는 실례를 무릅쓰고 기봉과 웃방에, 동백과 어머니는 안방에서 오붓하게 하룻밤을 보냈다. 얼핏 보아 빈궁한 형편이었으나 가족애가 살아 숨쉬는 정겨운 가족이었다.


다음 날 아침, 초로의 어머니는 서울 군인에게 하소연하듯 말을 꺼냈다.

"먹고살기 위해서 저 가시나가 생활전선에 뛰어들었고, 나도 시장통에 나가지만 가정 형편이 영 신통치 못해요. 그래 기봉이가 기술이라도 배울 수 있으면 좋겠네요."

어머니는 헤어지기 전 노파심에서 한마디 한다면서 "아직 결혼은 안 했느냐?"고 물으면서 서울 군인의 형색을 살폈다.

"네, 아직요. 군대도, 학교도 마쳐야 해서요."

잠자코 옆에서 듣고 있던 동백이 끼어들었다.

"어무이! 낯선 총각에게 무슨 그런 말을 물어봅니꺼? 남사스럽게."
라며 새침하게 입을 쫑긋했다.

"몰라요, 아이라에~ 서울 아찌!"

준수는 동백의 심정을 대변하듯 이렇게 속으로 혼자 읊으며 웃었다.

"감사했습니다. 동생이 인쇄 기술을 배워 평생 화수분이 되었으면 좋겠네요."

기봉은 계엄령이 포고되었을 때, 여느 대학생처럼 시위대에 참여한 적이 있었다. 부산의 K 전문대학 1학년 때 부마사태로 학교가 강제 폐쇄되자 일부 학생들은 동아리별로 또는 삼삼오오 모여서 유신반대 시위대 참가했다. 그러던 어느 날 기봉은 동급생 몇몇과 함께 서면 로터리 부근에서 전투경찰에게 체포됐다. 같이 검거된 일행은 경찰서 유치장을 거쳐 계엄 법정으로 이송됐다. 군사법원은 집회 및 시위에 관한 법률을 위반한 이들이 반성문을 썼고 단순 가담자이자 초범이었으므로 훈방했다. 그런데 이 훈방 사실이 훗날 그의 인생에 '좌익운동권', '빨갱이'라는 어처구니없는 주홍 글씨로 새겨져 곤란한 상황을 겪게 만들었다. 당장 학적 변경으로 입영통지서가 나왔고, 신체검사를 거쳐 18개월짜리 방위병으로 현역 근무를 하게 되었다.

당시 피 끓는 젊은 대학생들은 딱히 거창하게 자유민주주의를 수호해야 한다든지 유신독재를 철폐하라든지 하는 정치적 구호의 속 깊은 의미를 잘 모른 채 친구 따라 강남 가듯이 데모대에 합류하는 것이 보편적 통과의례였다. 시위에 참가하는 것을 마치 거리 축제에

가는 것처럼 가볍게 여기는 학생들도 있었다. 물론 대규모 시위를 주도하는 좌경화, 의식화된 학생 운동권은 부패 정치인 및 기업가들의 무분별한 횡포와 탐욕을 깨부수자는 구호를 목청 터져라 외치기도 했다. 이들 쩐 좌익 운동권 배후에는 권력욕에 찌든 정치인, 과격파 노조, 좌편향된 시민단체 등이 있었다. 시위를 통제하려는 군경의 입장에서는 대학생 시위대를 사회질서와 안녕을 어지럽히는 반정부 폭도라는 낙인을 찍어 도매금으로 넘기기 일쑤였다. 기봉은 데모꾼도 아니고, 불순분자도 아니고, 더군다나 의식화된 골수 운동권은 전혀 아니었다. 친구들과 경찰서에 잡혀가 유치장에서 이틀 밤을 지내고 각서를 쓰고 계엄 법정에서 약식 재판을 받고 풀려난 게 전부였다.

보충역 판정을 받은 기봉은 광안리 해수욕장 부근에 있는 군수사 예하 부대에 방위병으로 입대하게 되었다. 그곳은 마침 김준수 상병이 근무하는 곳이었다. 그런데다가 김준수의 보직은 방위병을 관리하는 직책이었다. 방위병 50명의 평일 출퇴근 관리와 근무 배치, 교육 및 상담 등을 맡았다. 각 부서장의 요청에 따라 방위병을 배치하는 게 주 임무였다. 인쇄공장의 경우 커다란 종이 뭉치의 하차와 책자와 유인물 인쇄, 창고 입고, 분류, 상차 등의 임무에 투입되었다. 또한 삼시세끼 식사를 공급하는 취사반 보조, 담장 및 초소 보수공사나 잔디밭의 잡풀을 제거하는 사역병 등 각자 맡은 바 임무가 달랐다.

어느 날, 신입 방위병 10명이 들어왔는데, 그중 한 명이 김준수를 보고는 아는 척했다.

"김 상병님, 저~ 혹시, 감만동, 아시겠습니꺼?"

"어, 누구지?"

똑같은 얼룩무늬 방위복을 입혀놓고 모자를 씌워놓으니 금방 분간이 되지 않았다. 하지만 이름표에 박힌 박기봉이라는 글씨를 보니 생각이 났다.

"아, 기봉이? 감만동, 박기봉? 맞지?"

"네, 맞습니다. 김 상병님을 여기서 만나니 놀랍고도 좀 어색합니다."

"그래 너희 가족이 나에게 하룻밤을 재워주고 먹여주신 은인이었지. 반갑다."

"네, 저도 무척 반갑습니다."

"음, 근데 어머님과 동백 누님은 잘 계시지?"

"예, 어머님은 여전히 못골 시장서 장사하시고, 누나는 일본에 가려고 여권 낼 준비를 하고 있어요. 저는 휴학하고 이렇게 입대했구요."

"아, 그렇군. 동백 씨!"

"누나 소식을 통 모르시는군요."

"계엄이 끝났다고 하나 사정상 외출 외박이 자유롭지 못해. 그러니 다방에도 못 들렀지."

"그러셨군요. 누나는 연예인 해외송출단에도 신청서를 낸다 카던데요."

"그랬구나. 그리고 기봉아, 여긴 군대니까 공과 사를 구분해서 말하고 행동해야 돼."

"넷! 알겠습니다. 김 상병님!"

"다른 사람들의 눈도 있으니, 공적으로 김 상병, 사적으로는 형님
으로 불러."

"네, 알겠습니다. 김 상병님! 열심히 하겠습니다."

"그래. 알았다."

바로 그날, 기봉은 자신의 속내를 김준수에게 털어놓았다. 부대에
전입한 이상, 인쇄공장에서 기술을 배우고 싶다는 이야기였다. 기술
은 평생 배반을 하지 않을 것이라는 말도 빼놓지 않았다.

"그래. 그럼, 한번 알아보자. 힘내!"

김준수는 당장 어려운 처지의 사람을 도와주는 게 사회정의에도
맞는다고 생각했다. 부대의 군무원인 인쇄 부장과 과장은 그동안 친
분을 쌓아놓아서 이 정도의 부탁은 충분히 들어줄 수 있을 것이라고
믿고 있었다.

인쇄공장 부서는 사회에서 인쇄업에 종사했거나 전문대학의 인쇄
과를 다녔거나 졸업한 장정들이 모이는 곳이었다. 제대나 파견 등으
로 결원이 생기면 빈자리를 채워 넣어야 했기에 시간 차는 있었지만
보충은 자연스럽게 이뤄졌다. 1년 6개월짜리 방위병 신분인 기봉으
로서는 열심히 기술을 습득한다면 사회에 나가서 밥벌이하는 데 도
움이 될 수 있는 좋은 기회였다.

김준수는 인쇄 과장을 만나서 신입 기봉의 신상과 가정 형편을 이
야기했고 인쇄공장에서 제대로 된 기술을 배울 수 있도록 각별히 부

탁했다. 이렇게 해서 기봉은 인쇄공장에서 근무할 수 있게 되었다. 김준수는 피 한 방울도 섞이지 않은 남남이었지만 인생 상담으로 한 사람에게 조그만 길을 터주었다는 데 작은 보람과 기쁨을 느꼈다.

"기봉아, 제발 열심히 배워서 사회 나가서 보탬이 되기를 바란다."

"옛! 형님, 아니 김 상병님! 잘 알겠습니다."

방위병 박기봉은 김준수에게 군기가 바짝 든 채로 거수경례를 붙였다.

기봉은 해운대역 부근의 유흥업소에서 드럼 연주자로 활동했다. 야간업소인 만큼, 방위병 근무가 끝나면 부리나케 그곳으로 달려갔다.


어느 날, 외출 나간 김준수는 동료 2명과 함께 기봉이가 근무하는 업소에 들른 적이 있었다. 일행은 처음에 기봉을 알아보지 못했다. 평소 후줄근한 개구리 무늬의 방위 복장이 아닌, 조명에 반짝이는 의상 차림으로 멋들어지게 드럼을 치는 모습은 영락없는 연예인 같았기 때문이었다.

군인 일행이 자리를 잡자, 곁눈으로 확인한 기봉이 연주가 쉬는 동안에 짬을 내서 테이블로 다가왔다.

"어서 오십시오, 김 상병님. 잘 오셨습니다."

"야, 여기서 보니 몰라보게 멋진데…"

"군복을 벗으면 사람이 달라 보이는 거야."

준수의 동료가 거들었다. 기봉은 웨이터에게 맥주 세 병을 테이블로 가져다 놓게 하고 다시 무대로 올라갔다. 준수와 동료들은 "감사히 잘 마시겠습니다. 고맙습니다"라고 인사말을 건넸다.

"저 친구는 부선망 독자로서 군대 안 와도 됐는데, 방위병이 됐어."

준수와 동료들은 맥주를 마시면서 병역 기피자에 관한 이야기를 나누었다.

"음, 기봉인 기특한 친구네. 내가 아는 고시 공부하는 놈들 중에 군대 안 가려고 일부러 어깨뼈 탈골시키거나 정신병자 행세하고 꾀병 부리고… 그랬지."

"있는 집은 브로커 사서 판정 군의관에게 뇌물을 먹이는 일도 허다했어."

"또 미꾸라지처럼 빠져나가 절간에서 공부하다가 연거푸 낙방하는 '고시낭인'들도 꽤 많았지. 병역의무는 개 줘버리고 자신의 권리만 주장하는 이기주의자들이야."

"6·25 때 전장에서 총 맞아 죽을 때 '빽!' 소리를 지르곤 했다는데, 그건 빽 없는 사람들만 전방 총알받이로 배치됐다는 자조 섞인 이야기였다던데."

"자, 우리 잔을 높이 들어 무사히 제대할 때까지 파이팅!"

준수 일행은 기봉의 업무를 방해하지 않기 위해서 서둘러 자리를 떴다. 맥줏값은 가장 나이가 많은 준수가 지불했다. 업소를 나와 광안리 해수욕장 쪽으로 발걸음을 돌렸다.

"야, 저기가 계엄 때 시민, 대학생 등 잡아 가둬두었던 곳이 아니냐?"

"맞아. 그때 몇 명이나 잡았냐?"

"합쳐서 수십 명 정도? 난 체포조였지만 실적이 형편없었어. 그래서 텐트 지키는 감시조가 됐지."

준수가 입을 열었다.

"그때 네가 몇 사람을 풀어줬다는 소문이 있었는데, 사실이냐?"

"짜아식, 누가 풀어줬다고 그래? 큰일 날 소리!"

"응, 조춘발이가 입을 놀리고 다녀서 알았지."

"야, 그 앞뒤도 못 가리는 찌질이 말을 믿냐?"

일행은 바닷바람을 쐬며 너른 바다가 바라다보이는 조그만 간이 술집에 들어갔다.

"이모님! 대선 쐬주! 한 병에 아나고회 한 접시! 주문합니다."

준수는 남몰래 계엄의 추억을 소환하며 눈을 질끈 감았다 떴다.

# 수양록 사건

"사나이로~ 태어나서~ 할 일도 많다만~ 너와 나~ 나라 지키는~ 영광에 살았다~."

'진짜 사나이' 군가 소리가 울려 퍼지는 가운데 월요일 새 일과가 시작되었다. 그때 방위병 한 명이 헐레벌떡 뛰어와 청천벽력 같은 소식을 전했다. 신입 방위병 기봉이 인쇄공장 소속 '깜상'에게 일방적으로 구타당해 코뼈가 골절되고 얼굴 전체가 피투성이가 됐다는 것이었다.

"깜상이라면? 조춘발 상병? 그 새끼가 기어코 일을 냈네."

"네, 맞습니다."

"가보자!"

사람들은 조춘발 상병의 피부가 새까맣게 그을려서 깜상이라고 불렀다. 부리나케 서둘러 인쇄공장으로 달려간 김준수의 눈앞에 깜상과 기봉은 보이지 않았다. 대신 땅바닥에 핏자국이 보였다.

"기봉이 어디 갔어? 깜상은?"

김준수의 화급한 목소리가 무색하게 인쇄공장 군무원들은 삼삼오오 모여서 한가한 뒷담화를 나누고 있었다. 얼굴에 피칠갑을 한 기봉은 동료 방위병들에게 업혀서 의무과로 갔다고 했다. 왜? 무엇 때문에 싸움이 일어났는지 궁금한 준수는 일단 목격자들의 이야기를 주워들었다.

"어이, 김 상병. 똥방위놈 군기를 잡은 게 뭐 잘못된 거냐? 적당히 해라잉."

인쇄공장 현역병들의 말에 따르면 깜상이 기봉이의 빠진 군기를 잡기 위해서 기합을 좀 심하게 준 모양이라며 대수롭지 않게 여겼다.

그러나 방위병들의 증언은 달랐다.

"말도 말아요. 맨날 조 상병은 자기 기분에 따라서 얼차려를 시키는데, 그건 개인적인 화풀이, 사적 린치나 다름없어요, 이것 보세요. 제 이빨도 하나 나갔지요? 어휴."

조 상병에게 아구창을 얻어맞아 옥수수(이빨) 한두 개씩 털린 방위병들이 수두룩했다. 계엄 때는 전군에 보낼 계엄포고령 관련 서류, 포스터, 책자 등을 인쇄하느라 밤낮없이 바쁘게 돌아갔다. 초보자인 기봉은 일이 서툴고 동작이 굼뜨다는 이유로 사수인 조 상병으로부터 울력다짐에서 기수열외 당했고 얼차려를 빙자한 온갖 구타와 고문을 당했다.

"야, 쓰블 놈들아! 광주에서 내 친구는 공수부대가 쏜 기관총에 맞아 벌집이 돼 죽어부럿단 말이다. 근디 니들은 세월아 네월아, 굼벵이 새끼처럼 시간만 때우다 퇴근해?"

조 상병은 엎드려 뻗친 방위병들의 궁둥이에 빳다를 치면서 "국방부 시계는 거꾸로 매달아 놔도 돌아간다, 이거지? 이 새끼들아! 죽어라"라고 소리를 고래고래 질렀다.

"아, 아닙니다!"

"복창 소리가 작다! 허벌나게 빠져 가지구들 말야."

조 상병은 유독 기봉이에게만 가혹하게 대했다. 방망이질하던 팔에 힘이 달렸던지 담배를 피워 물고 무엇인가 미심쩍은 듯 고개를 갸우뚱거렸다.

'기봉이 새끼는 대학생 때 반정부 데모하다 경찰에 잡혀 계엄법원까지 갔다 왔으니 순도 100% 빨갱이가 맞을 거야. 근데 내 친구는 민주주의를 지키려는 시민군으로 공수부대 놈들과 총싸움하다가 총 맞아 죽어부렀다. 그런데 공수부대는 시민군을 북한 간첩의 지령을 받은 빨갱이라고 한다. 잠깐, 그러면 기봉도 빨갱이? 내 친구도 빨갱이? 누가 진짜 빨갱이란 말이야? 이거 되게 헷갈리네.'

"아~ 몰랑. 내 아이큐로는, 대굴빡 터져부르겠다."

골초인 조 상병은 줄담배를 피우며 연기를 허공에 날려 보냈다.

조 상병의 지적 수준으로는 이처럼 복잡한 고차원의 방정식을 풀 수 없었다. 그저 눈앞에 보이는 기봉이를 유신철폐, 반정부시위에 참가하여 계엄재판까지 받은 반국가사범으로 몰아붙이며 구타를 가했다. 그리고 공수부대와 교전하다가 사살당한 시민군 친구가 천애 고아였다는 애달픈 사연을 뒤늦게 알고서는 반정부 시민군의 편이 되기로 굳게 마음먹었다.

"근데 춘발이 말야, 지 친구가 총 맞아 죽은 것과 기봉이랑 무슨 상관이란 것이야? 얼토당토않은 억지 부리는 거 아닌가?"

"글쎄다, 친구와 기봉이가 모두 빨갱이라면 이치상 가재는 게 편이라구, 기봉이를 미워하면 안 되는 거 잖아. 꼴통새끼."

"근데 왜 기봉이를 못 잡아먹어서 안달복달 지랄발광이냐 이 말이야. 내 말은."

"아니 그건 그렇고, 기봉이는 왜? 바보같이 맨날 얻어터지고만 살지? 뭔 큰 책을 잡혔나?"

공장 사람들이 뒷담화를 까는 가운데 점잖은 인쇄 과장이 끼어들었다.

"그러니 춘발이가 사리 판단이 어두운 미련곰탱이라는 거야, 무식하면 상식이라도 있어야 하는데. 아무 죄 없는 기봉이가 만만한 얼간이 샌드백으로 보이는 모양이지 뭐."

조 상병은 방위병인 기봉에게 일말의 열등감을 느끼고 있었다. 자신은 시골 깡촌에서 중학교를 다니는 둥 마는 둥 하다 광주로 나와서 기름밥을 먹던 인쇄공이었는데, 조수인 기봉이는 축제, MT, 미팅 등 대학물까지 먹었고, 또 밤에 유흥업소에 나가 드러머로 멋지게 활동하면서 거북선이나 선 등 비싼 사제담배를 피워 대니 배알이 꼴리고 열불 딱지가 치밀어올랐던 것이다.

"야, 기봉이 새끼야! 난 국방부 지급 쓰디쓴 화랑 담배를 피우는데, 넌 사제담배나 빨고 나랑 맞담배질이냐? 이 호로새끼야!"

일머리가 둔한 깡초보 기봉은 이래저래 조 상병의 눈 밖에 나 왕짜증을 일으키는 눈엣가시가 되었다. 조 상병은 기봉이가 인쇄공장에 배치된 것도 김준수와 인쇄 과장, 부장 등이 뇌물을 먹고 한 일이라고 믿고 있었다.

"지들끼리만 나눠 먹었다 이거지, 이 새끼들을 어떻게 죽여야 잘했다고 소문이 짜할까나? 쓰블."

심통이 사나운 조 상병의 불량한 눈빛은 적개심에 불타올랐다. 이런저런 이유로 기봉은 앙숙 같은 두 상병의 악연으로 말미암아 고래 싸움에 새우등 터지는 희생양 꼴이 되고 말았다. 조 상병은 김준수와 친한 기봉이를 향해 쏘는 분노의 불화살이 곧 김준수의 가슴에 꽂히는 것이라는 생각에 구타의 강도는 점점 심해졌다.

"너희 두 새끼가 간부? 한통속이지. 때려죽일 놈들!"

조 상병은 끄덕하면 기봉의 실수를 책잡아서 인쇄공장 뒤로 끌고 가서 마치 운동으로 몸을 풀 듯, 폭행을 서슴지 않았다. 그가 자랑하는 주특기인 돌머리 헤딩을 연습한다는 명목으로 기봉의 가슴팍을 들이받아 멍들게 했고, 군홧발로 조인트를 까서 주저앉힌 게 한두 번이 아니었다.

"군대에서 죽으면 개 값도 못 받는 거 알지? 차라리 내 손에 죽는 게 편할 텐데."

이 끔찍한 구타 장면을 지켜본 다른 방위병들은 어찌할 도리가 없이 그저 주먹만 쥐었다 폈다 하며 부르르 떨었다. 공장의 군무원들도 현역병의 일에 제삼자로서 적극 나서지 않고 뒷짐만 지고 있었다. 이 광기 어린 '인간 백정'이 저지르는 만행에 대해서 뒷담화만은 계속 이어졌다.

"기봉이 쟤 골병이 단단히 들었을 걸. 미친개한테는 몽둥이가 약이라던 데, 츠츳."

"깜상 그놈 정신 돈 거 아냐? 살기 띤 그 붉은 눈깔, 아휴! 섬뜩해."

사람들은 조 상병의 만행에 혀를 내둘렀고 '개고기'라는 별명까지 붙여 주었다.

"아니 근데 왜 기봉인 개고기한테 당하고만 있지? 엘레지를 확 물어 뜯어버리든지 해야지…."

"내 말이, 나 같으면 짱돌로 골통을 찍어 아작을 내버릴 텐데, 이에는 이, 눈에는 눈이지. 암."

"그 착한 순둥이가 어떻게 그런 짓을? 츳츳."

조 상병은 그러나 사제담배를 바치거나 막걸리값 명목으로 푼돈을 모아 상납하는 방위병들은 작업에서 열외 시켰다. 이러다 보니 이쁨을 받기 위해서 자진해서 삥 뜯기려는 노예근성을 가진 자들도 생겨났다.

"또 복권을 사다 바치는 놈한테는 오전 또는 오후 근무 열외, 휴식! 특별대우를 했다는군."

"방돌이들이 뭔 돈이 있어? 벼룩의 간을 빼먹지."

"GSSG! 똥개, 멍게, 말미잘. 쓰블."

"뭔 뜻이야, 그 영어는?"

"개새끼! 힘 있는 윗놈에게 굽신거리고 약한 놈은 작살내는, 아주 치사한 인간말종이지."

입대 전 시골 읍내에서 껌 좀 씹었다는 춘발은 팔의 문신, '차카게 살자'를 보여주며 "이게 뭔지 알지?"라면서 방위병들에게 겁을 주고 공갈을 일삼았다. 김준수는 그런 조 상병이 왜소하고 빼쩍 마른 기봉을 습관적으로 구타한다는 것은 그의 왜곡된 이상심리 때문일 거라고 생각했다. 전치 3주 폭행이면 중상이고 군형법상 상해죄가 적용되면 구속감인데 춘발은 일말의 죄책감도 없이 갑질을 서슴없이 자행했다.

"춘발의 분노는 어떤 숨겨진 좌절과 불안의 결과물일 것이다. 그의 심리를 상담해서 치료하지 않는 한, 야수적 만행은 그치지 않고 끝내는 사이코패스, 좀비 괴물이 될 것이다."

김준수는 이와 같은 심리분석을 자신의 수양록에 기록해 놓았다. 또한 이를 바탕으로 조 상병이 다시는 까불지 못하도록 따끔한 맛을 보여주기 위해 본부대장에게 그동안의 행패를 보고하기로 했다.

어느 날, 공장 현장점검을 하러 간 김준수는 조춘발 상병으로부터 뜬금없는 소리를 들었다. 기봉이가 인쇄기에 모래를 뿌리려 했다는 황당한 이야기였다. 수십억 원짜리 인쇄기에 모래를 뿌린다는 것은 상상할 수 없는 중대 범죄 행위였다.

"야, 그 무슨 밑도 끝도 없는 뚱딴지같은 소리냐? 그딴 말은 인쇄공에게는 쥐약인 거 몰라?"

"뭐? 그 새끼가 반정부 데모꾼이었잖아. 그러니까 위장취업 해서 인쇄물을 올스톱시키려고 한 거다 이거야."

"반정부 데모꾼? 위장취업? 귀신 씨나락 까먹는 소리 하지 마라.

큰코다치기 전에."

김준수는 쇠귀에 경읽기인 줄은 알았지만, 조춘발에게 다시 한번 반복해 주지시켰다.

"너 증거도 없이 함부로 넘겨짚으면 무고죄나 명예훼손죄에 해당 돼. 알어?"

"뭔 쓰잘데기 없는 소리를 지껄이고 나발이여? 난 까막눈인께 몰라."

"넌 모든 게 엿장수 마음대로야. 지 꼴리는 대로 생각하고 행동한 단 말야."

"흥, 이래 봬도 난 고향에서 '영빨도사!' 용한 점쟁이 소릴 들었어. 느그들 창새기 속까지 싹 다 보인단 말여."

그가 비웃듯 말했다.

"그 무슨 멍멍개 짓는 소리냐? 사이비 선무당이 사람 잡는 법이야. 그럼, 기봉이가 모래를 뿌리려 했다는 증거를 대봐!"

"근디 너 말여, 쓸데없이 오지랖은 넓어서 어쩌고저쩌고 참견질이 나 하고 다니냐?"

"야, 이 빠가야! 내 직책이 방위병 관리인 걸 모르냐?"

물과 기름처럼 겉도는 두 사람의 입씨름은 한도 끝도 없이 이어질 판이었다.

그날 김준수는 퇴근 시간에 방위병들을 집합시켜 그동안 조춘발 에게 털린 돈과 상납한 물건에 대해서 날짜별로 전수 조사했다. 이런 말이 조 상병의 귀에 들어가자, 조 상병은 이를 부득부득 갈면서 복수의 칼을 갈기 시작했다. 우선 김준수를 골탕 먹일 '한탕 거리' 찾기에 혈안이 되었다.

그러던 어느 날 모두 낮 근무에 나가 텅 빈 내무반에 혼자 있던 조 상병의 눈에 우연히 띈 것은 김준수의 관물대에 고이 모셔져 있는 수양록이었다. 수양록은 군인에게 주어진 일기장이었다. 별다른 오락거리가 없는 지루한 군대 생활에서 조 상병은 김준수의 일기를 몰래 훔쳐본다는 데서 스릴을 느꼈고 특히 동백에게 보내는 연서를 읽을 때는 짜릿해서 흥분이 되었다.

…포근한 봄날 밤 동백섬에서 두 남녀의 달빛 데이트가 한창이었다. 희희낙락거리며 남자 등에 업힌 여자는 달을 따다 주면 모든 걸 다 주겠다고 했다. 남자는 혼신의 힘을 다해 공중으로 펄쩍 뛰어보지만 어림도 없었다. 오히려 업힌 여자를 떨어뜨릴 뻔했다. 문득 무엇인가 생각난 듯 남자는 여자를 업은 채로 섬 부근 바닷가로 갔다. 그리고 바닷물을 두 손으로 한 움큼 떠서 여자의 섬섬옥수, 하얀 손바닥에 쏟아부었다. 한 움큼, 두 움큼 붓다 보니 어느새 여자의 손안에 보름달이 들어와 빛을 내고 있었다. 남자는 여자의 약속대로 모든 걸 다 달라고 했다. 그날 뽀뽀를 했고 가슴에 품은 뒤 밤새도록 빙글빙글 강강수월래 춤을 추었다. 달의 환생…

"옳다구니, 이제야 군대 생활 낙을 찾은 거 같으네. 어? 근데 이건 뭐지?"

조 상병의 눈이 갑자기 퉁방울처럼 휘둥그레졌다. 김준수가 계엄령 때 체포된 시민과 대학생 일곱 명을 풀어줬다는 내용을 발견한 것이었다.

"햐아, 이건 헌병대에 즉시 꼰질러야 쓰겄다. 맞다 맞아! 김준수 그 서울 놈이 바로 반정부 반체제 빨갱이, 간첩이었어."

몇 장을 더 넘기자 자신에 관한 이야기도 적혀 있었다.

"춘발이 놈은 조수 기봉이를 허구한 날 복날 개 패듯 주먹질하고 머리통으로 들이받아 나는 '인간 백정'이라 부른다. 그건 미필적 고의에 의한 살인미수죄를 범한 거나 마찬가지다. 최소한 폭행치상죄! 군법회부감이다. 당장 윗선에 보고해서 그 못된 버릇을 단단히 고쳐놓을 테다. 정의의 황금박쥐."

"김준수, 이 새끼가 내 뒷조사나 하고 다녀? 요놈을 어떻게 씹어 돌려부르까잉?"

그때 내무반 문이 삐걱 열리면서 박 일병이 들어서자 조 상병은 읽고 있던 수양록을 얼른 덮고 뒤로 감추었다.

"야 새끼야! 인기척이라도 하고 들어와야지 간 떨어질 뻔했잖아. 쓰블. 대가리 박아!"

박 일병은 보초 근무를 나가기 위해서 내무반에서 소총과 철모와 탄띠를 가지러 들어왔던 것이다.

"어휴, 저 새끼 땜에 오줌 지릴 뻔했네. 뭘 꾸물대! 빨리 나가!"

조 상병은 혹시 박 일병이 자신의 손에 쥐어진 수양록을 봤는지 아닌지 꺼림칙했다.

"야, 너 안경 도수가 어떻게 돼? 조금 전 내 손에 뭐가 있었어? 빨리 말해!"

"네, 나안은 0.1. 교정은 0.8입니다. 본 거 아무것도 없습니다. 이상입니다!"

"그러면 됐어. 너 진짜 본 거 없다고 말했다. 빨리 나가! 빠 빠 빠 빨리!"

조 상병은 그래도 안심이 되지 않았다. 만약에 박 일병이 김준수에게 수양록 훔쳐본 것을 말하는 날이면? 그때는 죽기 아니면 까무러치기의 사생결단 전쟁이 벌어질 것이었다.

어느 날, 내무반 최고참이자 취사반장인 이 병장이 심각한 표정을 지으며 김준수를 불러 무엇인가를 귀띔해 주었다. '멍게'라는 별명을 가진 이 여드름쟁이 병장은 김준수에게 영어를 배우고 있어 상당히 호의적인 인물이었다.

"김 상병, 그거 아나? 근디 거시기, 그것이 말여…."

이에 잔뜩 호기심이 발동된 김준수는 "그것이 무엇입니까? 궁금해 미치겠습니다"라고 재촉했다.

"이건 말이여. 무덤까지 가져가야 할 비밀인 것 같은디, 에잇 모르겠다. 고 미친놈이 도둑고양이였다 이 말이여."

"도둑고양이? 뭐가요?"

안달이 난 김준수는 단도직입적으로 물었다.

이 병장의 말에 따르면 조춘발 상병이 낮에 보초 간다는 핑계로 아무도 없는 내무반에 들어와서 김준수의 관물대에 있는 수양록을 종종 꺼내 훔쳐본다는 것이었다. 벌써 자기에게 들킨 것만 서너 번이나 된다고 말해줬다.

"뭐요? 내 수양록을? 훔쳐본다구요? 그 새끼가?"

이 말을 들은 김준수는 망치로 뒤통수를 얻어맞은 듯한 충격을 느꼈다. 이윽고 조춘발이 자신의 일기장을 도둑고양이처럼 숨어서 읽는 모습을 떠올리자 뜨거운 뭉치가 속에서 치밀어 올라왔다.

"근데 이 병장님은 어떻게 아셨어요? 그리고 왜 여태껏 말 안 해줬어요?"

김준수는 너무 화가 나고 당황한 나머지 상급자인 이 병장에게 따지듯이 물었다. 이 병장은 할 말이 없는지 담배를 피워 물고는 딴전을 피웠다. 그는 부대 안에서 개미 한 마리도 자신의 천리안 안테나를 벗어날 수 없다고 호언장담하는 허풍기가 강한 인물이었다. 이 병장은 자신의 목격담을 더 털어놓음으로써 김준수에 대한 미안감을 덜어내려는 듯했다.

이 병장은 조 상병 관련, 숨겨놓았던 이야기 하나를 꺼내 들려주었다.

"으으음, 동백아, 이리 온나~ 앞가슴이 으스러지도록 꼭 껴안아줄 텡 게로."

"오늘 밤 꿈속에서 나와 배꼽춤 출 거지잉? 음메! 브루스가 좋다구? 낄낄 깔깔…"

혈기왕성한 20대 초반 군바리는 빨간색 도색잡지의 춘화를 본 듯

에로틱한 기분에 도취되어 허우적거렸다. 입대 전 그의 취미는 읍내 심야 비디오방에서 성인용 비디오물을 몇 날 며칠 식음 전폐하고 보는 것이었다. 그런 그가 가슴에 여자 사진을 끌어안고서는 해롱해롱하며 블루스 춤을 추는 흉내를 냈다. 넋이 나간 몽유병 환자 아니면 성도착 관음증 환자 같았다.

"야, 임마. 뻥구야! 정신차려! 뭘 그렇게 넋을 잃고 지랄발광이여?"

갑자기 내무반에 들어온 이 병장이 호통과 함께 조 상병의 뺨을 한 대 후려갈겼다. 그래도 조 상병은 여전히 약에 취한 듯 몽롱한 채 해롱거렸다. 그의 손에는 김준수의 수양록과 동백의 사진이 들려 있었다.

"야 도둑놈아! 너 오늘 잘 걸렸다. 이젠 빼도 박도 못하겠지?"

"아, 아니, 아니라구요. 저는 절대 아니에요. 아, 킹받네! 쓰블."

"뭣이 아녀? 너 새끼! 허벌나게 몽둥이찜질 당해야 알긋냐?"

조 상병의 눈동자는 이미 돌아갔고, 입에서는 침을 질질 흘리고 있었다. 꿀 항아리에 빠져 코 박고 꿀 빨다가 마침내 배가 터져서 죽고 마는 바퀴벌레의 최후 모습 같았다. 순간 이 병장도 갑자기 호기심이 생겨 사진을 뺏어 보았다.

"야~ 근디 이 사진 속 이쁜 여자는 누구냐?"

"그 여자로 말할 것 같으면, 나와 그의 공동의 애인이지라."

"이 새끼야 똑바로 말해, 뭔 공동 애인이여?"

"오! 사랑하는 나의 동백 씨, 자나 깨나 삼삼한 처자의 모습에 불면의 밤이 벌써 서너 달, 아니 일 년째. 에헤헤."

"어? 너. 돌대가리인 줄 알았는데, 수양록을 통째로 외워뿌렀네. 얼마나 많이 봤으면…."

"아니, 거시기, 저기 이히힛…"

"이 새끼, 돌아도 곱게 미쳐라잉."

이 병장은 수양록과 사진을 김준수의 관물대에 원위치할 것을 명령했다.

"너 도둑고양이질 김준수에게 죄다 일러바쳐야 쓰것다. 임자 제대로 만나서 되지게 터져봐야 정신 차리것지."

"아, 아직요. 이건 무덤까지 가져가야 할 비밀이란 말예요. 제발 살려주세요. 네?"

"1절만 해. 샷 더 마우스! 이제 넌 죽었다고 복창해!"


이렇게 당시의 상황을 재연하며 김준수의 눈치를 살피던 이 병장은 담뱃불을 붙인 뒤 또 다른 목격담을 계속 이어갈 참이었다.

"잠깐만요. 저도 담배 한 대 피우고요."

"그니까 춘발이 놈, 저번엔 지대로 딱 걸렸지. '빼박캔트'로."

"빼박캔트?"

"'빼도 박도 못하다'라는 관용구에 '할 수 없다'라는 부정의 영어 조동사 can't를 합쳐서 창조한 말이여. 내 발명품, 어때?"

"그 기발한 창의력은 정말 알아줘야 해요. 근데요?"

"그러니까 수양록을 도로 넣을 수도 없고 들고 있을 수도 없는 엉거주춤한 자세를 취하는데… 똥 마려워 끙끙거리는 똥개 새끼 같았다고나 할까."

"아. 그놈이. 그. 랬. 단. 말. 이지요?"

김준수가 어금니를 앙다물자 발음이 밥알처럼 스타카토 단음으로 잘려져 나왔다.

"글쎄, 그랬다니까. 게다가 동백이라나, 어떤 여자 사진을 꼭 쥐고 뽀뽀하고 블루스 추고 정말 난리 부르스였어. 이제부터 그 새끼 별명은 '빼박'이야."

"동백이 사진을? 그 빼박이를 어떻게 요리해야 잘 했다 소문날까? 허~."

"어짜쓰까잉? 이 국자로 대구리를 후려쳐서 기절시킨 뒤 저 불 가마솥에다 삶아버릴까? 불여수 같은 놈을!"

김준수는 수양록에 춘발이의 침이 튀겼고, 동백의 사진에 그의 손때가 묻었을 것이라고 상상하는 것만으로도 울화통이 터져 미치고 환장할 노릇이었다.

"으이구! 주먹이 운다 울어. 소주라도 벌컥벌컥 좀 들이켜면 낫겠는데…"

허깨비와 사투를 벌이는 듯 스스로 지쳐가는 김준수는 깊은 한숨이 나날이 늘어갔다. 시도 때도 없이 울화가 치밀어 입에서 화염이 뿜어져 나오곤 했다.

생각해 보니, 점호 전 수양록 작성 때 반대편 침상에 앉아 있는 춘발의 흔들리는 눈초리가 미심쩍기는 했다. 도둑고양이처럼 곁눈질로 흘끔흘끔 훔쳐보다가 눈이라도 마주치면 얼른 피하면서 혀를 내밀며

괴상한 표정을 짓곤 했다.

'짜식! 관상은 과학이라더니 표정도 지지리 못난 것만 골라서 짓고 있네.'

아무리 호기심에서 출발한 것이라 할지라도 조 상병의 훔쳐보기 관음증은 단호히 단죄되어야 마땅했다. 김준수는 동백에 대한 내밀한 고백이 까발려진 게 창피해 고개를 들고 다닐 수 없었다.

"세상에 저런 후안무치한 개망나니가 또 있을까? 낯에 철판을 깔아 부끄러움을 모르는 인간말종! 두고보자."

김준수는 한밤중에 보초를 서다가도 조 상병이 동백의 나체를 그리며 눈 흘레를 실컷 했으리라는 상상을 하면 미칠 지경이 되었다. 그래서 소리를 빽! 지르곤 했다.

"스톱 더 스틸(Stop the steal)! 당장 그 도둑질 멈추지 못할까?"

그때 어두컴컴한 곳에서 검은 물체가 살금살금 다가왔다.

"토끼!"

"거북이!"

순찰을 도는 주번사관과 암구호를 나눈 김준수는 팔굽혀펴기 10회 얼차려! 기합을 받았다.

"야, 임마! 보초가 소릴 지르면 어떡하냐? 요즘 부대 방어 상황을 점검하는 특전사 애들이 불시에 침투할 거란 말 못 들었어?"

"알고 있습니다."

"기도비닉과 은폐, 엄폐 유지하고 근무 똑바로 섯!"

"충성!"

새벽하늘에 샛별이 홀로 반짝였다. 어디선가 불어온 스산한 바람에 어지럽게 흩날리는 나뭇잎들은 김준수의 심란한 속내와 닮아 있었다.

속앓이를 하던 김준수는 마침내 어느 날 D 데이로 잡고 조 상병을 불러세웠다. 성난 사자가 된 김준수는 온몸의 근육이 불뚝거려 전의가 불타오르고 있음을 느낄 수 있었다. '성난 사자는 도둑고양이 따위의 의견을 묻지 않는 법이다.' 김준수의 어릴 적 별명은 차돌 또는 대추방망이였다. 그만큼 속이 알차고 야무져서 또래들이 감히 장난치거나 덤비지 못했다. 게다가 태권도 공인 3단의 유단자였다.

"야! 임마, 내무반으로 따라와!"

"무어? 뭐 땀시? 맞짱 뜰 거여?"

"그래, 네놈의 손모가지를 싹둑 잘라버리든가 눈을 먹통으로 만들어 버리든가."

갑자기 훅 들어온 맞대결 제안에 조 상병은 킁! 하고 콧방귀를 뀌었지만 어딘지 심상치 않음을 느꼈다.

"오늘이 내 제삿날? 잠깐! 그럼 동백이한테 유언이라도 남겨야 할 텐데."

조 상병은 한 치 앞을 알 수 없는 불안하기 짝이 없던 상황에서도 실없는 헛소리를 지껄였다.

"야, 춘발! 가만히 있으니까 가마니로 보였냐?"

내무반 문고리를 찰칵 걸어 잠근 조 상병은 선빵 필승! 공격이 최선의 방어! 이 같은 구호에 따라 주먹을 먼저 날리며 선제기습 공격을 가했다. 얼떨결에 얼굴을 맞은 김준수의 코에서 코피가 묻어났다. 피는 사람을 흥분시킨다.

"남의 수양록이나 훔쳐보는 못된 놈! 오늘이 네 제삿날이다."

김준수가 꼭 거머쥔 정권을 날려 조 상병의 코밑 급소인 인중을 타격하자 그대로 나가떨어졌다. 이어 앞차기로 면상을 강타하자 뒤로 벌렁 나자빠졌다. 갑작스런 맹공에 조 상병은 얼이 빠진 듯 얼굴이 하얗게 변했다.

"야, 내가 뭘 잘못했다고? 생사람을 잡고 지랄이냐? 쓰블."

"네 죄를 네가 알렷다!"

순간 김준수는 태권도 유단자답게 앞차기와 이단 옆차기, 돌려차기 등을 섞어서 연타공격을 가했다. 소나기 펀치에 거의 일방적으로 얻어맞는 조 상병은 곤죽이 되어 바닥에 누웠다가 가까스로 일어서서 비틀거렸다.

"이 악질 도둑고양이 새끼야, 유언은 남겼냐?"

김준수의 군홧발이 날파람을 일으키며 위로 치솟았다가 사선을 그으며 조 상병의 턱주가리를 가격했다. 둔탁한 타격음과 함께 조 상병의 머리통이 뒤로 휙 젖혀졌다. 조 상병은 죽은 듯 가만히 있다가 갑자기 도둑고양이처럼 냅다 침상 위로 뛰어 올라가 관물대에서 대검 두 자루를 꺼내 들었다. 예상 밖의 기만전술이 전개되자 김준수는 놀라며 일보 후퇴, 방어 자세를 취하며 공격할 틈을 노렸다. 필사즉생! 김준수는 눈앞에서 이글이글 타고 있는 석탄 난로의 쇠뚜껑을 집어 들었다. 시뻘겋게 달아오른 쇠뚜껑과 시퍼렇게 날 선 쌍칼이 제대로 한판 승부를 가릴 판이었다. 쨍! 쨍! 쨍그랑! 무기와 흉기가 창과 방패처럼 맞부딪치면서 소음과 불꽃이 번쩍번쩍 튀었다.

"야, 도둑고양이 새끼, 불지옥에나 떨어져라!"

"난 안 죽어, 불여우 아니 불사조야! 누가 수양록을 봤다고 그 지랄발광이냐? 증거대 봐! 동백 씨 조금만 기다려요, 이놈 처치하고 달려갈게요."

"입만 열면 거짓, 사기, '뻥구'야, 차라리 지구를 떠나거라!"

주고받는 공수의 대결은 무술대회에서 막바지 절정을 향해 달리는 듯했다. 이글거리는 쇠뚜껑이 불놀이하듯 벌겋게 원을 그리며 빙글빙글 치솟았다 수직 낙하하면서 대검을 날려버렸다.

"앗, 뜨거! 이 죽일 새끼."

대검을 놓친 조 상병은 겁에 질린 채 우거지상이 되었다. 남은 한 자루 대검을 꼭 쥐고 있던 조 상병은 마지막 발악을 하듯이 칼을 휘두르며 김준수를 향해 돌진했다. 김준수는 몸을 휙 돌리면서 올려차기와 내려찍기로 타다닥 마무리했다. 이런 고난도의 태권 기술은 결투의 대미를 멋지게 장식했다. 깜상은 비명을 지르며 잿더미처럼 스르르 무너져 내렸다. 피칠갑을 한 몸에 여러 갈래 선혈이 흘러내린 얼굴은 좀비처럼 보였다.

"너 훔쳐 간 동백이 사진 내놔, 그러면 살려줄게."

"알써! 다음번에 주께. 나 졌잘싸(졌지만 잘 싸웠다), 인정? 휴우~ 죽다 살았네."

죽음의 문턱까지 갔던 조 상병은 천신만고 끝에 지옥에서 살아 돌아온 느낌이었다.

그날 김준수의 수양록에는 다음과 같이 기록되었다.

…나의 분노는 어디서 왔는가? 의로운 분노, 냉소적 분노 중 어디에 해당할까. 다시는 주먹다짐을 하지 않겠다. 하지만 피치 못하게 싸워야 한다면 그것은 정의로운 주먹이어야 한다. 착하게 사는 건 이미 포기했지만 착한 게 옳은 건 맞다. 악인 응징.…

내무반 대결이 끝난 뒤 건너편 취사장 창문이 빼꼼히 열리고 여드름투성이 멍게 병장이 고개를 삐죽이 내밀었다. "거기 뭔 일 있냐? 아까 참에 뭔 투닥거리는 소리가 들렸는디?" 하며 능청스런 웃음을 흘렸다. 김준수는 "아니요. 쥐새끼 쫓느라고…"라며 얼버무렸다. 눈치 100단의 멍게 병장은 내무반 창문 문틈으로 이 둘의 결투 장면을 다 엿보고도 모르는 체 시치미를 뚝 떼며 의뭉을 떨었다.

"아 참, 김 상병. 오늘 스타디(study) 데이지? 내준 숙제 단어는 다 외웠어."

이 병장은 제대가 얼마 안 남은 왕고참으로서 김준수에게 영어를 배운 지 벌써 1년이 넘었다. 그는 고마움의 표시로 가끔 김준수의 보초 근무가 없는 날, 취침 시간에 깨워 취사반 휴게실에서 조촐한 술상을 봐 함께 마셨다. 물컵에 따른 막소주 두세 잔과 간장 양념의 으

깬 두부에 염장무가 안주의 전부였다. 야심한 밤에 숨어서 들이키는 물컵 소주는 짜릿했다. 차가운 겨울 밤하늘의 수많은 별을 쳐다보면서 소피를 볼라치면 술기운 탓인지 괜한 그리움과 서러움이 밀려왔다.

"동백아, 보고싶다, 사랑해, 굿나잇!"

숨어서 마시는 술은 이렇게 어쭙잖은 객기를 불러일으켜 가끔은 낭만적이었다.


하룻강아지 범 무서운 줄 모르고 덤볐다가 작살이 난 조 상병은 푼수데기처럼 훔쳐본 수양록 이야기를 떠들고 다녔다. 동백 이야기는 물론 자신이 잡아 온 거수자들을 김준수가 제멋대로 풀어줬다면서 설레발치며 온 부대 안을 휘젓고 다녔다.

"망나니 같은 놈, 정말 고쳐 쓸 수 없는 놈이네."

김준수는 이렇게 럭비공처럼 어디로 튈지 모르는 녀석의 천방지축에 대비해야 한다고 생각했다. 만약 조 상병이 헌병대에 자신을 고발한다면, 미리 방어 논리를 마련해야 했다. 김준수가 가까스로 찾아낸 방어책은 불법으로 채취한 증거는 법정에서 증거로서 채택되지 않는다는 독수독과(毒樹毒果)의 형법 조항이었다. 독이 든 나무의 열매에도 독이 있다는 뜻으로, 법에 어긋난 방법 즉 불법 부정으로 얻은 증거는 증거로 인정할 수 없다는 형사소송법의 내용이었다. 남의 물건 그것도 한 사람의 영혼을 기록한 수양록을 훔쳐보고 그곳에 서술된 내용을 근거로, 범죄혐의점을 발견했다고 수사기관에 고발하는 것은 엄연한 불법 증거취득일 뿐 아니라, 사생활 침해와 절도, 명예훼손 등으로 오히려 역공을 당할 수도 있는 중대 사안이었다.

김준수는 어느 나른한 오후 사무실 책상에 엎드려 잠시 눈을 붙이고 있었다.

"김 상병님, 일어나세요. 오늘 기봉이 문병 가는 날이잖아요."

행정 방위병이 깨우는 소리에 화들짝 놀란 김준수는 "아차차! 내 정신 좀 봐"라며 사무실 문을 부리나케 나섰다. 며칠 전 조춘발 상병의 무차별 폭행에 어육이 된 기봉이 심히 걱정되어 의무실로 달려갔다. 의무실 문을 다급히 열고 들어가 보니 기봉은 얼굴에 붕대를 칭칭 감고 야전침대에 누워있었다. 눈이 마주쳤을 때 언뜻 누군지 분간할 수가 없었다. 붕대 사이로 빼꼼히 내민 눈매에서 기봉의 온순한 모습을 조금 엿볼 수 있었다.

김준수는 "지렁이도 밟으면 꿈틀한다는 데 왜 대꾸 한번 못하고 당했느냐?"며 다그치고 싶었다. 그러나 병상에 있는 중환자에게 차마 잘잘못을 따질 수는 없었다.

밥풀때기 세 개, 대위 계급장을 단 하마 같은 몸집의 군의관은 테가 굵은 돋보기안경 너머로 부리부리한 눈알을 돌리면서 한참 째려보다 목청을 높였다.

"이 놈아가 푼수떼기, 빙충이, 농띠꾼, 삐리한 고문관이가? 맞나?"

"아니요. 성실하고 착한 방위병입니다."

"근데 어떤 문디 시키가 생사람을 이렇게 맹글었단 말이고? 잡으려면 삼복 날 똥개나 저 거리 투쟁의 빨갱이 새끼를 족쳐야지. 안 긋나?"

"맞습니다, 맞구요. 근데 지금 상태는요?"

"봐라! 여~ 콧뼈 뿌러지고 광대뼈 주저앉고 이마 박살 나고, 이빨이 몇 개나 부서졌는지 아나? 얼굴은 묵사발! 니주가리 합빠빠! 됫뿌럿단 말이다. 전치 6주 이상 중환자! 치과는 평생 치료! 수술비는 부르는 게 값! 아니 나도 몰라."

군의관은 억센 경상도 사투리로 자신의 분노를 소련제 따발총처럼 쏟아냈다.

"주먹곤죽을 먹인 인간 백정 노무새끼! 나한테 잡히면 모가지 비틀어 죽이뿐다 마."

김준수는 별나 보이는 군의관의 과장된 언행에 웃음을 참고 질문했다.

"근데 앞으로 후유증은 없을까요?"

"국군병원 가봐야… 안되면 민간병원 가야지, 마~ PTSD로 평생 고생할 끼다."

"P, T, S, D요?"

"너그들은 몰라도 된다 카이. '외상후 스트레스 장애' 아님 PTED, '외상 후 울분장애' 평생 씻을 수 없는 정신적 후유증이다. 제대 후 그 새끼 끝까지 따라가서 병원비 달라 캐라. 아님 변호사 사서 빵간에 잡아쳐넣어 뿌라."

사무실로 돌아온 김준수는 세상이 원망스러웠고 사람들이 미워졌다.

　김준수는 그날 수양록에 다음과 같이 기록했다.

　…무지막지한 악마의 패악질에 속수무책으로 당할 때, 정당방위는 어디까지 허용되는 것인가? 나는 이 질문에 앞서 마주 대해야 하는 사람(악마)의 속을 알 수 없으므로 제대로 된 답을 낼 수 없을 것이라고 믿는다. 그렇다고 악마의 꾐에 빠져 번번이 당하고만 살 수는 없지 않은가? 허~ 괴물의 심연을 들여다보다가 나 자신도 괴물이 되지 않을까 하는 생각에 소름이 끼쳐 두렵다. '열 길 물속은 알아도 한 길 사람 속은 알 수 없다'는 속담이 진리일 것이다. 인간의 잠재된 악마성에 관해서.…

# 삼청교육대 '빨간 모자'


방위병 구타 사건이 있은 뒤, 김준수를 만난 인쇄부장은 조춘발 상병을 보직에서 손을 떼게 했고, 기봉에게는 다른 사수를 붙여주었다. 인쇄부장은 자신과 과장이 기봉의 인쇄공장 전입 관련, 김준수로부터 뇌물을 건네받았다는 헛소문을 퍼뜨린 조 상병을 괘씸하게 여기던 참이었다.

"김 상병, 이제 한시름 놓은 것 같네. 그 엉터리 같은 놈 때문에 나와 인쇄과장이 그동안 마음고생이 심했었네."

조 상병은 가난한 고향 집에서 부쳐온 급전으로 기봉의 민간 병원비 일부를 보탰지만, 터무니없이 적은 돈이어서 별 도움이 되지 못했다. 전치 6주의 중상을 입힌 방위병 구타 사건은 호떡집에 불난 듯 시끌벅적하다가 군대 특성상 이내 흐지부지되었다.

"아이쿠, 인자 우리 집 망해뿌렀네. 저 머저리 기봉 새끼가 말아 처잡수셨네잉."

조 상병은 기봉에 대한 앙심을 짓씹으며 복수를 별렀다.

본부대장 S 대위는 방위병 구타 사건을 부대장에게까지 보고하는 번거로움을 피하고 자기 선에서 해결하고자 했다. 조 상병을 불러다 완전군장에 연병장 열 바퀴 돌 것을 명령했다. 그 후 기진맥진한 그를 징계인사위원회에 정식 회부하겠다면서 방방 뛰었다.

"조 상병, 네 죄를 네가 알렷다! 이제 어찌할 거냐? 하사관 학교 갔다 와서 군대 말뚝 박을래? 아님 요새 HID(북파공작원) 모집이 저조하다던데, 거기 가서 지옥 훈련 받고 북괴군 모가지 서너 개 따오던가? 아니면 이건 내가 특별히 봐주는 건데, 유격장 조교 '빨간 모자'로 갈래? 택일해."

영악한 조 상병은 대가리를 이리저리 굴린 끝에, 유격대 조교로 가는 것이 가장 쉬운 징벌이라고 생각했다.

본부대장은 돌아서 나가려는 조 상병을 불러 세웠다.

"야! 너 새끼, 남의 수양록도 훔쳐봤다며? 김 상병 애인 사진까지 훔쳐갔다구? 그건 인간 말종들이나 하는 더러운 짓이야. 허~ 유격대 조교면 싸다 싸."

"ㅆㅂㅅㄲ, ㅁㅊㅅㄲ. GSSG!"

"야 꼴통 새끼야! 뭘 씨불이고 있어, 복명복창 안 해?"

"네, 유격대 조교 파견을 명받았습니다. 이에 신고합니다. 충성!"

조 상병은 군기가 바짝 든 모습으로 차렷 자세를 취한 뒤 거수경례를 붙였다.

"흠, 가서 X뺑이 쳐봐. 빨랑 꺼져! 새끼야. 꼴도 보기 싫다."

조 상병은 바깥으로 나온 뒤 허공에다 주먹질하면서 저주를 퍼부었다.

"너희 장교 새끼들! 유격훈련 들어오기만 해라. 반 죽여줄 텡께롱."

조 상병은 의뭉스럽게 웃었다. 영내서 물의를 일으킨 것과 관련, 진급심사위원회에서 병장 진급 탈락자로 처리되어 상병 제대 예정자로 결정됐다. 또 남한산성 육군교도소나 헌병대 영창 대신 유격대 조교로 전출가는 것으로 마무리되었다.

내무반으로 돌아온 조 상병은 실성한 듯 울고불고 고래고래 소리를 질러댔다.

"내무반에 휘발유 뿌려서 확 불 질러버릴까?"

눈이 돌아 야수로 돌변한 그는 갑자기 관물대에서 대검을 꺼내 들고 허공을 이리저리 가르며 선무당처럼 칼춤을 추었다. 그것은 전에 김준수에게 치도곤을 당했던 것에 대한 복수극처럼 보였다.

"쓰불노무시키들, 콱, 수류탄 까버릴까?"

더블백을 싸다 말고 분이 덜 풀린 듯 이를 부득부득 갈면서 회까닥한 것처럼 행동했다.

그때 김준수가 내무반에 들어서며 말했다.

"야, 너 '빨간 모자' 됐다며? 뭘 그렇게 구시렁거리고 있어, 잘 갔다 와라."

병장으로 진급한 김준수가 작대기 네 개를 달고 나타나자 조 상병은 악다구니를 썼다.

"아, 쓰불, 열받는데 너 병장이라고 나 깔보냐? 서울 다마네기! 유격대에서 보자잉."

피(P)가 나고 알(R)이 배기고 이(I)가 갈리는 일명 PRI, 유격훈련은 1년에 한 번 1주일씩 받아야 하는데, 김준수는 제대 전 마지막 한 번을 남겨놓고 있었다. 조 상병은 급히 더블백을 둘러매고 내무반 바닥에 침을 퉤! 퉤! 뱉은 뒤 씩씩거리며 정문 위병소를 빠져나갔다.

"김준수 새끼, 유격 들어오기만 해라. 다리 몽댕이를 확 분질러버릴 텡게로…"

얼마 후, 김준수는 명령불복종 혐의로 헌병대의 출두 명령을 받고 소환되었다. 계엄 때 검거령으로 붙잡아온 7명의 시민과 대학생을 자의적으로 풀어준 게 사달이 난 것이었다. 상부의 명령도 없이 어찌 병사 개인이 판단해서 임의로 연행자들을 방면시켰느냐는 것이었다. 아무리 계엄령 상황이라도 무차별 검거령은 법리에서도 불법의 소지가 있었지만, 상명하복의 엄정한 군기가 잡힌 군대에서 옳고 그름의 시시비비를 따질 형편이 되지 않았다. 더군다나 사병이 정작 과장인 소령을 상대로 맞대응할 수도 없었다. 이 같은 사달이 난 것은 방위병 상습 구타 사건으로 징계받아 유격장 조교로 전출간 조 상병이 김준수에 대해 억하심정을 품고 헌병대에 고발했기 때문이었다. 그런데 조 상병이 놓친 게 하나 있었다. 형법은 '타인에게 형사 처분 등을 받게 할 목적으로 허위 사실을 신고한 자'를 무고죄 처벌 대상으로 규정하고 있었다.

조 상병은 김준수의 수양록에서 '범죄사실'을 채집해서 그것을 사실인 양 헌병대에 고발했는데, 그것은 불법 증거로 획득한 독수독과

(毒樹毒果)로서 증거채택이 안 되는 것이었다. 이같이 법률 시비에 뒤얽힌 김준수와 조 상병은 전우라기보다는 철천지원수, 개와 원숭이처럼 서로 물어뜯는 앙숙이 되었다.

일단 군대에서 수사기관인 헌병대 소환이라는 것 자체가 죄가 있고 없건 간에 등골이 오싹해지는 공포스러운 일이었다. 김준수는 그러나 뭐 그리 거리낄 것 없다는 굳은 신념에 평상심을 잃지 않았다. 형법상 불법 증거획득은 법정에서 증거채택이 안 된다는 독수독과 조항을 철석같이 믿고 있었기 때문이었다.

어느 날, 군용 지프 한 대가 연병장에 와서 김준수를 뒷좌석에 태우고 해운대 부근 사단 헌병대로 향했다. 높은 철조망 담장이 쳐진 정문을 통과해 수사과 건물 앞에서 내렸다. 영내에서 헌병 두 명이 한 짝이 되어 칼 각을 잡고 절도있게 걸어갔는데, 역시 이곳의 공기가 사뭇 다르다는 것을 실감할 수 있었다. 그때 취사반에서 뿜어져 나온 것인지, 코끝을 자극하는 매콤짭짤한 냄새가 풍겼다. 갑자기 배가 고파진 김준수는 여기가 헌병대임을 모른 채 주책없이 아무 때나 울리는 배꼽시계 소리에 멋쩍어했다. 수사과 출입문 앞에는 '조사관 박민혁'이라는 이름표를 단 하사가 서 있었다. 박 하사가 다가와 김준수를 사무실 안으로 데리고 들어갔다. 사무실 안쪽 자리에는 말뚝 하나(소령)를 단 과장이 앉아있었다. 말뚝은 군인 은어로 영관급 장교의 계급장을 뜻한다.

박 하사는 김준수 병장에게 신원조회서를 내밀고 빈칸을 작성하라고 했다. 신원조회서에는 소속 부대, 군번, 주특기, 주민등록번호,

나이. 성별. 학력, 경력, 집 주소 등을 적어넣는 칸이 있었고, 혐의사실은 공란으로 비워두라고 했다. 작성한 서류를 먼저 훑어본 박 하사는 말뚝 하나에게 다가가 머리를 맞대고 무엇인가를 한참 이야기했다. 그리고 다시 와서는 "저를 따라오세요"라며 존댓말을 했다.

박 하사의 이런 존칭 사용과 나긋한 태도는 군대에서 쓰는 용어인 '다나까' 말투와는 사뭇 다른 것이어서 김준수는 어리둥절했다. 더군다나 용의자나 피의자, 범법자를 다루는 헌병대에서 조사관이 피고발인인 하급자에게 존댓말을 쓰는 것은 있을 수 없는 '괴상한 군대 예절'이었다. 김준수는 미심쩍은 생각이 들었으나 그것이 무엇인지는 가리사니가 잘 잡히지 않았다. 그래서 박 하사의 표정과 일거수일투족에 촉각을 곤두세울 수밖에 없었다.

박 하사가 김준수를 데리고 간 곳은 헌병 내무반 앞 수돗가 벤치였다.

"저녁 식사 시간 때 올 테니까 여기서 기다려요."

"넷! 알겠습니다."

군기가 바짝 든 김준수는 큰 소리로 대답했다.

저녁 식사 시간이면 족히 3시간은 더 기다려야 했다. '이 무슨 꿍꿍이속이 있는 건 아닐까?', '설마 나중에 뒤통수 맞는 건 아니겠지.', '헌병대에 끌고 왔으면 영창에 처넣고 조사를 하든가, 아니면 무혐의로 귀대시키든가 해야지, 이거 참.' 별의별 상념이 밑도 끝도 없이 일어나 또 난마처럼 얽혔다.

'자유란? 애인 또는 별장과 같아서 없으면 가지고 싶고, 있으면 관리가 어려운 것이다.' 김준수는 스스로 골똘히 생각해 낸 사유의 결과물에 대해 "맞다!"라며 허벅지 장단을 쳤다. 이윽고 조사관 박 하사가 돌아왔다.

"김 병장, 오래 기다렸지요. 식당으로 이동합시다."

그런데 이렇게 제법 친한 말투를 구사하는 박 하사가 오히려 낯설고 거북살스러웠다. 군대 짬밥은 어디나 거기서 거기였기 때문에 대동소이했다. 1식 3찬. 겉보리가 섞인 거무스름한 빛깔의 밥에 콩나물 대가리 몇 개 둥둥 뜬 멀건 된장국, 허연 염장무 김치 그리고 부산 어묵볶음이 전부였다.

함께 식사를 마친 박 하사는 김 병장을 다시 내무반 앞 수돗가 벤치로 데리고 가서 별명이 있을 때까지 기다리라고 했다. 이유를 알수 없는 친절에다 긴장감이 감도는 영내 분위기에서 벗어나고 싶은 김준수에게 당장 필요한 것은 담배 한 개비였다. 그러나 헌병대 정문을 통과할 때 담배와 라이터는 이미 다 압수당했다. 하루의 일과가 톱니바퀴 맞물리듯 빈틈없이 돌아가는 숨 막히는 군대 생활에서 천금 같은 자유를 얻었는데, 왜 마음이 편치 않은 것인가? 분에 넘치는 지루함을 깨뜨리려는 듯이 박 하사가 또 마침맞게 돌아왔다.

박 하사는 키가 장대 같은 내무반장에게 김 병장의 편의를 부탁했다.

"내무반장! 이 병사는 여기서 며칠 지낼 것이니 잘 봐주도록 해."

"네, 알겠습니다."

"그럼 수고."

김준수는 내무반장의 지시에 따라 세면대에 가서 세수하고 발을 씻은 뒤 점호가 끝날 때까지 벤치에서 기다렸다. 헌병대답게 내무반의 점호 구령 소리도 군기가 바짝 들어 우렁찼다. 이윽고 점호가 끝나자 내무반장의 수신호에 따라 내무반에 들어간 김준수는 헌병들이 깔아준 매트리스에서 취침에 들어갔다. 피고발 조사 대상자가 어찌하여 영창이 아닌 헌병들의 생활공간에서 이런 호사로운 대접을 받을 수 있다는 것인가. 아무튼 상식 밖의 신기한 일이 군대에서 일어나고 있었다.

2박 3일째 되는 날, 박 하사는 김준수의 퇴소 절차를 밟기 위해서 수사과 사무실로 데리고 갔다. 문이 열리자 사무실 한쪽에 고개를 푹 숙인 군인 한 명이 보였다.

"너, 조춘발 상병 맞지? 저기 조사실로 가 있어."

박 하사의 관등성명 확인에 고개를 든 군인은 다름 아닌 깜상! 조춘발이었다.

'아니, 깜상이 무슨 일로 들어온 거지?'

조 상병도 박 하사의 뒤를 따라 들어오는 군인이 김준수임을 확인했으나 억지로 고개를 돌려 모르는 채 시선을 피했다.

잠시 후에는 자대의 말년 병장인 멍게도 조사실 사무실로 들어왔다.

'어? 이 병장은 왜 또 왔을까?'

멍게 병장은 참고인 자격으로 출두한 것이었다. 조사실에 박 하사, 김 병장, 조 상병, 이 병장 등 4명이 들어와 앉았다. 수사과장인 말뚱

하나가 다음과 같이 주의 사항을 전달했다.

"여기서는 사실에 근거한 말만 한다. 거짓을 말하면 법에 따라 엄벌 조치된다. 또 양심선언을 할 게 있으면 별도로 나 또는 박 하사에게 와서 이야기하도록. 이상. 그럼, 박 하사 시작하지."

조 상병이 헌병대에 온 것은 김 병장과의 대질신문을 하기 위한 것과 또 다른 마약 관련 사건으로 조사를 받기 위해서였다. 부산을 기반으로 한 전국구 조직폭력단체 S파 행동대장 허대박과의 연계 여부 및 마약 판매 활동 등이 조사 대상이었다. S파는 일본의 야쿠자 조직과 연계되어 마약 밀거래에 관여하고 있다는 게 이미 보도되었고, 부산 지검 특수부와 시경 강력계의 수사 선상에도 올라와 있었다.

주로 남미에서 생산된 마약이 외항선에 실려 부산항을 기착지로 일부 하역한 뒤 홍콩이나 마카오로 떠나갔다. 어느 날 부산 시경 강력계 수사관들이 현장을 덮쳤을 때 체포된 S파 행동대장 허대박을 조사하는 과정에서 하수인 조춘발은 판매책의 일원으로 지목되었다. 경찰에서 조춘발의 신상을 파악해 보니 현재 군복무 중이었다. 그래서 경찰은 군 헌병대에 통보했던 것이다.

이어 박 하사의 주도 아래 조사실에서 조 상병과 김준수와 대질심문 조사가 있었다. 박 하사는 심문조서를 작성하기 위해서 타자기 앞에 앉았다. 먼저 이 병장은 이 사건의 목격자로서 증언했다.

"조 상병이 김 병장의 수양록을 훔쳐보다가 저한테 몇 번 들켰어요. 그때마다 주의를 주었는데 안 고쳐졌고, 그 수양록의 내용을 가지고 김 병장을 해코지할 목적으로 헌병대에 고발한 것이라고 생각합니다."

"조 상병! 이 말이 사실인가? 할 말 있으면 해봐."

"왜 나만 가지고 그래? 쓰블, 왜 나만 똥바가지 쓰게 만드냐구용~."

조 상병은 말문이 막히면 엉뚱하게 동문서답하면서 딴청을 피웠다.

"지금 욕했나? 경고한다, 찌질하게 놀지 마라!"

"아, 아니에요. 욕이 입에 껌딱지처럼 붙어서⋯."

조 상병은 박 조사관의 말을 숫제 모르는 척 모르쇠로 일관했다.

"조 상병! 여기가 어딘지 알고는 있겠지? 죄인을 다루는 헌병대야."

박 하사는 쌍심지를 켜고 천방지축인 조 상병에게 강력한 경고를 보냈다. 그리고 김준수에게 "조 상병이 사생활 침해 명예훼손 및 무고행위를 저질렀는데, 어떻게 했으면 좋겠습니까?"라고 물었다. 이에 김 병장은 "그동안 못된 소행으로 봐서는 일벌백계로 처벌하고 싶습니다만, 할많하않! 이상입니다"라고 말했다.

"할많하않이라면? 할 말은 많지만 하지 않겠다는 것, 맞죠?"

박 하사는 조 상병을 쳐다보면서 말했다.

"조 상병, 너 천만다행인 줄 알아라. 부처님 가운데 토막 같은 김 병장에게 백배사죄하고 큰절해. 평생 업고 다녀도 진 빚을 다 갚지 못할 거야."

"난 까막눈이라 뭔 소린지 통 모르겠네요."

"까막눈이 어떻게 남의 수양록을 훔쳐보나? 일단 너는 남의 물건에 손을 댄 절도범, 도둑이란 말이다. 훔쳐본 내용을 가지고 고발했는데, 그건 법정에 가도 증거효력이 없다. 전문용어로 독수독과라고 하지."

"뭔 말인지? 왜 나만 미워해, 왜 나만 구박해? 어릴 때 소년원 한번 다녀온 게 단데. 흥!"

조 상병은 헛기침을 하며 이내 가자미눈을 떴다.

"너? 소년원 갔다 왔어? 음, 잠자코 내 말을 잘 들어라."

법과 대학에 다니다 입대한 박 하사는 고발인인 조 상병에게 어려운 법률 용어들인 독수독과, 절도죄, 명예훼손, 무고죄 등을 쉽게 설명해 주었다. 예를 들어 독수독과(毒樹毒果). 독수(毒樹 독이 있는 나무)에서 나온 과일인 독과(毒果)에도 독이 들어있다는 것으로, 위법하게 채집된 증거는 법정에서도 증거능력으로 인정되지 않는다는 설명이었다. 마찬가지로 고문 등 강압적으로 자백받은 정보에서 나온 증거도 유죄 증거로 인정되지 않는다는 것이었다.

"조 상병, 따라서 네가 남의 수양록을 훔쳐본 것은 불법이다. 그 수양록 기록 중 어떤 사실을 증거로 고발한 것은 증거능력이 없다는 말이다. 알아듣겠나?"

"지는 뭐가 뭔지 거시기 허네요. 흰 것은 종이요, 검은 것은 글씨지요."

머쓱해진 조 상병은 머리를 긁적이다가 무엇인가 생각난 듯 입을 열었다.

"아니, 근디 남의 눈에 띄게 수양록을 놔둔 것은 죄가 안 되나요? 여자가 오밤중에 팬티만 입고 돌아다니는 거나 마찬가지 아녀? 그리고 나만 봤나요?"

조 상병은 증인으로 온 이 병장을 힐끔 곁눈질했다.

"네, 제가 조 상병의 행동을 지적하며 훈계할 때, 조 상병 손에 들린 어떤 여자 사진을 본 적이 있습니다. 이상입니다."

"음, 그건 고의성이 있는 행위는 아니니까 괜찮아요."

박 하사는 조 상병을 향해 "김 병장이 일벌백계로 처벌해달라고 하면, 너는 남한산성 콩밥 신세야"라고 힘주어 말했다. 그러면서 용서를 빌라고 하자마자 조 상병은 의외로 빨리 사과를 했다.

"저~ 미안해요. 김준수 병장님, 한 번만 용서해줘요!"

"정말 죽을 죄를 졌다고 생각하나? 춘발이."

김준수 병장의 묵직한 질문에 조 상병은 마지못해 답을 했다.

"어~ 엉, 그~ 래. 잘 못 했다고 했잖아. 이제 됐지?"

조 상병은 반 입속말로 웅얼거리며 말끝을 흐렸다.

"그래, 너의 진심이라고 알고 용서해 준다. 그런데 기봉이 구타 사건은 외상으로 남겨둔다. 골병들게 한 이상, 일단 사과하고 꾸준히 병원비를 물어줘야 할 거다."

조 상병이 기봉에게 가한 구타 사건에 형법을 적용해 보자면, 위력 행사 가혹행위, 모욕 행위, 명예훼손, 폭행치사상, 미필적 고의 살인미수죄도 포함될 것 같았다.

조 상병이 마지못해 김준수에게 용서를 빌었던 것은 진정 속죄를 바라는 마음이 있어서가 아니라, 당장 발등에 떨어진 불을 피하고 보자는 얍삽한 꼼수일 뿐이었다. 일분일초라도 공포의 숨 막히는 헌병대에서 어서 빨리 벗어날 수 있는 길이라면 죽는시늉이라도 하는 꼬리 아홉 개 달린 교활한 구미호, 불여시가 바로 조춘발이었다.

이로써 수양록 사건은 일단락되었다. 조 상병은 조폭 관련 마약사건 조사 때문에 헌병대에 남았다. 김준수는 3일 동안 헌병대에 있다가 지프를 타고 이 병장과 함께 자대로 복귀했다. 김준수는 귀대하는 날, 박 하사에게 "그동안 잘 돌봐주셔서 감사합니다"라고 인사하고는 어렵사리 입을 떼어 질문했다.

"박민혁 하사님, 저를 왜 영창에 집어넣지 않았나요? 그게 너무 궁금합니다."

"아, 그건 김 병장의 자대에서 보낸 범죄혐의 조서 내용 중 조 상병이 불법으로 수집한 증거가 있어서 무혐의 처리된 것입니다."

"아하, 그랬군요. 그래도 헌병 내무반에서 잠까지 잤으니 영광입니다."

"당일 돌려보내면 서로 체면이 말이 아니겠지요?"

"아, 네 그랬군요."

"그리고 이건 사적인 얘기인데…, 제가 김 병장님의 고등학교 5년 후배가 됩니다."

"아, 그런가요. 이런 데서 만난 것도 인연이지요. 사회에 나가서 우리 꼭 만납시다."

"알겠습니다. 김 병장님 계엄이 끝났다고는 하나 아무쪼록 말조심,

몸조심하십시오. 세상이 워낙 험해서요."

"네, 충고 잘 받아들이겠습니다."

헌병대에 며칠 갔다 온 날 내무반원들은 흘끔흘끔 눈동자만 굴릴 뿐 가타부타 바가지(헌병의 군대 속어)에 관한 이야기는 꺼내지 않았다. 이와는 달리 조 상병이 귀대하자 분위기는 싸늘했다. 멍게 병장이 조 상병은 수양록 관련 사건 외에 마약 관련 조폭 연계 등에 대해서 헌병대에서 조사받았다고 발설했기 때문이었다.

헌병대 조사가 있기 전, 정작과에서는 조 상병이 김준수의 범죄혐의를 알아채서 헌병대에 고발한 것을 포상대상으로 했다. 그리고 충정작전 때 거수자들을 가장 많이 잡아들인 공로로 4박 5일 휴가증을 발급해주었다. 그렇지만 김 병장이 헌병대에서 무혐의 처분을 받아 무사 귀대했다면, 조 상병은 거수자 체포 공로만을 인정받아야 마땅했다.

'군대 행정이란 귀에 걸면 귀고리, 코에 걸면 코걸이니까. 통 종을 잡을 수 없단 말이야.'

여튼 조 상병은 포상 휴가를 다녀왔다. 휴가를 다녀온 조 상병은 광주에서 일어난 사건에 대해서 과장되게 허풍을 떨면서 이야기보따리를 풀어놓았다. 자기 친구가 광주교도소 무기고를 털어서 총과 수류탄을 꺼내 무장한 시민군이 되어 공수부대원들과 맞서 교전하다 그만 기관총을 맞고 벌집이 되었다고 했다. 이 대목에서는 어금니를 꽉 깨문 채 눈이 획 돌아갔다. 그 후로 그는 국난극복기장을 탄 계엄군이라는 사실을 까맣게 잊은 채 시민군의 열렬한 응원자로 태도를 바꾸었다.

조춘발 상병의 신상에 커다란 변화가 생겼다. 방위병 폭행사건으로 해운대 부근에 있는 장산 유격장의 조교로 전출간 것이다. 그 유격장 시설의 절반가량은 계엄 때 잡혀온 사람들을 교육하는 후방 지역 미니 삼청교육대로 운용되었다.

조 상병은 유격대 조교로 발령이 나 '빨간 모자'를 썼고, 다시 삼청교육대 조교로 새로운 임무를 부여받았다. 산속 깊숙한 곳의 삼청교육대 정문을 들어서는 순간, 피교육생들은 모두 "죽었다"고 복창해야 했다. 아니 살아서 나가는 것만으로도 다행일 것이라고 입을 모으며 별안간 산바람에 사시나무 떨듯 벌벌 떨었다. 그중에는 S파 행동대장 허대박과 그 똘마니들도 섞여 있었다.

"쓰블! 지옥문을 통과한 이상 저승사자놈들이 우릴 못 잡아먹어서 안달복달하겠지."

"야~ 수틀리면 한 두어 놈 개 패듯 때려죽이고 철조망 넘어 야반도주? 오케?"

"악질 조교 새끼 상판대기 잘 봐둬라. 나중에 길에서 만나면 그어버릴 테니까."

삼청교육은 계엄포고령에 의하여 실시된 순화 교육·근로봉사 또는 사회보호법 규정에 의하여 실시된 보호 감호였다. 삼청이란 말은 사회를 어지럽히는 자의 몸과 정신과 마음, 세 가지의 때를 벗겨내고 맑고 깨끗한 사람으로 환생시킨다는 아름다운 의미를 가지고 있었다. 불량배, 깡패를 소탕하겠다는 군인들의 사회정화 차원에서 시작된 것이지만, 애꿎은 사람들을 붙잡아 가두는 폐해 또한 만만치 않았다. 삼청교육대에서는 피교육생들의 인권은 없었다. 지시 불이행은 곧 개죽음이었다. 그래서 전방 삼청교육대에서 철조망을 넘어 탈출하다가 총 맞아 죽거나 기합받다가 죽어도 모두 자살 변사체로 처리되었다.

일단 반체제 반국가세력으로 낙인찍혀 들어온 이상, '빨간 모자' 조교들의 합법을 가장한 고문과 구타로 인해 생사람이 하루아침에 죽거나 신체 불구자가 되는 일은 허다했다. '빨간 모자' 조교들이 이렇게 횡포를 부릴 수 있는 것은 사회의 비리를 바로 잡는 '필요악'으로 인식되었기 때문이었다. 그래서 이들에게 '구타 면허'가 주어졌다. 이번에 입소한 인원은 족히 백여 명으로 연병장 한쪽을 꽉 채웠다.

"너희 새끼들은 삼청교육대에 들어온 이상, 더 이상 인간이 아니다. '조교의 말은 곧 하느님의 말이다.' 복창한다, 실시!"

"대답 소리가 작다. 다시 복창한다! '조교는 곧 하느님과 동기다.' 알겠나? 목소리 봐라! 뒤로 취침!"

'빨간 모자' 조교의 급작스러운 불호령에 피교육생들은 무섭게 땅바닥에 나자빠졌고 폭풍 먼지를 일으켰다. 뿌연 먼지가 채 가시기도 전에 또 다른 명령이 연거푸 하달되었다.

"앞으로 취침! 동작 봐라!"

"어디서 눈깔 돌리는 소리가 났다. 자수하고 나온다. 자수 안 해? 뒤로 취침! 좌로 굴러! 우로 굴러!"

피교육생들은 가을 낙엽처럼 이리저리 휩쓸려 다녔다. 연병장에는 뽀얀 먼지가 쉴 새 없이 일어 숨쉬기조차 힘들었다. '빨간 모자'들은 양 떼를 모는 사나운 핏불테리어처럼 입에 게거품을 물고 입소자들 사이를 뛰어다니면서 무차별 몽둥이찜질을 해댔다. 머리와 어깨, 등짝, 가슴, 팔다리 어디건 간에 마구잡이로 구타함으로써 부상자가 속출했다. 조교들의 말에 따르면 불량배, 사기꾼, 도둑놈, 데모꾼, 갑질 진상, 말썽꾸러기, 부동산 투기자 등 사회의 암적 존재는 처음부터 개돼지 다루듯 무지막지하게 기를 꺾어놓아야 순한 양이 된다는 것이었다.

"미친개는 몽둥이가 약이다.", "매 앞에는 장사(壯士) 없다.", "인간 말종은 고통을 줌으로써 개조된다.", "모두가 용이 될 필요가 없다. 개천에서 가재, 붕어, 게로 살아도 행복하다.", "모든 동물은 평등하다. 그러나 어떤 동물은 더 평등하다."

조교들이 매일 달달 외워야 하는 명언들이었다. 인간의 탈을 쓰고 몽둥이를 마구 휘두르는 자와 그것을 피해 도망 다니는 자들의 모습은 차마 눈 뜨고 볼 수 없는 참혹한 비극의 장면이었다. 사람은 환경과 상황에 따라서 얼마든지 악마와 야수, 괴물이 될 수 있음을 증명하는 지옥도의 한 장면이었다.

기봉은 파란만장한 방위병 18개월 근무를 마치고 마침내 전역했다. 그런데 어느 날 해운대 업소로 출근하다가 그만 계엄군에게 체포되어 이곳 삼청교육대에 수용되었다. 군대에서 사수와 조수로 엮여 악연을 쌓은 춘발과 기봉, 두 사람은 또 삼청교육대에서 만나는 질긴 악연을 이어가고 있었다. 기봉의 신상명세서에는 '불법 도박장 개설 혐의'가 적혀있어 졸지에 '노름꾼' '도박꾼'이 되었다. 그것은 유흥업소 드럼 연주자였을 때, 업주 대신 뒤집어쓴 억울한 누명 때문이었다. 또 '유신반대 시위로 군사법정 회부'라는 꼬리표가 붙어있어 '골수 운동꾼'인 양 빨갛게 색칠되어 있었다.

기봉의 신상 파악을 마친 조춘발 조교는 "옳다구나. 너 이 새끼 잘 걸렸다. 한번 죽어봐라"라며 속으로 쾌재를 불렀다. 춘발이가 내무반장으로 있는 제4막사에는 사회질서를 어지럽히는 조폭, 건달, 불량배, 양아치, 노름꾼, 사기꾼, 데모꾼, 갑질 진상 등 악질분자들이 주류를 이루었다. 특히 주목되는 점은 부산의 전국구 조폭 S파의 행동대장 허대박이 특별대우를 받고 있다는 것이었다. 조춘발은 자신의 고향 선배인 허대박을 교육에서 열외시켜 식당 보조 임무를 주었다. 오뉴월 댑싸리 밑의 개 팔자라고나 할까. 놀고먹는 식충이! 식당 언저리에서 빈둥거리며 꽁보리밥이라도 잔뜩 배 채울 수 있는 꿀보직이었다.

장산 삼청교육대에서 '빨간 모자' 조춘발은 '독사'라는 악명으로 유명짜했다. '물리면 즉사!'라는 꼬리표답게 독사는 예의 그 독기 서린 눈으로 상대방을 쏘아붙이면 열이면 열 모두 겁에 질려 몸서리를 치면서 오줌을 지렸다. 독사의 주특기 중 압권은 추운 겨울밤 팬티 바람에 집합시켜서 찬물 끼얹기였다. 영하의 날씨에 찬물 세례를 받은 머리카락에는 얼음 고드름이 맺혀 옆 사람의 살갗을 찢는 경우도 있었다. 그런 독사에게 착한 기봉이 걸려들었으니 참으로 재수 없는 일이었다. 기봉은 '빨간 모자'를 쓴 춘발을 보자마자 습관처럼 "충성!"이라고 경례를 붙였다. 이에 춘발은 매우 흡족한 미소를 지어 보이며 한마디 했다.

"짜아식, 이제사 사람되부렀네. 내게 충성을 다하겠다니 기분은 째지는데, 너 누나 동백이 나한테 줘, 얼릉!"

기봉은 엷은 미소를 띠며 '충성이라고 했더니 진짜 충성하는 것으로 단단히 착각한 모양이네, 이 개망나니 새끼야!'라며 속으로는 경멸했다.

조춘발은 김준수 병장이 유격훈련에 들어오기만 학수고대하고 있었다. 그런데 기봉이가 '노름꾼'으로 분류되어 삼청교육대에 먼저 잡혀 온 것이었다. 춘발은 피교육생들에게 고강도 정신교육을 빙자한 가혹한 고문을 자행해 '독사'에 이은 '인간 백정'이란 별명을 또 하나 얻었다. 예를 들면 피가 나고 알이 배기고 이가 갈리는 PRI, 원산폭격, 목봉체조, 암벽등반, 화생방 훈련, 선착순 달리기, 팔굽혀펴기 등 육체적 고통을 수반하는 고강도 훈련으로 뺑뺑이를 돌리는데 명수였다. 조교가 누구냐에 따라서 피교육생들의 운명, 즉 복불복은 결정되었다.

그러던 어느 날, 조춘발 조교는 유격훈련 입소자 명단에 김준수 병장이 들어있음을 발견하고는 쾌재를 불렀다.

"옳다구나! 하늘이 내린 절호의 기회당. 그 잘난 태권도 유단자? 팔다리 부러뜨려 평생 불구로 만들어줄 텡 게로 지둘러. 아, 꼬소해."

그러나 춘발은 유격대 조교 신분이었지만, 삼청교육대 파견으로 발령이 나서 유격훈련을 받으러 들어온 현역 병장을 직접 자갈마당에서 굴릴 권한은 없었다.

"이런 썩을 놈의 세상! 분통 터져서 미치고 환장해 부르것네! 이게 나라냐?"

훈련 이틀째 공동 화장실에서 우연히 김준수와 마주친 조춘발은 갑자기 허리를 굽신거리며 빈정대기 시작했다.

"병장 나리께서 어인 일로 이 누추한 곳에 납시었나이까? 근데 니까이(애인) 말여, 동백이는 안 데려고 왔냐?"

"이 미친 싸이코 새끼! 아직도 그런 야지나 놓고, 인간 되려면 한참 멀었다. 츠츳."

"이 쓰블, 감히 '빨간 모자' 독사 조교님한테 덤벼? 니 제삿날 잡아 주까? 앙?"

"미친놈! 너 따윈 하나도 안 무서워. 개똥이 더러워서 피한다."

"야, 똥 병장 새끼야! 동백이 니꺼라는 증거 있어? 어디다 침 발라 놨어? 여자는 먼저 낚아채는 놈이 임자여, 두고 보랑께로."

춘발이 이죽거렸다.

"이 개차반아, 동백이 동네 강아지냐? 더러운 입 함부로 놀리지 마라."

김준수는 삼청교육대에서 춘발이 타인을 학대함으로써 쾌감을 느끼는 가학성 환자임을 확인할 수 있었다. 춘발은 피교육생들을 진흙밭이나 자갈밭 또는 맨땅에서 이리저리 뒹굴릴 때 터져 나오는 비명이나 고통스런 표정, 신음까지 즐기고 있었다. 한바탕 광풍이 불고 지나간 연병장에는 피교육생들의 윗주머니에 들어있던 스테인리스 스푼들이 땅바닥에 어지럽게 널브러져 햇볕에 반짝반짝 빛났다. 김 병장은 1주일 유격훈련을 무사히 마치고 귀대했으므로 조 상병과 더 이상 부딪칠 일이 없었다.


삼청교육대 연병장의 피교육생들은 연신 바람에 뒹구는 낙엽처럼 굴러다녔고, 구호를 외치느라 목청이 모두 쉬어 더 이상 군가를 부를 수 없게 되었다.

"주먹 쥐고 팔굽혀펴기 10회 실시! 마지막 끝 번호는 복창 생략한다. 알겠나? 시작!"

"하나, 둘, 셋… 일곱, 여덟, 아홉, 여어얼, 열!"

꼭 마지막 번호 "열!"을 외치는 자가 있게 마련이다.

"정신 안 차리나? 열이란 소리가 나왔으므로, 다시 곱빼기! 20회 실시!"

맨 끝의 스물이란 소리가 들리면, 곱빼기 40회! 유격장에서 마지막 숫자는 아무 말 하지 않고 그냥 묵음으로 넘겨야 하는 철칙이 있었다. 반복에 반복이 이어지면, 체력은 점점 고갈되고 기진맥진 파죽음이 되어 끝내 죽음을 불러오기도 한다.

"야, 개돼지들아! 주먹 쥐고 엎드려뻗쳐! 오른발 들어!"

균형을 잡지 못해 이리저리 쓰러지면 가차 없이 군홧발이 픽! 퍼억! 날아왔다. 선착순 달리기도 힘든 것 가운데 하나였다. 100m 목표

지점을 찍고 돌아오는 것인데, 골인을 못 하는 피교육생들은 여러 차례 왕복해야 했다. 그러다가 탈진하고 의무실로 실려 가는 인원 또한 늘어났다. 한쪽에서는 뒷짐 진 채 머리를 땅에 박고 버티는 원산폭격 고문을 받고 있었다. 온몸의 무게가 머리통으로 쏠리다 보니 목뼈가 부스러질 듯한 고통스러운 형벌이었다. 원산폭격을 받은 교육생들은 두피가 벗겨지면서 조직이 손상되고 혈액 순환이 제대로 되지 않아 압박성 탈모증까지 생겼다.

아휴! 으으윽! 여기저기서 고통과 신음이 터져 나오자 '빨간 모자' 조춘발 조교는 "까라면 까지, 말이 많다. 이 개돼지 새끼들아, 여기 왔으면 죽었다고 복창해라!"라며 소리를 빽! 질렀다.

"저승사자님, 아니 독사 새끼야. 어서 빨리 죽여다오!"

"이판사판 공사판인데 차라리 죽는 게 낫겠다. 이 독사 새끼야!"

사방에서 터져 나오는 이들의 신음과 비명, 절규와 원망은 깊은 산속 바람에 날려 흔적도 없이 사라졌다. 세상은 이곳이나 저곳이나 여전히 대어불사(大魚不死)였다. 별명이 '기름 바른 뱀장어'부터 '땅을 사랑한다'는 부동산 투기 공직자, 제자 논문 베끼는 대학교수, 곡학아세하는 폴리페서, 자녀 입시부정 사기범, 부정부패 정치인, 알아서 기는 '영혼 없는' 고위공직자, 악덕 기업인, 조폭 두목 등 큰 물고기는 모두 빠져나가고 잔챙이들만 불지옥의 달궈진 기름 솥 안에서 튀겨졌다.

어느 밤늦은 시각에 조춘발 조교가 취침 중인 기봉을 깨워서 바깥으로 불러냈다.

"기봉아? 원수는 외나무다리에서 만난다는 말이 맞긴 맞다, 그지? 안 그냐?"

"아, 네, 조 조교님!"

"야, 새끼야! 내가 너 때문에 여기서 뺑뺑이 치면서 조교질하고 있다. 알긋냐?"

춘발은 기봉을 연병장 건너 화생방 교육장 뒤 후미진 곳으로 데리고 갔다. 그리고 한 가지 제안을 했다.

"기봉아, 오늘 달도 밝고 기분 조오타. 이제부터 우리 처남 매부하자. 응? 기~봉~아~앙."

"…."

"으응 기봉아~ 니 누나 동백이, 나한테 줘부러라 잉. 안 잡아 먹을께. 응응?"

"…."

"근디 이 새끼가 꿀 처먹은 벙어리가 되부렀나, 침묵은 오케이냐? 빠꾸냐? 말햇!"

기봉의 침묵이 완강한 거절을 의미한다는 걸 눈치챈 춘발은 꽁꽁 숨겨둔 악마의 본색을 노골적으로 드러내기 시작했다.

"쓰블 놈아, 오늘이 네 제삿날이다. 여기서 죽으면 개죽음이야. 자살 처리하면 끝!"

깜상은 샌드백 치듯 기봉의 몸에 주먹을 날리다가 급기야 낭심을 워커 발로 힘차게 걷어찼다. 엉겁결에 남자의 급소를 얻어맞은 기봉은 단말마 비명을 지르며 땅바닥에 고꾸라져 데굴데굴 굴렀다. 한동안 흰 거품을 내뿜다가 신음을 길게 토한 뒤 바닥에 대 자로 뻗어 꼼짝하지 않았다. 땅바닥은 기봉의 오줌보에서 흘러나온 소변으로 질척해졌다. 실성한 듯 두 눈을 부라린 춘발은 그동안 감춰두었던 속내를 토해냈다.

"쓰블, 내가 준수놈보다 못한 게 뭐가 있다냐? 그깟 잘난 니 누나 뭐 금테 씌웠냐? 응, 말해봐? 새끼야."

애먼 기봉을 복날 개 잡듯 작살낸 춘발은 분노가 안 풀린 듯 고래고래 소리를 질렀다. 담배 한 대를 다 피운 조춘발은 기봉이 혹시 죽었을지도 모른다는 생각에 발로 툭툭 건드렸다. 그렇지만 미동조차 없었다. 축 처진 기봉을 들쳐업으려 했으나 맘대로 되지 않아 낑낑대고 있었다.

그때 어디선가 검은 물체가 나타나면서 춘발의 얼굴에 플래시를 비추었다.

"토끼?"

"어? 토끼! 아니 거북이!"

"이 새끼가 암구호도 잊어버렸나? 너 위장취업 간첩이지?"

조춘발은 야간순찰 돌던 주번사관과 그날의 암구호를 어렵게 주고받았다. 암구호는 적군과 아군을 분간하기 위해서 야간에 아군 여부를 확인하기 위해서 미리 정해놓은 문답식 비밀구호다. 매일 바뀌는데, 예를 들어 "개불알꽃!" 하면 "며느리밑씻개!"라고 대답하면 되는 것이다.

"뭣들 하는 놈들이냐?"

"네, 몸이 아픈 환자여서….".

"가만, 이놈 죽었잖아. 숨 쉬나 확인해 보자."

주번사관은 기봉의 눈을 까서 플래시를 비춰봤고 맥박이 뛰는지 살폈다.

"아직 죽지는 않았군. 근데 이 피와 상처는 뭐냐?"

"저~ 갑자기 저기 암벽에서 떨어져서….".

"야, 이 개자식아! 내가 다 봤어. 어디서 개구라를 쳐!"

"아니, 저는 조교로서 불순분자 군기 좀 잡으려고….".

그날 밤 기봉은 천막 막사 안의 침상에 고물 인형처럼 던져졌다. 거의 죽게 된 빈사 상태라 연신 신음을 토해내며 고통을 호소했지만 물 한 모금 가져다주는 사람이 없었다.

"아악! 제가 잘못했어요. 동백 누나 가지세요. 빨리 가지세요. 아니지, 이놈아! '빨간 모자' 개놈아! 너 죽고 나 죽자."

기봉은 가위에 눌렸는지 식은땀을 흘리며 연신 잠꼬대를 해댔다.

막사 안 여기저기서 가시 돋친 말들이 오갔다.

"야 새끼야, 잠 좀 자자, 쓰블.", "이빨 가는 니가 더 시끄러! 새꺄!", "니들 주둥아리, 전부 미싱으로 오바로꾸 쳐불까? 샷더마우스! 썩을 노므시키들."

'새 삶을 준비하는 희망과 사랑의 집.' 삼청교육대 군용 막사의 밤 풍경은 늘 욕설과 육두문자가 날아다녔다.

기봉은 5주 동안의 삼청교육을 다 마치고 사회로 복귀하게 되었다. 스스로 추스르기 힘든 반병신의 몸뚱어리를 끌면서 가는 모습이고랑고랑했다. 수염은 길었고 머리는 산발, 땀에 찐 옷에서는 고린내가 풍겼다. 찢어진 옷과 신발, 영락없는 상거지에다 나무 지팡이를 짚고 절룩거리는 모습은 차마 볼 수 없을 정도로 처연했다.

"기봉아, 이젠 당하고만 살지 마라. 가만히 있으면 가마니인 줄 알고 집적거리는 게 세상의 못된 인심이다. 마귀가 때리면 너도 때려, 맞고만 살면 평생 그 꼴 그 신세 못 면한다. 구만리 같은 청춘! 너도 사람답게 살아봐야 하지 않겠니? 꿈속에서만 복수 혈투를 벌이지 말고. 제발."

기봉이에게 하늘의 계시인 듯한 복음이 들려오는 것 같았다. 설핏한 하늘 저편으로 사그라지는 노을은 짙푸른 바다를 핏빛으로 물들이고 있었다. 감만동 판잣집을 향해 절쑥절쑥 걸어가는 모양이 몹시 애처로웠다.

제대를 앞둔 김준수는 여유로운 듯 아침부터 수양록에 글을 썼다. 그는 무슨 생각이 떠올랐는지, 한숨을 쉬면서 평소 암송하던 니체의 명언으로 시작했다.

"악마와 싸울 때는 악마를 닮지 않도록 조심해야 한다. 우리가 악마의 심연(深淵 깊은 못)을 들여다본다면 심연 또한 우리를 쳐다보게 되어 전염될지도 모른다. 프리드리히 니체." 부제로 '타는 목마름을 적셔줄 시원한 냉수 한 사발!'이라고 적었다.

그즈음 삼청교육대 조교 임무를 마치고 자대로 돌아온 조춘발 상병은 '빨간 모자'의 물이 다 빠지지 않은 탓인지, 어깨에 잔뜩 힘을 주고 건들거리며 부대 안을 싸다녔다. 그 모습은 영락없는 건달 양아치였다. 쌍심지를 켠 두 눈을 부라리며 입엔 명령조 말투가 붙어 안하무인으로 굴었다. 그는 결국 병장 계급장을 달지 못한 채 전역 신고해야 했다. 그의 왼쪽 가슴에는 애지중지하는 국난극복기장이 훈장처럼 달려있었다. 국난극복기장은 국방부장관이 반정부세력을 진압한 공로로 계엄군에게 주는 일종의 훈장이었다. '위국헌신군인본분', 나라와 국민을 위하여 싸우는 게 군인의 기본 임무라는 뜻을 만천하에 알리기 위한 정부의 홍보물이었다.

"야, 춘발이놈 훈장 달고 뻐기며 개폼 잡는 거, 꼴사나워 못 보겠다. 쓸개 빠진 놈 같으니라구."

"지 친구가 계엄군에게 사살당했다면 그 훈장 내다 버려야 하지 않아? 똥오줌도 못 가리는 찌질이, 영 맛이 간 놈이로군."

"그래 봬도 춘발이는 삼청교육대 '빨간 모자' 조교 출신이야, 군대 와서 최고로 출세한 놈이지!"

조춘발은 가슴에 기장을 달고 개선장군처럼 의기양양한 표정을 지으며 고향 앞으로 갔다. 며칠 후 개구리복을 입은 김준수 예비역 병장은 서울로 떠나기 전에 헌병대 박 하사와 통화했다. "후배님! 고마웠습니다. 우리 서울에서 봅시다. 다음에 만날 때는 반말해도 되지?" 라며 농담을 건넸다.

부산고속버스터미널에서 서울행 버스를 타기 직전 김준수는 주머니 속에서 손에 잡힌 국난극복기장을 꺼내 바라보았다. '이걸 광안리 앞바다에 던지고 오는 건데, 어떡하지?' 잠시 고민하다 버스에 올라

탔다. 그는 자리에 앉자마자 천근만근 무거운 눈꺼풀을 이기지 못하고 금세 곯아떨어졌다. 버스는 낙동강을 건너 추풍령 휴게소를 지나 서울을 향해 빠르게 북상했다.

"준수님, 저 동백이에요. 제대를 축하해요. 계엄군 3년 동안 고생 많았어요."

"아, 예. 동백 씨! 우리 손 한번 잡아요."

환영(幻影)이었다. 사라진 동백의 해맑은 잔영이 눈앞에 삼삼했다.

"사랑하는 동백 씨, 한번 인연은 영원한 인연입니다. 다시 만날 때까지 안녕! 동백이여 안~녕!"

김준수는 비몽사몽간에 바닷속 깊은 심연을 향해 점점 깊이 빠져들었다.

# 꽃피는 동백섬에

계엄령이 해제된 뒤에도 지역 파출소 순경이 불쑥불쑥 다방으로 찾아왔다. 그럴 때마다 동백의 가슴은 철렁 내려앉곤 했다. 딱히 무슨 죄를 지은 것은 아니었지만 언제나 가슴 졸였다. 순경은 기봉이 부마항쟁 때 시위대에 참가했고 계엄 법정까지 갔던 일과 방위병 제대 후 삼청교육대에 붙잡혀갔던 일 등을 미주알고주알 늘어놓았다. 특히 기봉이 삼청교육대에 잡혀간 이유로 불법도박 개장죄라는 점을 강조했다. 그럴 때마다 동백은 "순사 아씨, 그 무슨 뚱딴지같은 소립니꺼? 증거있습니까?"라며 목청을 높였다.

"아니, 여~ 요시찰 대상자 명단에 요렇게 나와 있잖아요. 봐요, 허 참."

"요시찰이라믄, 감시 대상 아입니꺼? 내 참 어이가 없어서…."

"나도 몰라요, 우린 위에서 시키는 대로 이행하는 것뿐이니까."

"그래서 공무원은 영혼이 없다는 거요. 애먼 사람에게 누명이나 씌우고…."

동백은 기봉이 생지옥인 삼청교육대에서 반병신이 되어 나온 것도

112

억울한데, 이젠 돌아가신 아버지에 대해서 어머니께 묻더라는 말에 부아가 뒤집혔다.

"칫, 연좌제가 없어졌다 들었는데, 이건 현대판 연좌제인가 보네?"

그의 아버지는 6·25 때 북한 인민군이 점령한 서울 거리에서 체포돼 의용군으로 낙동강 전선에 투입됐다. 중학생인 10대 소년은 전장에서 소련제 기관포에 두 발이 철사로 묶인 채 지급된 포탄이 다 떨어질 때까지 미군과 국군을 향해 포를 쏘아댔다. 미군 B29 폭격기의 줄 폭탄을 피해서 구사일생으로 목숨을 건진 뒤 거제도 포로수용소 인민군 막사에 수용되었다. 꼬박 2년 동안 수용소에서 갇혔다가 반공포로 석방 때 풀려난 뒤 부산 미군 부대에서 구두 한 켤레 닦고 1달러씩 받는 슈사인 보이, 허드렛일을 하는 하우스 보이, 기타 야간 경비 등 잡역부로 일했다. 피난민 여인과 결혼해서 슬하에 딸 동백과 아들 기봉 등 1남 1녀를 두었다.

"몇 번을 말해야 돼요? 우리 아부지는 '공산당이 싫어요!' 반공포로였단 말예요. 반포!"

전쟁 통에 모진 풍상을 겪으면서 살아온 것도 서글픈데 아무리 영혼이 없는 공무원이라지만 철 지난 일을 끄집어내 상기시키는 경찰관이 눈꼴사나웠다. 동백은 또 동생 기봉이 운동권에다 노름꾼이란 주홍글씨 낙인이 찍힌 것에 치를 떨었다.

"칫, 죄 없는 사람 잡아 가두고 고문해서 병신 만드는 게 정상적인 나라란 말인가?"

동백은 부아가 치밀어 목에 핏줄이 설 정도로 목청을 높였다. '민중의 지팡이'라는 경찰이 '민중의 몽둥이' 되는 세상을 박박 할퀴고 싶었다. 국가는 억울한 누명을 쓰고 삼청교육대에 끌려가 반병신이 된 사회적 약자에 대한 명예회복이나 손해배상 같은 '인권'과 '복지'에 대해서 모르쇠로 일관했다.

"순사 아씨! 앞으론 집이나 다방으로 절대 찾아오지 마세요. 알지요?"

동백이 매몰차게 쏘아붙인 탓인지, 경찰관들의 발걸음은 한동안 뜸했다. 그래도 잊어먹을 만하면 1년에 한 번씩은 먼발치에서 고개를 슬쩍슬쩍 내밀었다.

한 치 앞을 예측할 수 없는 시계 제로의 정국 속에서 군부 쿠데타 세력들은 논공행상을 통해 자리다툼에 혈안이 되어 있었다. 누구는 장·차관, 누구는 지역구 국회의원, 누구는 공기업 사장이나 감사, 누구는 구청장이나 경찰서장, 심지어 면장, 파출소장까지도 '그들만의 리그'가 싹쓸이했다. 권력을 탐하는 '정치군인' vs 휴전선을 지키는 '참군인'에 대한 명암이 극명하게 갈렸다. 군사 정부하에서 예비역 장군과 영관급들에게 공기업 수장과 감사, 이사 자리는 따 놓은 당상 자리였다. 공무원으로서 최소한의 청렴도 따위는 아예 묻지도 따지지도 않았다. 심지어는 사기 전과자, 부동산 투기자, 갑질 잡범 등이 군부 세력을 등에 업고 어느 날 갑자기 에헴! 하며 국록을 먹는 고위직 공무원이 되었다.

"군인이라면 전방을 지키는 야전 군인이 진짜지."

"근데 요즘 군인들은 진급 철이면 정치권에 줄을 대려고 여의도에 아예 진을 치고 산다던데. 다들 월급쟁이가 된 느낌이야."

　대학가와 도심의 거리에서는 매일 매캐한 최루탄 냄새가 진동했고 "독재 타도! 민주 쟁취!" 시위가 연일 벌어졌다. 하루 벌이 사는 일용직이나 자영업자들의 민생고는 정치권 관심 밖이었다. 이런 암울한 분위기 속에서 동백의 가슴은 무너져 내렸다. 당장 먹고살기도 버거운데. 뭐 말라비틀어진 사상검증이고, 요시찰 대상 타령이란 말인가. 민생을 내팽개친 나라의 위정자들에게 신물이 났다. 그런 굴레를 빨리 벗어나 어디론가 멀리 떠나고 싶었다. 동백이네 총수입은 다방 종업원으로서 쥐꼬리만 한 월급 몇 푼과 어머니가 시장 바닥에서 좌판을 벌여 버는 수입 쪼금, 남동생 기봉이가 유흥업소에서 버는 시간당 알바 급여가 전부였다. 그런데 기봉이가 불구자가 됨으로써 세 식구는 목구멍에 풀칠하며 살아가기도 빠듯했다.

　"정부의 서민 대책이란 게 있기는 한 것인가? 목 빠지게 기다려봤자 별수 없을 거야. 목마른 자가 우물 파는 법이지. 맞다!"

　동백은 이렇게 혼잣말을 하면서 무슨 결심이나 한 듯 어금니를 꽉 물었다. 부산, 경남지역은 소규모 제조업체의 침체로 고용이 불안해진 데다가 설상가상으로 흉년마저 들어 민생고는 극심해졌다. 그래서 동백이 궁여지책으로 생각해 낸 것이 호구지책을 위해 일본에 돈 벌러 가는 것이었다. 산 목구멍에 거미줄 칠 수 없는 노릇이고 보면, 목구멍이 포도청이라 무슨 일이든 해야겠다고 마음을 단단히 먹었다.

　경제가 침체되자 서민층에서는 저임금 일자리마저도 찾기가 하늘의 별 따기였다. 이렇게 혼란한 가운데 천민자본주의 사회의 병폐인 부익부(富益富), 빈익빈(貧益貧)! 빈부 격차가 크게 벌어졌다. 부패한 권력자들의 허황된 거짓말과 과잉 탐욕은 그리드플레이션(Greedflation)이란 신조어를 만들어냈다. 관료나 정치인 가운데 청렴결백한 청백리는 눈을 씻고 봐도 찾을 수 없는 부패한 사회가 되어 갔다.

그즈음 동백은 다방에서 두 명의 중년 남자가 나누던 시국 대화를 우연찮게 듣게 되었다.

"계엄 사태로 인한 정치 불확실성과 경제 심리 위축으로 내수 경기가 꽁꽁 얼어붙으니 소비가 위축되고 서민들 살림살이 엉망이 됐어요."

"그나마 가성비 좋은 '기생관광'으로 한국을 찾던 일본 관광객들도 군사 정권이 무섭다며 주춤하고 있다네요."

"나라에 이런 변고가 생기면 죽어나는 건 가난한 서민들뿐이지요. 큰일입니다."

"부자일수록 더 부자가 되는 부익부, 가난한 사람일수록 더 가난해지는 빈익빈, 이 양극화가 우리나라 고질병 아니던가요? 그러니 중산층이 얇아지고 빈부 격차가 더욱 벌어질 수밖에요. 정치를 잘해야 되는데. 윗물이 다 썩었으니 말해 뭣해요?"

"임금과 돈 가치는 떨어지고 물가는 오르면 물건을 살 수 없으니, 자연히 지갑이 닫히는 것이죠. 죽어나는 건 자영업자와 서민층이에요."

"그렇습니다. 그래서 일자리를 찾으러 해외로 눈을 돌리는 사람들이 많이 나온다는 보도가 얼마 전에 나왔어요."

"저도 봤어요. 연예인 해외송출사업이 뉴스에 나왔던 데, 일본은 지금 호황이에요. 여기보다 임금도 훨씬 높아 벌이가 괜찮으니 젊은 이들이 많이들 나갈 겁니다."

어깨너머로 이 말을 들은 동백은 실례를 무릅쓰고 식자들의 대화에 끼어들었다.

"본의 아니게 선생님들 말씀을 엿듣게 되어 죄송합니다. 저도 연예인 해외송출사업에 응모하려고 합니다."

"그래요? 그러면 지방 노동청? 아니 먼저 시청이나 구청 일자리과를 찾아가 봐요. 분명 어떤 길이 있을 겁니다. 젊은 아가씨, 힘내요!"

"네 고맙습니다. 선생님들."

동백은 고마움의 표시로 이들 앞에 날달걀을 띄운 쌍화차를 내왔다.


김준수는 동백을 처음 만났을 때 자신의 가슴에 강렬하게 꽂힌 큐피드의 화살, 뜨거운 연시(戀矢)를 고이 간직하고 있었다. 다방에서 언뜻 보았던 그녀의 하얀 살결을 떠올리면 넋을 잃고 기절할 정도가 되었다. 김준수의 동백을 향한 연모의 정은 더욱 깊어져 급기야 상사병에 걸리게 되었다. 말년 외박을 나온 어느 날 음악을 들으러 동백의 다방 갔을 때 우연찮게 소주를 마실 기회가 있었다. 동백과 함께라면, 그저 모든 게 마냥 행복했다. 김준수는 취기가 점점 오르자 시원한 바닷바람을 쐬기 위해서 창문을 활짝 열어젖혔다. 밀려오는 상큼한 바다 내음에 속이 뻥 뚫렸다. 저 멀리 오륙도와 동백섬을 품은 검은 바다에는 불을 밝힌 외항선과 어선들이 점점이 수를 놓아 작은 꽃밭 같았다.

준수의 눈앞에 아리따운 동백의 예쁜 미소가 어른거렸다. 김준수는 눈까풀이 무거워져 눈이 쌈박쌈박했다. 동백은 준수가 물가에 내놓은 아이처럼 위태해 보였는지 모성애를 발휘했다. 몸을 잘 가누지 못하는 준수를 소파에 살포시 눕히고 자신의 웃옷을 덮어주었다. 늘 잠이 부족한 군인에게 베푼 최상의 서비스였으므로 곯아떨어진 김준수의 표정은 평안해 보였다.


다음 날 일요일 아침 해가 중천에 솟았을 때 준수는 잠에서 깼다. 동백은 날달걀을 얹은 쌍화차를 건네주었다.

"드세요. 계엄군님."

"어휴, 한 것도 없는데, 감사합니다. 마님."

아침 햇볕을 받아 해사한 동백의 얼굴은 어젯밤의 예쁜 미소를 그대로 간직하고 있었다. 김준수는 어떤 실례나 실수를 범하지 않았나를 염려하며 심히 마음 졸였다.

"제가 어젯밤 고주망태가 됐나 본데요, 실수 한 건 없었나요?"

"전혀! 아무 일도 없었어요. 잠만 쿨쿨 잘 주무시던데요."

동백은 무엇인가 감추는 듯 애써 함박웃음을 지어 보였다.

"정말이죠? 필름이 끊겨 통 아무 생각도 안 나는데…."

아직 취기가 가시지 않은 김준수는 약간 무안쩍은 듯 입맛을 다시며 얼떨떨한 표정을 지었다. 그러다가 이내 장난기가 발동돼서 동백의 등 뒤로 살금살금 다가가 잽싸게 고개를 돌려 입술을 내민 채 뽀뽀해달라는 시늉을 했다.

"에구머니나! 애 떨어질 뻔했네."

동백은 말은 그렇게 했지만 싫지 않은 표정이었다.

"근데, 분명히 무릉도원을 갔다 온 꿈이었는데, 거 참, 이상하네."

"무릉도원이라면요?"

"산 좋고 물 좋고 인심 좋은 별천지! 그런 곳에서 사랑하는 사람과 한평생 살았다는 이상향, 샹그릴라! 꿈의 낙원!"

"음, 그런 곳이 정말 있을까요?"

"근데 그게 꿈이었는지 생시였는지 영 헷갈려서…. 아참, 연예인 해외 송출 신청해놨다고 했지요?"

"네. 그래요. 오늘 날씨도 좋은 뷰티플 선데이! 동백섬 데이트, 어때요?"

동백이 먼저 과감하게 데이트를 신청했다.

"좋아요. 그거 듣던 중 반가운 소리네요."

다방을 나와 앞장선 동백이 슬며시 준수의 팔짱을 끼었다. 두 사람의 발걸음은 가벼워 보였다. 섬의 바다는 햇볕에 비친 윤슬로 반짝였고 청량한 파도 소리는 경쾌했다. 동백섬은 선홍빛 동백꽃으로 뒤덮인 별천지 같았다. 화사한 동백꽃은 윤기 나는 진초록 잎사귀와 보색대비가 되어 우뚝하게 돋보였다. 동백은 홍채를 띠고 있는 꽃 대궐을 보고는 감격에 겨워 "참 곱네!"를 반복하며 입틀막했다.

"아, 동백꽃이 너무 탐스럽고 아름답게 피어서, 동백 씨처럼 사랑스러워요."

"아이, 부끄러버라."

"계엄군 아찌, 때론 마음이 시키는 대로 행동하는 것도 괜찮대요."

"음, 마음이 시키는 게 뭐가 있을까요? 이렇게 손잡는 것?"

얼결에 동백의 손을 잡은 준수는 수천 볼트의 전기에 감전된 듯 화들짝 놀랐다.

"괜찮아요? 남자가 너무 숫기가 없으셔."

준수의 손을 살포시 잡아당긴 동백의 반반한 얼굴에는 붉은 홍조가 활짝 피었다. 둘은 손을 꼭 잡고 동백꽃 흐드러지게 핀 언덕에 앉아서 아무 말 없이 수평선을 바라보았다. 어색한 침묵을 깨려는 듯 동백은 동백꽃을 하나 따서 준수의 윗주머니에 꽂아주었다. 녹색 군복에 꽂힌 붉은 동백꽃 또한 보색대비 효과로 잘 어울렸다.

"무슨 생각을 하세요?"

"어, 동백섬에 오니 갑자기 시흥(詩興)이 떠오르네요."

"그래요? 그러면 하나 읊어봐요."

김준수는 조금 뜸을 들이다가 운을 떼었다.

"동백이 엄동설한에 활짝 미소 짓는 것은/ 동박에게 꿀 한 모금 더 주기 위함이다/ 동박이 날아가면 동백은 송이째 목을 꺾어 그 절개를 드러낸다/ 빨간 선혈로 다시 피어난 동백은/ 목을 빼고 동박을 기다린다/ 동박아! 내가 이 세상에서/ 너에게 영원히 주고 싶은 것은/ 꿀 사랑이야."

김준수의 나직한 음성이 동백의 귓바퀴를 휘감았다. 동백은 준수의 어깨에 살포시 몸을 기대었다.

"동백과 동박의 꿀 사랑! 좋아요."

"겨우내 벌, 나비 대신 동박새가 암수 꽃을 오가며 수분해주니 감사의 선물로 꿀을 듬뿍 주는 거예요."

"아, 그러면 동박새는 동백꽃의 종자 번식 도우미네요."

"그렇죠. 김춘수의 시 '꽃'이 산다화인데, 그게 동백꽃인 건 알죠?"

"박학다식한 계엄군 아찌는 못 말려요."


동백은 자신이 일본에 간다면 준수를 더 이상 만날 수 없을지 모른다는 생각에 나직이 한숨을 쉬었다. 준수는 갑자기 동백을 빤히 쳐다보았다. 입꼬리가 살짝 올라가는 모습은 한없이 사랑스러웠다. 그래서 진하게 뽀뽀해 주고 싶었다. 동백섬 언저리 갯바위를 간지럽히는 파도는 소주 반병쯤 비운 것 같은 황홀함으로 밀려와 하얀 포말을 토해냈다.

"그거 알아요? 난 동백 씨와 이렇게 오늘도, 내일도 영원히 같이 있고 싶다는 거."

"정말요? '엔드리스 러브'가 갑자기 듣고 싶어지는데요."

동백이 팝송을 입에 올리자 준수는 자신의 애창 팝송들을 줄줄이 읊기 시작했다.

"난 '킬링 미 스프틀리 위드 히스 송', '더 퍼스트 타임 에버 아이소 유어 페이스' 멜로디와 가사가 모두 다 좋아요."

"모두 미국 팝스타 로버타 플랙이 부른 노래죠. 솔, 재즈, 포크를 아우르는 조화로운 음색의 아티스트! 맞죠?"

"어? 동백 씨는 팝송에도 조예가 상당히 깊네!"

"독학했어요."

준수는 동백꽃 숲속에서 그녀를 비스듬히 눕히면서 앵두 같은 입술을 훔쳤다. 둘은 나란히 누운 채 느릿하게 밀어를 속삭였다.

"준수 씨, 계엄군이 대낮에 뽀뽀하면 풍기문란죄로 잡혀가는 거 아네요?"

"맘껏 잡아가 보라지, 아예 삼청교육대까지."

준수와 동백의 포개진 두 입술은 주위의 시선에도 아랑곳없이 오랫동안 떨어지지 않았다.

"넌 사슴이야. 왜냐면 내 마음을 녹용."

"그거, 아재 개그 아네요?"

한껏 달아오른 준수는 동백의 우아한 겉모습은 물론 훈훈한 마음씨에 반해 이대로 연리지가 되고 싶었다.

"동백꽃 목욕이라고 들어봤어요?"

"동백꽃 목욕요?"

이것은 전라도 남쪽 바다 거문도에서 행해지던 풍습이었다. 동백나무가 많아 섣달그믐날 저녁에 뜨거운 물에 동백꽃을 우려서 그 물로 목욕을 했다고 한다.

"아이, 추운데 목욕이라, 부끄러버라."

"꽃물이 우러난 뜨거운 물에 몸을 담그면 참 시원하겠지요?"

"뜨거운 물이 시원하다니요?"

"내 나이 되면 알게 돼요."

따사로운 봄 분위기에 취했는지 준수의 팔을 베고 있던 동백은 스르륵 눈이 감겨 설핏한 잠에 빠졌다. 파도의 뒤척이는 소리가 잠든 동백에게 자장가로 들렸다.

준수는 동백섬에서 동백과 뽀뽀한 추억이 자신의 인생 베스트 샷! 최대의 화양연화가 될 것이라고 생각했다.

붉은 동백꽃들이 선혈을 뿌리듯 우수수 땅에 떨어졌다. 떨어진 동백꽃 송이를 그냥 밟고 지나갈 수 없어 피해서 가는 사람들이 많았다. 어떤 이들은 떨어진 동백꽃을 주워서 꽃목걸이를 만든 뒤 연인의 목에 걸어주었다.

"명예를 중시하는 일본 사무라이들은 할복 후 머리가 잘려 땅에 떨어진 것을 동백꽃의 낙화에 비유했다지요?"

"아이고 무서라. 계엄군 아찌는 아는 것도 많아요."

준수가 휘파람으로 '열애'를 부르자, 동백은 나직하고 깊은 음성으로 따라 불렀다.

"이 생명 다하도록~/ 이 생명 다하도록~/ 뜨거운 마음속~/ 불꽃을 피우리라~/ 태워도 태워도~/ 재가 되지 않는~/ 진주처럼 영롱한~/ 사랑을 피우리라~/ 음음음."

"이제 우리, 뭐할까요?"

"동백 씨, 영도다리 구경갈까요?"

그날 저녁 영도다리 부근 자갈치 시장으로 간 두 사람은 좌판 앞에 앉아서 붕장어를 뼈째 다진 아나고 세꼬시를 초고추장에 찍어 대선 소주를 마셨다.

"동백 씨는 몇 살 때 저 영도다리를 건너봤어요?"

"아마 고등학교 때 청학동 사는 친구네 집에 갔을 때인 것 같아요."

"나는 두 살 때 영도다리를 건너봤다구요."

"네? 두 살 어린 아기가?"

"맞아요. 이따 얘기해 줄께요."

"근데 동백 씨, 도개교라고, 영도다리가 하늘 높이 다리를 들어 올리는 걸 본 적 있어요?"

"아직 한 번도 못 봤어요. 토요일에 한다던데."

"6·25전쟁 때 피난민들이 몰려들어 복잡할 때 약속 장소와 시간을 '영도다리가 올라갈 때 그 앞에서 만나자'라고들 많이 했대요. 명물이었죠."

휴전 후 부근에는 이산가족의 애타는 심정을 보듬어주려는 듯 점집이 성행했다고 한다. 또 근처에는 1953년 '굳세어라 금순아' 노래를 부른 가수 현인 선생의 기념비도 있었다.

"눈보라가~/ 휘날리는~/ 바람찬 흥남부두에~/ 목을 놓아 불러봤다~/ 찾아를 봤다~/

금순아~/ 어디로 가고~/ 길을 잃고~/ 헤매었던가~/ 피눈물을 흘리면서~/ 일사이후~/ 나 홀로 왔다~"

준수가 이 노래를 흥얼거리자 동백도 따라 불렀다.

"또 '돌아와요 부산항에'는 재일동포 모국 방문 때 불렀다고 해요. 부산은 현대사의 아픔을 모두 품은 유서 깊은 도시예요."

"나의 고향이 부산이라에~."

비릿한 바닷바람을 맞으며 준수는 먼 옛날을 회상하듯이 지그시 눈을 감았다 뜨면서 이야기를 이어갔다. 준수와 부산은 떼려야 뗄 수 없는 인연으로 이어진 곳이다. 벌거벗은 두 살짜리 어린애가 한 손에 빵을 들고 찍힌 사진의 배경은 바로 영도 이모네 세탁소였다. 6·25 한국전쟁이 끝난 시기, 이모네 집은 동삼동 해양대학을 삶의 터전으로 삼았다. 이모부는 학교 통근버스를 운전했고, 이모는 매점과 세탁소를 운영했다.

서울에 사는 준수의 어머니는 여동생의 부탁으로 세탁소에서 학생들의 교복을 빨래하고 다림질했다. 일하는 어머니 등에 업힌 포대기 속 어린애의 손에는 빵 조각이 들려있었다. 그 아이가 바로 자신이었다고 추억했다. 그때 부산은 칙칙! 폭폭! 완행열차를 타고 밤을 새워 12시간 이상을 가야 하는 머나먼 남쪽 나라, 땅끝마을이었다.

"지루하지 않아요? 동백 씨."

"아니요. 흥미로워요. 추억의 명화를 보는 것 같아요."

동백은 준수를 바라보면서 근심이 시나브로 사라지는 걸 느꼈다.

"자 이 대목에서 싱싱한 아나고회에 우리 한잔합시다. 값싸고 맛있는 부산의 명물!"

"아나고회!"

어느새 회색 땅거미가 내려앉았고 옅은 안개가 바다를 뒤덮었다. 해무가 덮인 바다는 신비로웠다. 자갈치 시장의 불빛은 영도다리 아래 출렁이는 바닷물을 울긋불긋 물들였다.

첫 외출 나온 날, 옛 생각이 나서 저 영도다리를 건너 이모네 집을 찾아갔는데 해양대학이 조도로 이사 가는 바람에 이모네 집은 없어졌다. 혼자 바닷가 갯바위에 앉아서 쥐포에 소주를 마시자니 서울에 계신 노모가 생각났다. 그때 어머니가 보낸 편지를 꺼내서 읽었다.

"막내야, 군대에서 얼마나 고생이 많으냐? 엄마다."

이 첫 구절을 읽자마자 눈물이 왈칵 쏟아져 편지지를 다 적셨다는 이야기도 말해주었다.

"울음이란 참 묘한 마력이 있는 것 같아요. 참았던 눈물을 한꺼번에 시원하게 쏟고 나니 속이 그렇게 시원할 수가 없었어요."

"카타르시스! 울고 싶을 때 실컷 우세요."

"어디 그게 맘대로 되나요? 남자는 부모님이 돌아가셨을 때 외에 눈물을 흘려서 안 된다고 배웠어요."

"음, 그건 옛날식 사고방식이에요."

"자, 이 대목에서 우리 한 잔 더 합시다."

"네, 김 병장님도 말년 외출인데 세꼬시 많이 드세요."

"소주는 이야기로 담근 술인가 봐요. 마시다 보면 눈물도 나고 웃음도 나고…"

준수의 소주 철학에 동백이 맞장구를 쳤다.

"이슬처럼 맑은 소주에 동백꽃을 띄우면 어떤 맛일까요?"

"거기에 '동백아가씨' 노래를 안주로 하면 분위기 쥑이겠네요."

"나 일본 가서 못 봐도 괜찮아요?"

"아~ 바닷물은 여기서부터 저 건너 일본 땅까지 연결되어 있어요. 헤엄쳐서 갈 수도 있다구요."

"에이, 그런 거 말구."

둘의 연애 감정 표현은 서툴렀지만, 티키타카는 오히려 애틋했다.

"동백 씨, 보름달이 뜨는 날에 달을 보고 서로의 안부를 전하기로 해요."

"아, 그것 신박하네요."

달빛처럼 차오르는 행복감이 두 사람에게 뿌려졌다.

"아! 누구인가? 이렇게 슬프고도/ 애달픈 마음을/ 맨 처음 공중에/ 달 줄을 안/ 그는?"

준수는 취흥에 겨웠는지 유치환 시인의 '깃발'을 읊조렸다. 그러자 동백이 받아 읊었다.

"이것은 소리 없는 아우성/ 저 푸른 해원을 향하여/ 흔드는 영원한 노스텔지어의 손수건/ 순정은 물결같이 바람에 나부끼고/ 오로지 맑고 곧은 이념의 푯대 끝에/ 애수는 백로처럼 날개를 펴다."

동백은 이 시를 고등학교 때 국어 선생님에게 꿀밤 맞으면서 외운 것이라고 했다.

"바닷바람은 술을 안 취하게 하는 마력이 있는 거 같아요."

"좋은 사람과 마시니 더 좋네요. 으음 앗!"

"아니 왜? 그래요? 동백 씨!"

"아니에요. 아~"

동백은 갑자기 고개를 숙인 채 천천히 모로 저었다. 그리고 한숨을 내쉬며 넋두리 같은 혼잣말을 했다.

"그 작자 만나기만 해봐라. 우리 기봉이 병신 만든, 천벌을 받을 놈!"

"동백 씨, 누구를 말하는 거예요? 나한테 말해봐요."

동백이 취중에 떠올린 작자는 '빨간 모자' 조춘발이었다. 지난 어느 날 조춘발 상병은 동백의 다방에 나타나 다짜고짜 "김준수와 사귀는 게 맞느냐?"면서 "그는 헌병대에 곧 잡혀갈 몸이니 나랑 사귀자"고 했던 장면이 떠오른다며 치를 떨었다.

"그런 적이 있었어요? 근데 왜 나한테 말 안 했어요?"

"그 작자는 김 병장님 수양록에서 내 이름과 다방 위치도 알아냈고, 다방에 와서 컵을 깨고 행패를 부려 손님을 쫓아냈던 삼류 양아치였어요."

"그런 일이 있었군요, 내가 저번에 그놈 혼쭐을 내주었으니 이제 됐어요."

준수는 동백을 해안가 벤치로 데리고 간 뒤 지친 동백에게 무릎베개를 해주었다. 동백의 잠자는 모습은 티 없는 아이처럼 순결했다.

짙은 해무로 싸였던 바다는 따뜻한 남풍이 불자 다시 은 조각 물비늘로 반짝거렸다. 두 청춘 남녀는 그날 버스 막차를 타고 영도다리를 건너서 태종대 입구에 내렸다. 그곳에는 심야 운영하는 온천 찜질방이 있었다. 거기서 하룻밤을 지낸 뒤 일요일 아침에 태종대 숲속

데이트 코스를 나란히 걸었다.

　맑은 날 태종대 전망대에서 바라보면 저 멀리 수평선에 대마도가 까마귀 머리만큼 보였다. 여객선이 하얀 포말을 일으키며 물살을 갈랐다. 부산 영가대를 출발해 대마도를 거쳐 시모노세키, 오사카, 교토, 도쿄 등 옛날 조선통신사가 지나갔던 길로 두 나라는 연결되어 있었다. 옆으로 뻗은 소나무 가지 몇 개가 살짝 가린 바다 풍경은 운치가 있었다. 준수가 '열애'의 운을 살려 나지막이 휘파람을 불었다. 동백이 허밍으로 따라 불렀다.

# 사회부 기자와 민주화

　김준수는 군 제대 후 4학년으로 복학했고 앞으로의 직업에 대해서 고민하고 있었다. 기자 아니면 작가였다. 고등학교 때 문예반 활동을 통해서 글 쓰는 일이 적성에 맞는다는 것쯤을 알고 있었다. 대학생 때는 '문청(文靑)'으로서 한국문학전집, 세계문학전집 및 각종 문학서적 등을 닥치는 대로 읽어 재꼈다. 아르바이트로 월급을 타는 날이면, 동네 어귀 헌책방에 들러 도스토옙스키, 가스통 바슐라르, 모파상, 헤르만 헤세, 단테, 헤밍웨이, 가와바타 야스나리, 셰익스피어 등 국적과 장르 불문의 서적을 한 보따리씩 사서 난독에 가까울 정도로 독파했다. 그러다 보니 넓고 얕은 지식과 상식이 쌓였고 세상을 보는 시야가 트이는 것 같았다. 군 입대할 때 집에 산더미처럼 쌓아두었던 책들을 리어카에 실어 십여 차례 책방에 날라다 주었다. 변두리의 조그만 헌책방은 사실 김준수 같은 문청을 만나지 못했다면 연명하기조차 어려운 사정이었다. 그러나 좋은 단골을 만난 덕에 주인은 콧노래를 부를 수 있었다.

　"고마워요. 준수 학생. 책들이 임자를 찾아 나들이 갔다가 오랜만에 제집 찾아온 느낌이네요."

한편 신문기자는 중앙 일간지의 경우 한해에 한 자리 숫자만 뽑아, '낙타가 바늘구멍을 통과하는 것'에 비유되는 언론고시라는 좁은 문을 통과해야 했다. 작가는 각 신문사가 1년에 한 번씩 시행하는 신춘문예라는 등용문을 통과함으로써 정식 등단 작가로 활동할 수 있었다. 둘 다 만만치 않은 좁디좁은 문이었다.

군 제대 후 어느 여름날, 막걸리를 주전자에 따라 들고서 뒷산인 장충동 서울성곽으로 올라갔다. 막걸리를 한 잔씩 마시면서 사방을 둘러보는 재미가 쏠쏠했다. 저 멀리 정면에 바라보이는 약수동 큰길 위쪽으로 김준수 자신이 태어난 금호동 산꼭대기와 연결된 해병대 산이 우뚝했다. 그 능선 따라 오른쪽으로 가면 전쟁놀이를 했던 옥수동 매봉이 나왔다. 다시 약수동 큰길로 눈을 돌려 6시~7시 방향에는 "엄마, 나 챔피언 먹었어!"로 대한뉴스를 화려하게 장식했던 세계복싱 팬텀급 챔피언 H의 집이 보였다. 또 정치판의 '영원한 2인자' JP가 살던 청구동 집, 어린 박근혜 학생이 다녔던 장충국민학교, 성곽 뒤편 퇴계로 방향으로는 5·16 군사혁명 때 박정희 소장이 살던 군 관사가 있었다. 성곽 바로 아래 5성급인 S호텔 자리는 원래 이토 히로부미 신사가 있었던 곳이었다. 장충단 공원에는 한글학자 최현배, 사명당 유정, 이준 열사, 유관순 열사의 동상이 세워져 있었다.

기자가 되고 싶었다. 기자가 되어 넓은 세상에서 각계각층의 많은 사람을 만나보고 싶었다. 늘 궁금했던 '인간의 본질과 사회현상'에 대한 궁금증이 좀 풀릴 것 같았다. 언론사의 시험과목은 국어, 영어,

시사상식, 논술과 작문이었다. 이 가운데 당락을 결정짓는 것은 논술과 작문 시험이었다. 모두 6개의 제목이 출제되었는데, 논술과 작문 시험에 각각 1개씩 자유롭게 주제를 골라서 서술하는 것이었다. 출제된 문제의 제목은 다음과 같았다. '계엄과 군사정권의 폐해', '선거철 메뚜기, 폴리페서의 곡학아세', '영혼 없는 관료들의 해바라기 습성', '정치라는 악마는 노회하다. 정치를 알려면 노회해져야 한다(M.베버)', '노블레스 오블리주와 천민자본주의(賤民資本主義)', '동백꽃과 동박새의 상생 공존의 비밀' 등이었다. 김준수는 논술로서 계엄, 작문으로서 동백꽃의 제목을 골라 서술했다.

시험을 준비하는 과정에서 보수와 진보 신문 논설위원들이 쓴 사설과 각계 전문가들의 다양한 칼럼을 읽음으로 사물과 현상을 깊게 인식하는 개안(開眼)의 체험을 할 수 있었다. 또 남의 기사를 읽고 베끼는 필사(筆寫) 연습을 한 덕에 고난도의 논술과 작문 시험은 무난하게 통과되었다.

신입 기자는 스파르타 훈련에 돌입했다. 타사의 신문·방송·통신기자 등과 함께 양평 남한강 언론연수원에서 1주일 동안 기자의 기본기(매스컴 이론과 현장취재 요령, 기사작성) 훈련을 받았다. 그 후 편집국 사회부에 배치돼 6개월 수습 기간에 사건기자로서 기사 취재와 작성 및 마감 시간 지키기, 야근 등 지옥 훈련을 체험했다. 소위 사건기자는 일본말 '사츠마와리(さつまわり·察回り)'로 불렸다. 철창 주변을 돌면서 취재를 한다는 뜻의 사츠마와리는 경찰서와 검찰청, 법원을 출입하는 사건 담당 기자를 말한다. 이들은 사회의 불침번, 환경 감시

자(watch dog)였다. 예를 들어 미문화원 방화사건, 미국대사관 난입 방화사건 등 시국사건은 언제 터질지 모르기에 24시간 안테나를 가동하면서 노심초사 출동대기를 해야 했다. 신문사 내에서 '사츠마와리'를 부르기 쉽게 '사스마리'라고 통칭했는데, 당사자들은 자조적으로 "사스마리는 가슴앓이"라고 불렀다.

새벽 4시 무렵에 집에서 나와 자기가 맡은 나와바리(繩張り, 취재구역)에 있는 대형 병원 응급실과 경찰서 형사과 네댓 군데를 취재한 뒤 6시 정각에 1진 기자나 곧바로 시경 캡에게 특이 사항을 보고해야 했다. 꼭두새벽에 출근해야 했기에 김준수는 월부 승용차를 꺼내서 타고 다녔다. 아침 동이 틀 무렵 형사과에서 당직 형사들과 해장국을 나눠 먹은 뒤에는 관내 대학의 학생회 사무실, 시위 현장, 시민·노동단체 등에서 '하리코미(張込み, 잠복)'를 하거나 사회부 데스크의 지시에 따라 기획 취재 등에 동원됐다. 사츠마와리는 상대 신문사의 기자들과 특종 경쟁을 하는 피 말리는 직업이었다. "누가 특종을 했느냐?", "누가 낙종해 물을 먹었느냐?"라는 화두가 온종일 머릿속을 짓눌러 두통이 가실 날이 없었다.

모 경찰서장과 출입기자들이 점심에 낮술을 마신 날, 한 방송기자는 목욕탕에서 대자로 뻗은 뒤 수건으로 감싼 무전기를 머리맡에 놓고 언제 찾을지 모르는 데스크의 감시에 대비할 정도였다. 신문기자의 경우, 삐삐라는 호출기가 시도 때도 없이 울렸기에 한시라도 한눈을 팔 수 없는 피 말리는 시간들이 흘러갔다.

사회부 기자가 된 후 첫 지방 취재는 광주 5·18 현장 르포였다. 광주민주화항쟁 3주기를 취재할 목적으로 사진기자와 함께 5월 17일 오전 신문사 로그가 새겨진 취재 차량을 타고 호남고속도로를 달렸다. 사실 신문사 로고가 붙은 취재 차량은 평소에 기사나 논조에 대한 반감을 가진 안티 세력을 만나서 자칫 수난을 겪는 경우가 있었다. 그러나 정론 직설과 불편부당한 논조를 유지했다는 자부심 하나만으로 광주 취재현장으로 향했다.

김준수가 군에 입대했을 때 1979년 부마사태로 시작된 비상계엄은 다음 해 광주에서 5월 17일 전국 비상계엄으로 확대되었고 그다음 날 이에 항거하는 시위가 일어나 비극의 5·18광주민주화운동으로 비화되었다. 기자가 되어 그 현장을 취재하러 가는 김준수는 어느새 계엄이 자신과 한 몸이 된 듯한 기분을 떨쳐버릴 수 없었다.

"계엄과 전생에 무슨 인연이라도 있는 것인지…"

고속도로를 타고 내려가는 길에 부마민주화운동 때의 추억이 두더지 고개 내밀 듯 불쑥불쑥 떠올랐다. 당시 국내 언론이 통제되었기 때문에 광주에서 일어나는 정확한 소식은 들을 수 없었다. 겨우 외신을 타고 들어오는 조각 뉴스가 전부였는데 병영에서는 그조차도 접할 수 없었다. 다만 확인되지 않은 풍문, 조춘발 상병이 휴가 갔다 와서 하는 식의 유언비어가 풍선처럼 어지럽게 날아다녔다. 그러다 보니 팩트보다는 눈덩이처럼 부풀려진 가짜뉴스, 루머가 더 많았다.

1980년 광주에서 시위와 소요가 일어났을 때, "경상도 군인들이 전라도 사람을 죽인다"거나 "북한 게릴라들이 시민군으로 위장해서 국군에게 총을 쏜다"는 등 확인되지 않은 유언비어가 난무했다. 그때 광주시 전역은 군에 의해서 포위돼 텅 빈 진공의 공간이었다.

고속도로를 빠져나온 취재 차량이 광주시 초입에 들어서자 거리는 5·18 전야제 행사로 후끈 달아올라 과열된 분위기였다. 비분강개한 함성이 간간이 터질 때마다 공포와 불안이 도시를 들었다 놨다.

"아~ 여그가 우리 해방구여. 어떤 놈도 우릴 방해하면 죽음을 면치 못 할거여."

몸체만 한 스피커에서는 대학가와 노조 시위 현장에서 단골로 불리던 '임을 위한 행진곡', '광야에서' 등 민중가요가 웅장하고도 비장하게 흘러나왔다. 울긋불긋 각종 깃발과 플래카드가 나부끼는 가운데 도청 앞 광장에서는 광주민주화운동 사망자 사진 전시회, 망월동 묘지 체험담, 시민 자유 5분 발언대 등 추모 관련 각종 이벤트가 열렸다.

김 기자는 차량 통행이 금지된 도청 앞 금남로와 5·18 민주광장 등 도청을 중심으로 반경 1km 정도를 취재구역으로 잡고 거리 스케치에 열중했다. 장송곡 소리에 고조된 분위기 속에서 정치인, 시민단체 인사들이 각기 다른 구호와 외침으로 저녁 무렵 광장을 뜨겁게 달궜다.

"5·18 민주광장과 금남로는 해방구다~", "전두환 쿠데타 만행에 맞서 싸우자!", "싸우다가 간 민주투사들이여 영원하라!", "민주의 함성으로~ 군사정권 박살내자!"

'광주민주화운동 사상자 가족 모임' 팻말을 든 사람들은 확성기를 든 선창자의 구호에 따라 일제히 목청을 돋웠다. 반미주의자들의 "양키 고우 홈!" 외침이 간간이 들려왔다.

경찰 기동대는 만약의 사태에 대비해서 일찌감치 도청 옆에 진을 치고 있었다. 도청 축대를 한쪽 벽면으로 삼아 문을 연 간이 포장마차가 보였다. 김 기자는 취재와 함께 간단히 요기도 할 겸 포장마차에 들어가 우동을 시켰다. 우동 국물에 면발을 말고 있던 여주인은 서울말을 쓰는 낯선 사람을 향해 이곳 이야기를 들려주었다.

"거가 시체 수백 구가 쌓여있던 곳이여."

"여기가요?"

"거그 발로 밟고 있는 그 땅바닥 말여, 그때 난리 났었지. 총소리, 함성, 비명, 구호… 어휴~ 말도 말어."

"역사적인 장소네요."

"근디 서울 말씬데, 왜 왔을까?"

"서울 맞아요."

"뭣 땀시?"

김 기자는 자칫 말이 와전되어 괜한 오해를 사지 않도록 얼른 국수 가락을 후루룩 넘기고 나왔다.


다음날, 만장을 앞세운 줄 행렬을 따라 희생자 가족들이 오열하며 따라갔다. 격변기 삶과 죽음을 경험한 도시에는 시민들의 아우성과 분노, 흐느낌이 하늘을 찌르고 있었다. 도청 앞 광장에서 시작된 추모 행렬은 광주교도소를 거쳐 망월동 묘역까지 이어졌다. 그때 김준수의 눈에 익은 얼굴이 보였다.

"어? 쟤가 누구지? 춘발이, 깜쌍아냐!"

김준수는 큰 소리로 춘발을 불렀다. 사방에서 소음이 심하게 들렸으므로 춘발은 처음엔 알아듣지 못했다.

"야 깜상!"이라고 목청 높여 부르자 그제서야 춘발이 시선을 돌려 쳐다봤다.

"누구야? 쓰블. 어떤 새끼가 깜상이라고 했어? 엉? 아니 넌 김준수 새끼?"

"그래 김준수다. 너 여기서 뭐하는 거냐? 설마 또 국난극복기장 자랑하러 온 건 아니겠지?"

"이 쓰블놈! 너야말로 여기가 어디라고 왔어? 여긴 민주시민들만 있는 곳이여."

춘발의 가슴에는 국난극복기장이 버젓이 달려있었다.

"나? 취재왔다. 근데 기장은 왜 달았냐?"

"취재라고라? 흥. 이건 계엄업무를 잘한 나님에게 국방부장관이 준 훈장이여, 넌 헌병대 영창 갔다 와서 못 받았지?"

"그건 계엄군이라는 표시인데, 그거 달고 다니다 맞아 죽을 걸."

"이런 시러베자식! 나처럼 훈장 받은 사람을 우러러보지 못할망정 뭐라 고라?"

김준수는 원래 말이 안 통하는 벽창호와 쓸데없는 입씨름을 할 겨를이 없었다.

"근디 너, 수양록 여자 동백이랑 빠구리, 아니 거시기 몇 번 했냐?"

"이런 호랑말코, 미친놈을 봤나? 그 못된 아가리 닥치지 못할까?"

장송곡이 울려 퍼지고 만장의 깃발이 펄럭이는 가운데 조춘발은 한 남자의 영정을 들고서 의기양양하게 걸어가고 있었다.

"어, 이 사람은 누구냐?"

"아씨, 뭐가 그렇게 궁금해? 공수부대가 쏴 죽인 내 사랑하는 고향 친구!"

춘발은 감정이 북받쳐 오르는 듯 이를 뿌드득 갈며 입을 앙다물었다.

"근데 네가 왜 영정을 들고 다녀?"

"짜식, 뭔 말이 그렇게 많냐, 빨갱이냐? 얘는 내 사촌으로 고아야. 난 후견인이고."

춘발은 천애 고아인 사촌의 영정을 들고 후견인을 자처하고 있었다.

"긍께, 얘가 고아라, 내가 민주화운동 사무실에 후견인으로 등록을 끝내 부렀어."

"그게 가능해?"

김준수는 믿을 수 없다는 듯 꼬치꼬치 캐물었다.

"그럼, 보증인만 있으면 5점18민주화운동 유공자가 되는 건 식은 죽 먹기지. 아참, 너도 해줘? 아니지 넌 체포된 놈들을 풀어준 반국가 사범이지. 아냐?"

춘발은 "약 오르지!"라며 혓바닥을 날름거리며 어디론가 재빨리 꽁무니를 뺐다.

"짜식, 5점18이 뭐냐, 그냥 5·18이지. 근데 겉으론 큰소리 탕탕 치지만 뭔가 켕기는 게 있는 모양이네, 왜 도망갔을까?"

김준수는 기봉이 죽은 친구의 보상금을 고스란히 받아서 부당이익을 취하는 게 아닌가 하는 의구심을 떨쳐버리지 못했다. 재야의 거물 J처럼 민주화 보상금을 거부하는 양심 있는 사람들도 가뭄에 콩 나듯 한둘은 있었다.

1995년 5·18민주화운동 특별법 제정으로 희생자 복지 및 생활 안정을 위한 보상금은 고스란히 후견인인 조춘발이 받게 되었다. 춘발은 계엄군으로서 국난극복기장을 받은 것과 친구 덕분에 민주화 국가유공자가 된 것에 대해 어깨에 힘을 잔뜩 주면서 연방 콧바람을 불어 댔다.

"아~ 세상 살맛 나네. 그동안 사람대접도 못 받고 그 잘난 놈들의 멸시와 냉대, 비웃음 속에서 얼마나 서러웠던가. 인복도 지지리도 없었어."


머리와 발을 동시에, 기민하게 움직여야 하는 사건기자. 땀 냄새가 가실 날이 없는 강행군의 나날이었지만, 기자의 로망인 특종, 그것도 대특종을 한다는 것은 신비로운 일일 것이다. 대한민국의 헌정사를 바꿔놓은 민주화 시대의 도래에는 사건기자들의 피와 땀과 노력이 배어있었다. 한번 물면 안 놓는 특유의 불독 근성! 말이다.

군부가 정권을 장악한 시기에 사회부 사츠마와리들은 대학가의 반독재·반미시위 현장, 민주를 앞세운 좌파 시민단체 등을 주요 취재원으로 삼으면서 출입처인 경찰 형사과, 정보과, 대공과와 검찰과 법원, 정보기관을 집중 마크했다. 일단 취재된 사건은 분초를 다퉈가며 원고지에 기사를 쓰되 데드라인! 마감 시간을 목숨처럼 꼭 지켜야 했다. 사회부 기자는 '신속, 정확'이라는 고도의 전문성이 요구되는 숙련된 직업이었다. 일이 고된 만큼 술자리가 많았다. 초판 마감을 한 뒤 이른 저녁부터 신문사 앞 술집에서 물컵 소주 파티, 2차 맥주파티 등으로 가끔은 새벽녘까지 이어지기도 했다. 아무리 능력이 출중해도 술을 못 마시면 그 세계에서 배겨나기 힘들었다.

"특종이냐 낙종이냐? 그것이 문제로다.", "특종은 새벽 4시에 터진다!", "신속이냐 정확이냐?" 새벽부터 밤늦게까지 이어지는 취재와 집필, 술 모임에서 사건기자는 발 빠른 특공대처럼 자신의 몸과 영혼을 모두 갈아 넣을 채비를 갖춰야 했다. 그것은 바로 진실을 끝까지 파헤치려는 시대적 사명을 가진 기자의 근성과 맥이 통했다. 김준수는 '카더라' 통신이나, 루머, 조작, 억측, 유언비어 등 가짜뉴스를 단호히 배격하고 "답은 현장에 있다"라는 신념 아래 발로 뛰는 현장을 중시했다. 그래서 늘 나이키 운동화에 점퍼 차림으로 날렵한 형사처럼 보였다.

세상을 바꾼 역사적인 행운의 세렌디피티(serendipity)! 세렌디피티는 우연을 가장한 뜻밖의 중대한 발견이나 발명 같은 놀랍고도 신비로운 기적을 뜻한다. 그것은 준비된 자들의 눈에만 보이는 기이한 현상이었다.

엄혹한 군사 정권하 사회부 기자 시절, 현대사에서 대한민국의 민주화를 앞당긴 어마어마한 특종이 나왔다. 1987년 1월 15일 오후 3시경, 서울대 3학년 박종철 군이 경찰에 연행돼 서울 용산구 남영동 대공분실에서 모진 고문을 당하다가 사망하는 사건이 발생했다. 이 사건은 군부독재가 막을 내리고 민주화 시대가 열리는 현대사에 한 획을 긋는 경천동지할 만한 대사건이었다. 검찰 출입 선배 T가 사건의 단서를 잡고 사회부 사건기자들과의 협업으로 집요하게 취재한 결과, 다음과 같은 사실을 밝혀냈다.

"간첩 잡는 대공 수사관들은 서울대 민주화추진위 사건으로 수배된 운동권 학생 박 군을 신림동 하숙집에서 연행해 남영동 분실로 데려와 옷을 벗기고 조사실 안의 욕조로 끌고 가 물고문을 반복했다. 그래도 더 이상 협조하지 않자, 결박당한 두 다리를 들어 올려 또다시 물고문을 가했고 고문 도중 욕조의 턱에 목 부분이 눌리면서 결국 경부(頸部·목) 압박에 의한 질식으로 인해 의식을 잃었다."

대공과 수사관들은 급히 호출된 중앙대병원 의사에게 "사망진단서를 써 달라"고 했으나 의사는 이미 사망했기에 사망진단서 대신 사체검안서를 써주었다. 경찰은 박종철 군이 병원에서 숨진 것으로 조작하려 했을 때, T 기자가 이 소식을 듣고 곧바로 데스크로 보고하여 그날 "경찰에서 조사받던 대학생 쇼크사(死)"라는 단신 기사가 처음으로 보도되었다. T 기자는 데스크의 지시에 따라 일단 안전한 곳으로 몸을 숨겼다. 이 기사를 본 문화공보부 언론담당관은 신문사에 난입하여 "더 이상 속보는 없다! 다음 판 갈이부터 기사를 빼!"라며 온갖 협박과 공갈을 쳤다. 결국 치안본부장은 박종철 사망 사건에 대해 "책상을 탁! 치니까 억! 하고 죽었다"라며 어설픈 대국민 발표를 했다. 이 사건은 우연한 계기로 세상에 터져 나왔다. 1월 15일 법조 출입 T 기자가 기삿거리를 찾기 위해서 대검찰청 10층 공안부장 사무실에 들렀다. 차를 마시던 중 공안부장은 혼잣말로 "경찰들 큰일 났어"라고 불쑥 말을 꺼냈다. 이때 T 기자는 뭔가를 감지한 듯 사건 기자의 촉을 세우며 맞장구쳤다.

"그러게 말입니다. 시국 때문인가, 요즘 대공 경찰들이 너무 기세 등등해졌어요."

미간을 찌푸리고 있던 공안부장은 경찰조사를 받던 학생이 죽었다는 충격적인 내용을 독백하듯 술술 털어놓았다. 그것은 앞에 있는 유력 중앙 일간지 기자에게 어서 빨리 취재해서 세상에 알리라는 무언의 압력과도 같았다.

"S대생이라지, 아마?"

"어디서 죽었대요?"

"남영동이라던가?"

"남영동이라면?"

'간첩과 민주화 시국사범을 고문하는 붉은 방?' T 기자는 그곳이 바로 치안본부 남영동 대공분실이라고 직감했다. '군사정권의 엄혹한 상황에서 대학생이 남영동에서 죽었다면? 그건 시국 공안사건임이 틀림없다'는 확신과 함께 섬짓한 기분이 들었다. 남영동은 이 사건의 뜨거운 뇌관이었다. T 기자는 급히 검찰청사를 나온 뒤 사회부 L 부장에게 전화로 보고했다.

"남영동에서 조사받던 대학생이 갑자기 죽었답니다."

"그래? 그럼 2진과 함께 빨리 움직여. 우선 남영동에 가서 고문 사실 여부와 사망자 인적 사항을 취재해 봐. 그리고 병원에서 의사도 만나보고. 시경과 치안본부, 대검과 서울지검 등은 출입기자들을 투입할 테니까. 타사의 보안에 주의하고."

사회부장은 시경 캡 이하 전체 사건기자들에게 각각의 임무를 지시했다. 관악경찰서 및 서울대 출입 기자와 학생의 집이 있는 부산 주재 기자에게 각각 학적부 조회, 가족관계 확인 등을 지시했다. 학생 운동권과 끈이 닿는 기자들도 끌어모았다.

"야 쓰블, 그 부고 기사 당장 빼!"

문공부 홍보조정실 담당자가 편집국장에게 전화를 걸어 대뜸 욕설을 퍼부으며 호통을 쳤다. 치안본부장도 전화를 걸어 핏대를 세웠다.

"그 기사 오보야, 오보! 쓰면 법적 조치할 거야. 알아서 해!"

평소 출입 기자와 친분이 있던 담당 공무원들도 정권 유지의 안위와 밀접한 중대 사안이었으므로 안면몰수를 하고 나섰다.

"언제부터 공무원들 간땡이가 저렇게 배 밖으로 튀어나왔지? 군바리들 하수인이다 보니 군바리들이 키워준 거겠지?"

기자들은 울분을 토했다. 사회부는 초비상이 걸렸다. 사츠마와리들은 모두 이 사건에 매달려 밤낮으로 뛰었다. 우연히 알게 된 사실이 뜻하지 않게 '대한민국 민주화 시대의 개막'이라는 현대사의 한 획을 긋는 커다란 대사건으로 비화되는 과정은 짜릿했다.

경찰, 검찰 등 사정기관을 배후 조종하고 있던 국가안전기획부는 대학생 및 시민이 참가하는 시위대의 향방에 촉각을 곤두세우며 예민하게 반응했다. 급기야 사태의 추이에 초미의 관심을 보이던 군의 보안사가 나서 관계기관 합동 대책회의를 한 결과, 그날 오후 6시 대국민 기자회견을 열었다. 2월 7일 내무부 장관, 치안본부장(추후 구속됨)이 물러났고 고문 경찰 2명은 체포되어 수감되었다. 고문 경찰 3명이 더 있었다는 추가 사실이 밝혀져 이들도 공동정범으로 추가 구속되었다.

이후 은폐를 지시한 치안감, 대공수사관 2명도 구속되었다. 군사정권의 대통령 J는 국무총리, 국가안전기획부장, 내무부 장관, 법무부 장관, 검찰총장, 치안본부장 등 고위직 수장들을 전원 문책 인사로 경질하는 등 개각까지 단행했다.

이어 Y대 이한열 학생이 최루탄 피격으로 중태에 빠졌고 6월 항쟁이 발발하면서 5공화국 군사 정권은 막을 내리고 말았다. 이 보도는 6월 민주항쟁의 도화선이 되어 군사독재가 물러가고 민주주의가 도래하는 현대사 대변혁의 전환점을 가져왔다. 군사정부는 국민의 민주화 요구를 수용하여 6·29 민주화 선언을 발표하였고, 여야 합의에 의해 5년 단임의 대통령 직선제를 골자로 하는 새 헌법이 마련되었다.

고 박종철 군의 아버지는 화장한 아들의 유해를 임진강에 뿌리면서 "종철아! 잘 가그래이… 이 아부지는 아무 할 말이 없대이…"라며 부산 사투리로 아들과 이별했다.

"이제 앞으로 계엄으로 생겨나는 군사정부는 다시는 없겠지요?"

"그래야 안 되겠어? 군인들이 정치를 한다? 고려시대 무인 정권도 아니고…"

김준수는 그날 사회부 기자 회식에서 다른 기자들과 마찬가지로 감격의 눈물을 흘리며 건배를 외쳤다.

'호랑이 없는 굴에 여우가 왕 노릇 한다.' 세상은 이렇게 어렵사리 민주화 시대를 맞이했지만, 그 주역입네 하는 민주화 세력 가운데 정치권으로 들어간 부류는 또 다른 권력층으로 부상해 '똥별' 못잖게 부패해 이권 다툼에 매달렸다. 사람은 돈과 명예 그리고 권력 앞에서는 초심까지 버리며 한없이 비굴해질 수 있는 연약한 갈대와 같은 존재였다.

공직자가 출세도 하고 돈까지 버는 건 도둑이나 다름없었다. 프랑스 고급 와인에 캐비어를 안주 삼아 먹으면서도 도시 빈민과 북한 인권을 걱정하는 소위 '강남좌파'들도 이때쯤 나타났다. 겉과 속이 다른 위선! 이 위선자들의 이중잣대가 바로 내로남불(내가 하면 로맨스, 남이 하면 불륜)로 고착되었다. 우리 편에게는 한없이 관대했고 상대편에 대해서는 엄격한 잣대를 들이대는 편향된 이중성으로 인해 상식, 공정, 정의 같은 고상한 단어는 대한민국에서 실종됐다. 나라는 오로지 탐욕의 이기주의가 설치는 천박한 자본주의 국가가 되어갔다.

"모든 동물은 평등하다. 그러나 어떤 동물은 더 평등하다. 맞나?"

"맞지. 그거 조지 오웰 '동물농장'에 나오는 명대사 아닌가? 암, 개돼지 같은 아랫것들과 우리가 다 같을 순 없지."

"그리고 말야. 모두가 용이 되려고 애쓸 필요가 없다 이거야. 이것들아! 그냥 개천에서 가재, 붕어, 게로 살아도 돼."

이른바 386세대(30대 이상, 80년대 학번, 60년대생) 운동권 세력 가운데 일부는 486, 586세대가 되어감에 따라 편법, 불법, 탈법을 동원해 자신의 이권을 찾아 먹는데 귀신같이 움직였다. 특히 국회의원이 된 자들 가운데는 불체포특권을 내세워 자신의 비리에 대한 철통 방어막을 쳤다. 여전히 철 지난 마르크스·레닌 공산주의 이념에서 방황했고 종북과 친중, 반기업, 반미, 반일 등 이념적 편향성을 드러내 시대에 뒤떨어진 '괴물'로 변했다.

무소불위의 특권을 가진 권력자들은 입법·행정·사법 3권을 모두 장악하려는 시도를 거침없이 함으로써 3권분립의 위기가 초래되었다. 군부독재 시절의 망령이 어른거리는 '과거로의 회귀'에 마땅한 대안이 딱히 없는 것 또한 사실이었다. 세상을 바꾸려 정치에 입문했다는 신인 가운데는 '위민(爲民·국민을 위함)'이란 초심을 헌신짝처럼 버린 채 기득권에 취해서 '그들만의 리그' 하수인으로 전락하기도 했다. 말끝마다 국민과 민주를 입에 달고 사는 정치인들의 진실은 순도 몇 %일까?

"국민은 무슨 얼어 죽을… 국회의원 배지 한 번 더 달고 싶다는 게 소원이겠지."

독일의 사회학자 막스 베버(1864~1920)는 다음과 같이 말했다. "정치라는 악마는 노회하다. 정치를 알려면 노회해져야 한다"고. 그는 또 권력형 정치가의 함정에 대해서도 말했다.

"권력형 정치가는 막강한 듯 보이지만 사실은 허망하고 무의미하다. 이들은 어느 순간 갑작스러운 내적 붕괴를 겪는데 그 과정을 통해서 이들의 허풍과 속 빈 강정 같은 제스처 이면에 나약함과 무력감이 숨겨져 있다는 것을 발견할 수 있을 것이다.”

# 오사카 엘레지

 1980년대 군사 정권이 들어서고 나서 해외로 나가려는 젊은이들의 꿈을 실현시켜 줄 연예인 송출사업이 시작되었다. 1982년 노동부에서 연예인 국외 송출을 직업안정법상 해외 취업으로 인정했다. 그런데 송출사업이 처음 시행되다 보니 문제점이 발견되기도 했다. 실제 공연시설이 없는 소규모 업소에서 한국 연예인을 고용하여 접객 행위를 요구하거나 비연예인의 연예인 위장취업 및 탈선행위 등 문제점이 생기자 1984년 송출중단 조치가 취해졌다.

 동백은 가슴 졸이며 송출이 재개되기를 기다렸다. 이왕 가기로 결심한 마당에 하루라도 빨리 가서 자리를 잡는 게 좋겠다고 생각했다. 그러던 중 주일본 공관과 재일거류민단 등으로부터 정상적인 연예인 고용을 위한 송출 재개 건의에 따라 1988년 5월 연예인 송출업체 허가제가 시행되었다. 이때부터 일본에 건너간 연예인들은 제대로 된 업소의 무대에 설 수 있었다.

 "한양 가신 계엄군 아찌! 참 무심도 하시지. 살았어요? 죽었어요?"
 동백은 김준수의 전화번호나 집 주소 등을 몰랐기에 딱히 연락할

방도가 없었다. 그렇지만 일본으로 건너가기 전에 꼭 한번 만나보고
싶었다.

"아무리 남자는 배, 여자는 항구라지만, 네가 나를 잊었다면 나도
너를 버렸다."

동백은 평소엔 공감 능력이 높고 따듯한 에겐녀(여성 호르몬인 에스트
로겐이 풍부한 여자)였지만, 일본 진출을 앞두고서는 독립적이고 도전적
인 테토녀(남성 호르몬인 테스토스테론이 많은 여자)가 되지 않으면 안 되었
다. 동백은 '계엄군 김준수'를 깨끗이 잊기로 하고 미련 없이 일본으
로 떠났다.

1989년 송출 현황을 보면 일본 측 구인 요청은 303명, 출국자는
143명이었다. 연예인은 과거 부조리 사태를 감안, 개별 초청 형식의
취업은 지양하고 현행제도를 통한 단체 구인 절차에 의해 취업하도
록 했다. 이에 따라 동백은 대한민국 연예협회 소속 가수증을 취득했
고 동료들과 함께 오사카 간사이 공항에 무사히 안착할 수 있었다.

일본 땅에 첫발을 내디딘 동백은 간사이 공항의 크기부터가 우리
나라 공항과는 비교할 수가 없이 컸고, 선진국답게 사람들의 첫인상
이 밝고 친절하다는 느낌을 받았다. 일행을 태운 버스가 공항을 나와
시내로 들어서자 세련된 고층 건물이 빼곡히 들어선 도회풍의 이색
풍경이 펼쳐졌다. 동백에게 가장 인상 깊었던 장면은 도로의 차량들
이 과속하지 않았고 경적도 거의 듣지 못했다는 것이었다. 특히 길거
리에 담배꽁초 하나 떨어져 있지 않아 기적 같아 보였다.

일본은 제2차 세계대전에서 미국에게 패함으로써 미 점령군이 제

시한 '천황제 군국주의 파시즘 국가'를 지운 밑그림 위에 교전권을 인정하지 않는 신헌법에 따라 막대한 국방예산을 경제에 투입해 40여 년 만에 세계 제2경제대국으로 호황을 누리고 있었다. 오사카는 이미 5백 년 전부터 상공업으로 도시 기반이 닦여진 일본 제2의 국제도시이자 간사이(關西) 지방의 최대 도시였다. 자동차 대수로 따진다면 도쿄를 제치고 일본 제1의 도시가 된다. 또 일본 3대 신문사 중 하나인 아사히 신문사가 있는 곳이다. 오사카의 여인들은 남자를 섬기는 정성이 대단해서 그들이 구사하는 오사카 사투리인 간사이벤(關西辯)은 애교가 철철 넘쳐 흐른다고 한다.

오사카는 밤에 활짝 피는 야화가 어울리는 환락의 도시다. 오사카 특유의 먹고 마시고 노는 흥청거림의 진수를 느낄 수 있는 곳이었다. 오사카의 번화가인 도톤보리(道頓崛)는 밤이면 네온 불빛이 백화 만발한 꽃송이처럼 피어나 불야성을 이룬다. 휘황찬란한 도톤보리와 대비되는 신사이바시는 쇼핑과 패션, 음악, 예술 등 문화의 중심지이고 구로몬 시장은 '오사카의 주방'으로 불리는 곳으로 신선한 해산물과 전통음식을 맛볼 수 있는 국내외 관광객들의 명소로 알려져 있다.

시내 한가운데를 흐르는 요도카와 강과 함께 도톤보리는 오사카 최대 환락가인 미나미(南區)를 둘로 나누는 인공 운하다. 도톤보리는 1583년 66개 소국을 통일한 도요토미 히데요시가 오사카성을 쌓을 때 건축 자재와 인부들을 실어 나르던 물길이었다. 오사카 사람들은 농민 신분으로 천하를 통일한 도요토미에게 친근감을 갖는다고 한다. 특히 야쿠자들은 보잘것없는 미천한 신분에서 일약 일본 최고의 권좌에 오른 도요토미에 대한 특별한 애정을 표한다.

봄철 벚꽃이 흐드러지게 필 때면 오사카성을 구경하는 사람들로 인산인해를 이루었다. 땅거미가 지고 어둠이 깔릴 무렵 스낵, 클럽, 소프랜드와 파친코가 즐비한 이곳은 화려한 네온사인으로 치장한 환락가의 속살을 드러냈다. 수많은 국내외 여행객들과 연인들, 그리고 취객들이 서로 어깨를 부딪칠 정도로 인구밀도가 높은 거리 풍경은 오히려 사람 냄새가 나는 것 같아 훈훈한 장면을 연출했다. 오사카는 무엇보다도 멋과 맛을 찾아 헤매는 젊은이들의 사랑과 열정이 넘쳐흐르는 곳이었다. 또 야쿠자의 고향답게 닌쿄(仁俠 협기)의 고장이기도 했다. 이런 낭만적인 분위기와 의협심을 배경으로 하는 오사카 주제의 엔카도 많이 나왔다.

첫날 외출에서 이처럼 휘황찬란한 이국적인 풍경을 구경한 연예인 송출단 일행은 낯설고 물선 타국에 돈을 벌러 왔지만, 나름대로 소중한 꿈을 이루고자 하는 강한 의지와 열망을 가슴에 담았다. 매운 고추를 고추장에 찍어 먹고 매운 김치를 선호하는 대한민국 딸들의 생명력이 강하다는 것은 이미 파독 간호사들에 의해서 증명된 바 있었다.

"오늘 즐거웠습니까? 편히들 쉬고 내일 봐요. 다 같이 파이팅!"

송출단 인솔자는 마치 수학여행을 지도하는 교사처럼 파이팅! 합창을 이끌었다.

"필승! 군사 정권 헬조선에서 구직을 위해 건너온 만큼 꼭 성공하자."

동백은 매일 아침 거울을 보면서 자기 최면을 걸었다. 이곳에서 엔카 가수로서 인정을 받아 무대에 서는 일이 급선무였다. 그러려면 우선 노래 실력이 남들보다 좋다는 평을 받아야 했다.

미나미에는 도톤보리, 센니치마에(千日前), 난바(灘波) 등 오사카 최대 유흥가가 있었다. 미나미가 젊은이들이 흥청거리는 거리라면, 기타(北區)의 우메다 신미치(梅田新道) 지역은 샐러리맨들이 즐겨 찾는 조금 차분한 곳이었다. 그리고 동부에 있는 이쿠노구(生野區)는 일본 전역에서 재일한국인이 가장 많이 사는 지역이었다. 한국에서 온 연예인 송출 단원들의 활동무대는 미나미와 우메다 신미치 지역일 될 것이다. 정확한 통계는 아니지만, 오사카에 있는 스낵, 클럽 등 한국 술집은 약 1천500개소이며 한국 호스티스들은 7천여 명으로 알려졌지만, 활동하는 수는 5천여 명 정도가 된다고 한다. 이 같은 세밀한 정보는 스낵과 클럽 등의 영업을 돌보아주고 보호비 명목인 가스리를 뜯는 야쿠자들이 더 잘 알 수 있는 것이기도 했다.

오사카는 야쿠자의 도시였다. 인접해 있는 고베(新戶)가 야마구치구미의 본고장이라면 오사카는 사카우메구미의 본고장이었다.


"일본 사람들은 혼네(本音 본심)와 다테마에(建前 겉모습)가 다르다던데?"

"그야 우리도 마찬가지 아냐? 사람이 겉과 속이 똑같을 순 없겠지, 안 그래?"

"그래. 문화적 차이라 여기고 서로 이해하려고 하면 되지 않을까 해."

일행은 지정된 숙소의 여러 개 방에 분산되어 합숙하게 되었다. 정식으로 무대를 찾아 출근하기 위해서는 시간이 좀 걸렸다. 한국 송출회사와 일본 측 연예매니지먼트 회사 관계자들이 모여서 여러 차례회의를 했다. 가수는 무대에 섰을 때 노래 실력이 뛰어나고 관객들의호응도가 높으면 출연 기회가 더 많이 주어지게 될 것이었다. 따라서실력 위주의 경연과 같은 치열한 경쟁이 불가피했다. 동백은 별도의노래학원을 다녔다거나 유명 작곡가에게 개인 레슨을 받아본 적은없었지만 수년 동안 다방에서 수많은 트로트와 발라드, 그리고 일본엔카와 재팬 시티팝 등을 듣고 부르면서 내공을 쌓았다. 그래서 내심경연을 더 반가워했다. 한국에서 같이 온 일행 가운데는 이미 자신의앨범을 낸 기성 가수도 몇 명 있었다. 동백은 자기가 속한 1조의 출연 순서를 초조하게 기다리고 있었다.

당시 일본에 진출한 한국 인기가수들의 면면을 보면 조용필, 계은숙, 김연자, 패티 김 등이었다. 이 4명의 한국 가수는 일본에서 매년12월 31일 NHK가 주최하는 연말 '홍백가합전' 무대에 설 만큼 기량과 인기를 떨친 실력파였다. 1987년 조용필에 이어 계은숙은 1988년이후 연속 7회 홍백가합전에 출연해 인기 절정의 톱 가수로 인정받고 있었다. 이들 한국 가수들은 대한민국의 국위를 선양하는 명실상부한 애국자들이었다.

드디어 학수고대하던 동백의 첫 출연 날이 찾아왔다. 기타의 우메다 신미치에 있는 클럽 123의 한국 호스티스들은 한국말과 일본말을 섞으면서 오늘 출연하게 될 한국인 가수들에 대해서 참새처럼 재잘거렸다.

"오늘 가나야마 회장이 오신다던데?"

"그래? 요즘 뜸하셨는데, 오늘도 노래 부르시려나?"

"회장님은 음반을 낸 정식 가수니까 그러지 않겠어? 그리고 한국 사람을 잘 대해주신대."

"회장님은 한국 사람의 피가 흐르는 재일동포야. 그래서 팔이 안으로 굽는 거겠지."

"그래도 야쿠자라, 난 무서워."

무대에 오르기 전 대기 중이던 동백은 호스티스들의 말을 우연찮게 귀동냥했다. 사실 사카우메구미의 가나야마 고사부로(金山桂三郎) 회장은 오사카 환락가를 주름잡는 야쿠자 오야붕이라는 위상을 가지고 있어서 호스티스들의 입방정에 충분히 오르내릴 만큼 화제의 인물이었다. 재일동포로 한국 이름은 김재학(金在鶴). 나미카와 히사시(浪川久), 이즈미 마사하루(和泉雅春) 등 예명을 가지고 음반을 낸 기성 가수였다. 그는 일본에 진출한 한국 가수들에게 음으로 양으로 보호막이 되어 든든한 후원자 노릇을 했다. 지천명(知天命), 하늘의 뜻을 아는 나이. 50줄에 들어선 가나야마 회장은 이렇듯 오사카 유흥가에서 모르면 간첩이 되는 유명 인사였다.

클럽 123에는 동백 등 5명의 한국 여가수들이 출연 대기를 하고 있었다. 이 클럽에는 한국 호스티스 30여 명이 있고 가라오케 반주기와 대형 스크린, 꽤 넓은 홀의 중앙에 무대가 있었다. '미성년자와 폭력단은 출입할 수 없다'는 팻말이 걸려 있는 7층짜리 건물 전체가 스낵과 나이트클럽, 비어홀 등으로 채워져 있었다. 그중 클럽 123는 3층에서 가장 큰 업소였다.

그날 일본인 사회자의 소개에 따라 한국인 초대 가수 동백이 첫 무대에 올랐다. 동백은 일본 데뷔곡으로 '오사카의 황혼(大阪暮色)'이라는 엔카를 불렀다. 이 노래는 당시 일본에서 최고의 인기를 누리고 있던 '엔카의 여왕' 계은숙이 1985년에 일본 데뷔곡으로 불렀던 인기곡이었다. 동백은 계은숙을 롤 모델로 삼고 무대에 오르기 전에 '넌, 잘할 수 있어!'라면서 자기 최면을 몇 번씩 걸었다. 가라오케에서 나오는 전주에 집중했고 이어진 반주에 맞춰 갈고닦은 실력을 발휘하기 시작했다.

"석양빛에 그을린 다다미 위에/ 그 사람이 건네준 꽃병/ 헤어진 그 날부터 꽃도 안 꽂힌 채 쓸쓸히 놓여 있어요/ 그 사람이 좋아요/ 미칠 정도로 좋아해요/ 기타신치에 비가 내립니다/ 슬픈 노래가 들리는군요/ 바보예요 바보예요/ 속은 내가 바보예요."

노래 1절이 끝나자 일본 특유의 조용한 응원 문화와 다르게 관객들의 웅성거림과 함께 박수갈채가 여기저기서 하나둘씩 터져나왔다.

"오사카의 밤은 애처로워/ 네온에 계절을 느낍니다/ 내일이 있을 것이라고 믿고/ 만날 수 있는 날을/ 손꼽아 세고 있어요/ 그 사람이 좋아요/ 그 누구보다도 좋아해요/ 눈물 색깔을 띤 요도강의 물을/ 생각하는 것은 환상/ 잊지 않아요/ 잊지 않아요/ 난 당신을 잊지 않을래요."

2절을 마저 부르자 사람들의 반응은 가히 폭발적이었다.

"야아~ 스고이네(좋아요), 제2의 계은숙이 나타났다!"

"노래뿐만 아니라, 미모도 짱이야!"

동백은 한국인 가수가 엔카를 부른다는 호기심 반, 기대 반으로 관객들의 관심을 사로잡았다. 또 원곡자의 허스키한 음색과 중저음을 한껏 살리면서 애절함을 잘 풀어내자 관객들의 우레와 같은 박수 갈채가 쏟아졌다. 객석에서는 앙코르가 터져 나왔다. 들뜬 사회자는 기다렸다는 듯이 신청곡을 받았다.

수많은 사람은 조용필의 "돌아와요 부산항에"를 연호했다. 동백은 재일동포 모국 방문의 장면을 떠올리며 애틋한 감정을 실어 담담하게 노래 불렀다.

"꽃피는 동백섬에/ 봄이 왔건만/ 형제 떠난 부산항에/ 갈매기만 슬피우네/ 오륙도 돌아가는 연락선마다/ 목메어 불러 봐도/ 대답 없는 내 형제요/ 돌아와요 부산항에/ 그리운 내 형제여~"

1절은 한국어로, 2절은 일본어 버전으로 불렀다. 홀은 관객들의 뜨거운 반응으로 후끈 달아올랐다. 그날 관객들의 열띤 호응과 격려로 미뤄보아 동백의 일본 데뷔 무대는 일단 성공적이었다.

현역 가수인 가나야마 회장이 앉은 메인 테이블에는 2인자인 와카가시라(지배인)와 오지키붕(아재급) 등 간부가, 아니키붕(형님) 등은 좌우 옆 테이블에 자리를 잡았다. 신참내기 야쿠자들인 와카슈는 멀찌감치 떨어져 경호를 위한 병풍을 치며 삼엄하게 경계했다. 어디서 반대파의 습격이 있을지 모르기 때문에 경호 인력들은 안주머니에 권총을 차고 있었다.

그날 가나야마 회장은 기분이 좋아 동백을 자리로 불렀다. 언론 참모인 N이 동백을 회장에게 인사시켰다.

"동백 씨, 회장님께 인사드려요."

"한국에서 온 동백이라고 합니다."

"동백 양, 장합니다. 신인가수가 타국의 무대에서 그런 기량을 뽐내다니. 한국 어디서 왔어요?"

"부산에서 왔습니다."

"아, 그래요? 반갑소. 내 선친의 고향이 경남 함양이오. 동백 양의 노래를 들으면서 계은숙 가수와 여러모로 닮았다는 생각을 많이 했어요."

'오사카의 황혼'은 가나야마 회장이 아끼는 애창곡으로 자신의 테이프에도 삽입되어 있었다. 마담의 요청에 따라 가나야마 회장이 무대에 올라 동백이 부른 '오사카의 황혼'을 다시 불렀다. 그의 목소리는 부드럽기가 여자여자했고 감정은 강약의 리듬을 자유자재로 타면서 섬세하게 표현되었다. 동백은 그의 호소력 짙은 가창력에 깜짝 놀라 두 손을 모아 입틀막을 했다. 관객들 역시 우레와 같은 환호와 박수갈채를 보냈다. 앵콜을 요청받은 회장은 그의 최애곡 중 하나인 조용필의 '돌아와요 부산항에'를 부르기 전에 다음과 같은 곡 해설을 했다.

"이 노래는 나의 모국의 향수를 불러일으키는 곡입니다. 오래전 재일동포 모국방문 때 불렀던 노래이기도 합니다. 아, 그리고 오늘 한국에서 온 가수들 가운데 먼저 동백 양을 소개합니다."

당시 조용필의 '돌아와요 부산항에'는 일본에서 공전의 히트를 치면서 대유행을 하고 있었다. 가나야마 회장은 동백을 무대로 불러올려 둘이서 이 노래를 한국어 가사와 일본어 가사로 번갈아 불렀다.

"회장님 최고, 스고이 데스(대단합니다)!"

"캉고쿠 가슈(한국 가수) 스바라시(훌륭해요)!"

관객들은 두 사람에 대한 연호로써 호응했다. 한국의 트로트는 일본의 엔카와도 비슷한 정서인 한(恨)을 가지고 있어서 공감대 형성이 쉬웠다.

"동백 양의 맑고 깨끗한 소리, 청음이 아직도 귀에 쟁쟁하네. 노래 잘 들었어요. 다음에 또 만나요."

회장의 따뜻한 웃음과 격려에 눈물을 머금은 동백의 모습은 함초롬했다. 언론 참모 N이 동백에게 이제 돌아가도 된다고 귀띔했다. 동백이 일어나서 가나야마 회장에게 작별 인사를 했다.

"수고 많았어요."

가나야마 회장은 화류계에서 만난 일개 무명의 밤무대 초짜 가수에게 분에 넘치는 극진한 배려를 해주었다. 일말의 자신감을 얻은 동백은 그날 이후로 노래도 술술 풀렸고 불러주는 업소도 많아져 점차 그 이름이 알려지기 시작했다. 낯선 곳에 홀로 떨어진 민들레 홀씨처럼 고독감에 사로잡혀 있던 동백에게 든든한 후원자가 생긴 셈이었다.

일본에 진출한 한국인 유명 가수들의 뒷배를 자처한 가나야마 회장의 모국 사랑을 익히 잘 알고 있는 조직원들은 그 누구도 한국 연예인들을 괴롭히거나 짓궂은 장난을 칠 생각은 꿈도 못 꾸었다. 회장이 가장 싫어하는 게 마약 거래와 힘 약한 여자에 대한 이지메(집단 괴롭힘)였기 때문이었다. 그것은 조직의 명예를 더럽히는 금기사항으로 간주되었다.

한국에서 연예인 송출단이 도착한 이후로 오사카 최대의 환락가인 도톤보리를 포함한 미나미와 기타의 우메다 신미치 등은 이전보다 인파가 더 몰려 흥청거리고 있었다. 이곳 유흥업소들의 영업을 보호하는 야쿠자들도 덩달아 바빠졌다. 가나야마 회장도 업소 방문이 부쩍 늘었다. 특히 한국 출신 가수들은 다양한 음색으로 트로트와 엔카를 불러 현지인들의 호응을 넘어서 혼을 쏙 빼놓았다. 하루에 서너 군데 업소의 밤무대를 뛰는 가수들도 나오기 시작했다. 이들 가운데는 수입이 짭짤해서 모처럼 만에 돈맛을 봤다거나 모국의 가족에게 송금하는 일도 꽤 있었다.

얼마 후, 가나야마 회장은 동백의 노래를 들으러 클럽 123로 왔다. 클럽 전속 가수처럼 된 동백은 회장의 신청곡 위주로 노래를 불렀고 새로운 레퍼터리를 하나 소개했다.

"지금 밖에는 눈이 내리고 있을 겁니다. 그래서 눈 노래를 들려드리겠습니다."

좀 서투른 일본어였지만 관객들은 오히려 격려의 박수를 보냈다.

"와아~ 센스있네."

전주가 흘러나오자 동백은 감정을 가다듬은 뒤 이탈리아 출신 샹송 가수 아다모의 '눈이 내리네(Tomb La Neige)'를 원어인 프랑스어로 부른 뒤, 2절은 일본어 가사로 번안해서 불렀다. 애수가 물씬 풍기는 노랫말과 애잔한 곡조, 연인을 그리워하는 갈망의 눈빛이 어우러진 한국 가수의 매력적인 창법은 홀 안을 뒤집어놓았다.

"스고이!"

"스바라시~"

여기저기서 휘파람 소리와 찬사가 튀어나왔다. 마침 커다란 배경 화면에는 하얀 눈밭 위에 수없이 떨어진 붉은 동백 꽃송이들과 꿀을 쪼아 먹고 푸드득 날아가는 동박새가 클로즈업되어 일본인들의 탐미주의적 취향을 한껏 자극했다.

"와아! 진짜로 탐미적이네, 아름다워요."

"스고이 데스네(대단하네요), 돈바쿠상!"

사실 그날 하늘은 잔뜩 찌푸린 채 금방이라도 눈을 쏟아낼 것만 같았다. 결국 눈은 안 내렸지만 관객들의 가슴 속에 저마다 가진 눈에 대한 추억을 떠올리게 함으로써 선곡에서 성공을 거둔 것이었다. 열광하는 응원의 휘파람 소리가 끊이질 않았다. 이날도 대성공이었다. 일본 팬들은 귀엽고 예쁘고 노래 잘하는 한국 가수들을 좋아했다. 게다가 정서도 비슷했으므로 친밀감과 함께 동질감마저 느꼈다.

그날도 가나야마 회장은 동백을 자신의 자리로 부른 뒤 입에 침이 마르도록 칭찬했다.

"나도 노래 부르는 가수인데, 오늘 동백 양의 가창력에 푹 빠져들었어. 특히 일본인 특유의 탐미주의적 성향을 파악한 곡의 선정이 탁월했다. 절창(絕唱), 인정!"

"회장님께서 과분한 칭찬을 해주시니 몸 둘 바를 모르겠습니다. 앞으로 더 노력하겠습니다."

"어~ 내가 별명 하나 지어줄게. '오사카 엘레지'라고. 이국땅에서 애타게 그리는 게 고향일까? 님일까? 정말 인상적이었어."

그날 동백은 기쁜 나머지 회장과 동석자들이 따라주는 술을 한 잔씩 받아 마시다가 그만 술이 좀 과하게 되었다. 이 엄중한 자리에서 작은 실수라도 한다면, 쌓아놓은 공든 탑이 와르르 무너지는 것은 불을 보듯 뻔한 일이었다. 자신의 허벅지를 꼬집으면서까지 정신을 차리려 애쓰던 동백은 급기야 옆자리에 있던 가오 마담에게 도움을 요청했다.

"회장님, 오늘 동백이 먼저 보내주실 거지요?"

회장의 눈치를 보던 마담이 옆에서 거들었다.

"그러지. 자~ 오늘은 이것으로 끝! 즐거운 하루였어요. 동백을 잘 데려다 주어라."

회장의 지시에 주연(酒宴) 내내 뒤편에서 경호를 맡고 있던 스무 살 안팎의 와카모노(신출내기 야쿠자)인 나카무라가 나섰다.

"하잇!"

나카무라는 동백을 차에 태워서 숙소까지 바래다주었다. 나카무라는 이전에 무대에서 내려오는 동백에게 짓궂게 장난치던 취객의 장난을 제지해준 일이 있어 구면이었다.

신출내기 야쿠자 와카모노는 별 수입이 없었다. 오로지 조직의 보스나 아니키붕(형님)들이 간간이 내려주는 용돈에 의지해서 살다 보니 늘 무일푼 빈털터리였다. 그래서 야쿠자들은 대개 유흥업소의 호스티스를 애인으로 두는 경우가 많았다. 유일한 자산이라곤 넘치는 젊음의 힘, 애인은 자신이 돈을 벌어 와카모노를 먹여 살리는 것이 관행처럼 된 때도 있었다. 그때는 주는 쪽도 받는 쪽도 아무런 불평불만이 없었다. 한국에서 온 사람들은 이런 불합리한 사고방식을 이해할 수 없다는 듯이 고개를 갸우뚱했다. 그러나 오랫동안 불문율처럼 내려온 그들만의 전통을 어찌하겠는가.

여인이 사랑을 위해 목숨을 바치는 순애보 같은 이야기가 심심찮게 들렸다. 그럴 때마다 동백은 한국 정서상 도저히 이해할 수 없을 때가 많아 혼란스러웠다.

"히트맨으로 형무소에 들어간 남자를 평생 기다리는 여자들도 있대요."

히트맨은 상대 조직원에게 권총을 쏴서 사살이나 상해를 입힌 뒤 형무소에 들어가는 야쿠자 돌격대원을 말한다.

야쿠자 조직의 보스급들은 유흥업소에서 돈을 물 쓰듯 쓰는데, 그것은 클럽 가수, 호스티스, 웨이터 등 서비스업계에서 힘겹게 살아가는 저소득층을 위해 베푸는 일종의 자선 행위라고도 볼 수 있었다. 한국에서 온 연예인 송출단원들은 이곳 생활을 먼저 경험한 선배들로부터 이런저런 시시콜콜한 이야기를 들으면서 그 바닥의 사정을 하나씩 알아갔다.

타향에서의 절대 고독감? 외로움을 느꼈던 탓일까, 동백은 또래 일본인 남자 나카무라의 친절함에 자꾸 마음이 가는 것에 깜짝 놀라곤 했다. 어느 날 나카무라가 동백에게 오사카에서 가고 싶은 곳을 안내하겠다고 먼저 말했다. 모처럼 만에 시간을 낸 동백은 나카무라와 함께 오사카성 구경을 갔던 적이 있었다. 봄철 벚꽃으로 유명한 관광지인 오사카성 앞의 드넓게 펼쳐진 사쿠라 나무숲은 입이 딱 벌어질 정도로 화사한 자태를 뽐내고 있었다.

"어, 근데 내가 두 살 어리니까 누나라고 불러도 돼?"

"응, 그래. 한국에도 남동생이 있는데, 한 명 더 생겼네."

"나카무라상, 그거 알아? 오사카성을 쌓은 도요토미 히데요시가 임진왜란을 일으켜서 조선을 침략했을 때 이순신 장군이 바다에서 왜 수군을 물리쳤대."

나카무라는 소학교만 다녔고 공부를 등한시했기에 자기 나라 역사도 잘 모르고 있었다. 그는 "잘 모르겠다"며 겸연쩍은 듯 뒤통수를 긁적였다. 동백이 "몰라도 괜찮다"고 위로하자, 나카무라는 쑥스러워졌는지 입을 헤벌리고 멋쩍게 웃었다.

"나카무라, 사진 찍어줄까?"

성곽 바깥 해자 부근 벚꽃 동산에서 두 젊은 남녀가 해맑게 웃으며 데이트하는 모습은 사진 속에 담겼다. 순진한 겉모습의 나카무라를 보고 누가 야쿠자라고 말하겠는가. 동백은 시골티가 나는 나카무라를 연민의 시선으로 바라보며 빙긋 웃었다. 그의 온몸에 승천하는 용의 문신이 새겨진 것을 순간 까맣게 잊은 듯했다. 벚꽃 구경을 하고 돌아가는 길에 동백은 그에게 "저녁 식사로 뭘 먹고 싶으냐?"면서 "식당으로 안내해 달라"고 부탁했다.

　동백은 와카모노들의 텅 빈 주머니 사정에 대해서 들은 바 있어서, 그날 저녁은 근사하게 한 턱 낼 작정이었다. 이런 갑작스런 호의에 나카무라는 어디로 가야 할지 몰라 고민에 빠졌다. 한참을 머뭇거리다가 지하철역 쪽으로 방향을 잡고 걸어갔다. 그가 동백을 데리고 간 곳은 오래되고 허름한 돈가스 음식점이었다.

　"나카무라, 더 좋은 데로 가도 돼."

　"아, 예. 저는 어렸을 때부터 돈가스를 잘 먹었어요. 어머니가 만들어주신 게 세상에서 제일 맛있었어요. 지금은 안 계시지만….."

　나카무라는 자신이 거친 사내인 야쿠자인 것을 깜빡했는지 어린아이처럼 순박한 표정을 지으며 울먹였다. 이 표정을 본 동백은 웃음을 크게 터트렸다.

　"엄마가 보고 싶으세요? 나카무라."

　그녀가 웃으며 물었다.

　"어릴 때 학교를 빼먹고 말썽만 피워서 어머니께는 불효자식이었어요."

　'착한 야쿠자'는 한 이방인 여자 앞에서 고해성사하듯 부모에 대한 불효를 고백하고 있었다. 그 모습을 바라보던 동백은 '야쿠자가 된 게 무슨 잘못이겠는가, 굳이 따진다면 불우한 환경 탓이 더 컸겠지'라고 막연히 생각했다.

그날 나카무라는 동백에게 자신이 어쩌면 도쿄 사무소로 갈지 모른다고 말했다.

"어, 그럼 우리 못 만나겠네, 왜 가는데?"

"상부의 명령이니까. 언젠가 또 만날 수 있을 거야. 돈가스 맛있었어. 고마워. 누나!"

"잘 가, 식사 잘 챙겨 먹고 몸조심해. 안녕~."

그즈음 가나야마 회장은 휘하 간부들로부터 도쿄 사무소 설립에 장애물이 나타났다는 보고를 듣고 있었다.

"오야붕, 뎃포다마(鐵砲玉)라도 보내야 하는 것 아닙니까?"

뎃포다마는 상대 조직에 단신으로 쳐들어가서 권총을 쏴 목표한 인물을 죽이거나 중상을 입히는 역할을 맡은 특공대원이었다. 총구를 떠난 총알은 다시 돌아오지 않는다고 해서 히트맨(hit man), 청부살인자, 암살자라고도 불렀다. 오사카의 가나야마 회장은 자기 세력권을 도쿄로 넓히려는 구상을 오래전부터 하고 있었다. 그래서 도쿄에 사카우메구미의 지부를 차렸다. 그러나 기존의 도쿄 조직으로서는 자신들에 대한 도전으로 받아들일 수밖에 없는 전쟁 상황이었다. 도쿄 출신인 나카무라는 도쿄를 잘 안다는 이유로 도쿄 지부로 파견되어 근무하게 되었다.

얼마 후, 오사카 클럽 123과 여타 유흥가에서 나카무라가 히트맨이 되어 형무소에 갔다는 소문이 돌았다. 살인죄는 형기 20년을 마쳐야 했다. 감형이 된다고 해도 최소한 15년은 감옥에서 썩어야 했다.

도쿄의 상황을 보고 받은 가나야마 회장은 "사람을 보내서 사과하고 치료비와 위로금을 전달하도록 하라"는 지시를 내렸다. 그의 무덤덤한 표정은 이와 같은 일은 조직 간에 흔히 있는 일이라는 뜻으로 이해되었다.

"나카무라라고 회장님 보디 가드, 여기에도 여러 번 왔던 그 젊은 와카모노 말이야. 걔가 형무소에 가게 됐다던데."

"근데, 걔가 쏜 게 아니고, 다른 아니키붕이 쐈고, 나카무라는 대신 형무소 가는 거래."

"그나저나 피를 봤다면 상대편에서도 가만있지 않을 텐데. 아이 무셔라."

동백은 유흥가에 나카무라 관련 소문이 금세 퍼지자 귀동냥으로 그 전모를 어렴풋이나마 짐작할 수 있었다. 동백은 절망과 좌절을 느끼며 혼란스러워했다. 가수로서 정서적 안정을 취해야 했으나 벼랑 끝에 몰린 듯 심한 현기증에 시달렸다. 혼자서 가슴앓이를 하는 동백의 마음을 아는지 모르는지 선배 동료들은 수다를 떨었다.

"둘이 얼마나 깊이 사귀었다고 머릴 싸매고 야단이야? 동백이 말야."

"아냐, 남녀관계는 본인들 말고는 아무도 모르는 거야. 하룻밤에 만리장성도 쌓는다잖아."

"근데 동백은 회장님 눈에 쏙 들었으니… 걱정도 팔자지."

"그만 좀 하세요. 제가 뭘 어찌했다고요."

선배들의 지청구와 함께 칭찬을 들을 때도 동백은 남사스러워 하며 얼굴을 붉혔다.

서쪽 하늘에 저무는 저녁 노을이 요도카와 강물을 핏빛으로 물들이고 있었다. 동백은 자신의 슬픈 마음을 닮은 엘레지의 빛깔이라고 생각했다. 자유롭게 떠다니는 물새들을 보면서 고향의 어머니와 동생 기봉을 떠올렸다. 얼마 전 무대에서 처음 불렀던 엔카 '오사카 가을비(大阪しぐれ)'를 흥얼거리면서 무작정 강변을 따라 걸었다.

"혼자서는 살 수 없어/ 살아갈 수 없다고/ 울며 매달리던 네온도/ 네온도/ 비에 젖는구나/ 북쪽의 신지는/ 그리운 추억만 비에 젖네/ 꿈도 젖는구나/ 아~ 오사카 가을비여."

비 노래를 부르니 정말 비가 한두 방울 떨어지기 시작했다. 동백의 슬픈 감성은 눈물방울이 되어 점점이 손등을 적셨다. 이 노래도 가나야마 회장이 취입해 앨범에 수록된 20곡 중 하나였다.

'아! 왜 이리 가슴이 답답하고 쓰린 것일까.'

동백은 초조한 마음을 달래려 김준수 병장과 동백섬에서 나눴던 이야기를 떠올렸다.

"너의 마음에 동백꽃씨를 뿌려놓았으니 다음 해 꽃 피울 때쯤 우린 다시 만날 수 있을 거야."

"그래요? 정말요?"

"그렇다니까. 날 못 믿어?"

그런데 몇 해가 흘러가도 김준수와의 연락은 두절되었다.

주위를 아무리 둘러봐도 혈혈단신 외돌토리가 된 가슴엔 소낙비가 내리고 있었다. 김준수의 최애곡인 '열애'를 조용히 읊조렸다.

"이 생명 다하도록/ 뜨거운 마음속/ 불꽃을 피우리라/ 태워도 태워도/ 재가 되지 않는/ 진주처럼 영롱한/ 사랑을 피우리라."

동백은 벤치에 잠시 앉아 김준수와 둘이서 찍은 사진을 살며시 꺼내 보았다. 어떤 설움 탓인지 눈물방울이 사진 위에 뚝뚝 떨어졌다. 그날 동백은 나카무라와 같이 갔던 돈가스집에서 들러 니혼슈를 몇 잔 마셨는지 모를 정도로 흠뻑 취했다. 취하면 취할수록 김준수의 마지막 말이 머릿속에서 맴돌았다.

'우리 어디서 무엇이 되어 다시 만날 수 있을까?'

# 을지로 인쇄 골목

을지로 인쇄 골목은 서울 중구 을지로와 충무로 사이, 일제 강점기 일본인들이 지은 이층 목재가옥들이 길게 늘어선 곳의 가운데 좁은 길을 말한다. 일제시대 황금정이라 불렸던 을지로 통에 해방 후 대한극장을 비롯해서 명보, 중앙, 국도 등 대형 극장이 문을 열면서 영화사가 몰렸고 영화 포스터, 대본 등 인쇄물을 찍는 소규모 인쇄업소들이 우후죽순으로 생기기 시작했다.

일본식 가옥은 해방 후 적산가옥이라고 불렀는데 수완 좋은 사람들은 적산가옥을 싸게 불하받아서 아래층 가게는 세를 주고, 위층은 살림집으로 해서 살았다. 대개 1층은 인쇄소로 운영되고 있었는데, 한때는 5천여 개의 크고 작은 인쇄업체가 몰려있었다. 화물트럭에서 종이 뭉치를 내리거나 다량의 인쇄물을 싣는 경우가 많다 보니 좁은 길은 언제나 번잡했다. 정차된 트럭 양옆의 비좁은 공간으로는 이곳에서 특별히 제작된 삼륜 용달차인 '삼발이'가 소규모 물량을 나르느라 분주히 오갔다.

군대 때 악명을 떨쳤던 '깜상' 조춘발이 인쇄 골목에 나타난 것은

1990년대 중반쯤이었다. 그러니까 군 제대 후 10년쯤 지난 시기였다. 30대 중반으로 접어든 조춘발은 광주 인쇄소에 취직했다는 소문과 함께 마약 판매 조직원이 되어 경찰의 수배를 받고 있다는 풍문이 나돌았다. 그런 그가 인쇄 골목에 어느 날 도깨비처럼 불쑥 나타났다. 험상궂은 인상에 눈을 부라리며 가래침을 아무 데나 뱉는 품행 제로의 모습은 여전했다. 팔을 좌우로 휘저으면서 건들거리며 걷는 품은 영락없는 뒷골목 양아치였다.

춘발이 난데없이 기봉의 작은 가게에 나타났다. 기봉은 수첩과 달력, 명함을 인쇄하는 영세 소상인이었다.

"에헴! 이리 오너라~. 거 누구 없느냐? 기봉아~ 매형 왔다."

"매형? 누, 누구세요?"

소리 나는 쪽으로 고개를 돌린 기봉의 눈앞에는 마스크로 얼굴을 가린 몰골이 흉측한 양아치 한 명이 서 있었다.

"누구세요? 깜상? 아니 누구?"

기봉의 입에서 저절로 깜상이란 말이 튀어나왔다. 깜상임이 확인되는 순간, 기봉은 공포감으로 움찔했다.

"뭐, 깜상이라 고라? 내가 그렇게 징살맞다냐? 이 삐꾸 새끼야!"

춘발이 마스크를 벗자 뺨에 열십자 모양의 칼자국이 확연히 드러났다.

"아니 근데 그 상처는?"

"뭐긴 뭐겠냐, 십자가! 내가 예수와 동기라는 징표지."

춘발은 징그럽게 웃으며 갑자기 주머니에서 굽은 아랍 칼을 꺼내

신들린 듯 허공에 마구 흔들어댔다. 이를 본 기봉은 군대 시절의 악몽이 떠올라 사시나무 떨듯 몸을 떨었다.

"근디 니 누나 동백은 시방 어딨다냐? 설마 준수 새끼 마누라가 된 건 아니겠지?"

"몰라요, 서울 올라온 뒤론 통 소식 몰라요."

기봉은 오랜만에 나타나 개뼈다귀 같은 질문을 하는 춘발이 영 거북해서 일부러 까칠하게 굴었다.

"느그 누나 소식이 궁금해서 찾아왔다. 난 아직도 숫총각이여. 여태껏 총각 딱지도 못 떼었단 말여."

"모태 솔로? 아니 여자가 많이 붙을 용모와 품성인데, 그것 참 이상하네요."

"너까지 날 무시하냐? 나중에 땅을 치고 후회하지 말어, 오늘은 그냥 간다. 쓰블."

기봉은 군대와 삼청교육대에서 유독 자신에게 모질게 굴어 반병신을 만들어놓은 춘발을 당장 때려죽여도 시원찮을 놈이라고 생각했다.

그런데 간다던 춘발이 얼마 후 다시 가게에 들어왔다.

"처남! 그래도 우리가 뜨아는 한잔 마시고 가야지, 안 그냐?"

"뜨아?"

"아이 씨, 뜨거운 아이스커피도 모르냐? 이 돌대가리야!"

"뜨아는 없어도 얼죽아는 있어요."

장난기가 발동한 기봉이 비아냥거리면서 말대꾸했다.

"얼죽아? 그거이 머랑가?'

"겨울에 얼어 죽어도 아이스 아메리카노!"

"짜식, 그동안 많이 컸네. 앞으로 내가 이 동네에 사무실 낼 거여."

"무슨 사업해요?"

"야 임마, 뭣이 돈이 되는지? 가방끈 긴 네 놈이 짱구 좀 굴려 봐라."

"글쎄. 여긴 보다시피 적산가옥에 인쇄소뿐이라…."

"재수 옴 붙는 소리 작작 하고, 가오가 있지 이제 기름밥 먹는 공돌이는 안 해! 한방에 일확천금! 뭐 이런 거 없냐?"

"남 등쳐먹는 사기꾼? 쇠고랑 차고 빵에 가서 평생 콩밥 먹고 싶은 거냐?"

기봉은 속으로 이렇게 대꾸했다.

공연히 설레발치며 말도 안 되는 수다를 떨던 춘발은 그제서야 뭔가 생각이 난 듯, 윗주머니에서 동메달을 꺼내 자랑하기 시작했다.

"이게 뭔지 아냐? 너 같은 방돌이가 알겠냐 마는… 나가 계엄군으로 맹활약해서 국방부장관이 준 훈장이여. 국난극복기장! 아참, 준수 그놈 소식 아냐?"

"준수 형님은 왜요?"

"아니 그냥. 그 새끼 현란한 발차기! 어휴~ 생각만 해도 이가 빠득빠득 갈린다."

"신문기자예요. 형사, 판검사, 사기꾼, 도둑놈 취재하는 사건기자!"

"쓰블, 지가 기자면 기자지 뭐, 나가 뭐 꿀릴 게 있다냐? 재수 없는 새끼!"

조춘발과 김준수는 평생 앙숙이었다.

"기봉 씨, 저 왔습니다."

그때 박민혁 형사가 가게 문을 쓱 열고 고개를 내밀었다.

"아, 박 형사님, 안녕하세요. 아침에 까치가 울더니 반가운 손님이 오셨네요. 들어오세요."

춘발은 문밖의 낯선 사람을 째려보며 위아래를 훑었다.

"아니, 별일 없지요? 손님이 계시니 다음에 또 올께요."

둘의 서먹한 분위기를 눈치챈 박 형사가 돌아가자 춘발은 뜨악한 표정을 지으며 고개를 갸우뚱했다.

"야, 너 이젠 기자, 곰(형사)들과 노냐? 근디 그 곰 새끼 낯짝이 익긴 익은디…."

잠시 머뭇거리던 춘발은 "아, 맞다! 부산 헌병대 조사관! 박 뭐시기 하사, 그놈이지?"라며 소리를 꽥 질렀다.

"헌병 출신 박민혁 형사님 맞아요. 김 기자님이 소개해주었어요."

"근디 그놈이 어째 여기 형사가 됐다냐?"

"아이 돈 노우."

"쓰블, 또 느그 새끼들끼리만 놀고 자빠졌냐? 나 삐졌다! 간다."

"빠이! 이제 안 와도 돼요."

"야, 이 추잡스런 개똥 쌍놈 새끼야, 호박을 확 깨불라. 쓰블."

조춘발은 군대 시절의 흉포한 폭력적 이미지에다 세월이 가져다준 뻔뻔함이 더해져 철면피 같은 괴물이 되어 있었다. 춘발은 기봉과 전생에 무슨 악연이 있는지 저승사자처럼 나타나 툭하면 해코지했다. 인쇄소 사장 등 골목 사람들을 만날 때마다 기봉의 과거를 낱낱이 까발려 인격을 모독했고 숫제 얼간이로 취급했다. 방위 시절 똥오줌 못 가리는 어눌한 '고문관'이었고 대학 때 반정부 데모꾼이었고 도박장 개설죄로 삼청교육대에 끌려왔다며 흰소리를 쳐 댔다. 그러면서 '빨간 모자' 조교였던 자신이 기봉의 군기를 잡아서 오늘날 저만큼이나 사람 만들어놨다고 입에 침을 튀기며 자랑했다. 특히 기봉이 군대에서 자신에게 맞았다고 꾀병을 부려 민간병원에 누워버리는 바람에, 째지게 가난한 고향집에서 급전을 보내와 병원비를 물어주었던 이야기를 할 때는 두 눈에 쌍심지를 켰다. 가해자인 조춘발은 '불여시'라는 별명처럼 자신을 피해자로 둔갑시키는 속임수에 능했다. 그럴 때마다 인쇄소 사장들은 "에이, 기봉이 그런 사람 아니야. 동작이 좀 굼떠서 그렇지 본바탕은 착해." 또는 "암, 그 착한 심성 때문에 우리가 거래를 계속하는 거야"라면서 두둔했다.

춘발은 후미진 골목의 2층 구석방을 빌려 고향 후배 몇몇과 사업이랍시고 뭔가를 하기 시작했다. 그런데 그게 무슨 사업인지는 철저하게 비밀에 부쳐졌다. 다만 "'나이롱환자'를 모으고 있다"는 소문이 술집 '노라줘' 주인 춘심의 입에서 새어 나왔다. 나이롱환자? 라면 가짜 환자를 말한다. '재주는 곰(나이롱환자)이 부리고 돈은 되놈(춘발)이 챙긴다'가 그의 경영 목표였다.

2인 1조 양아치 중 한 명이 골목에 숨어있다가 좁은 길로 차가 지나갈 때 슬쩍 손을 뻗어서 다쳤다고 엄살 부리면서 나동그라지면, 또 다른 한 명이 나타나서 경찰에 신고 안 할 테니 현금 박치기로 끝내자며 공갈, 협박, 회유하는 소위 손치기 사기 수법이었다. 현금 합의가 안 되면 꾀병으로 병원에 장기 입원해서 과잉 치료를 받음으로써 보험사로부터 과도한 보험료를 타내 수익을 올리는 보험사기였다. 이 사기 수법은 을지로 인쇄 골목의 도로 폭이 좁아서 종이를 나르는 화물차나 삼발이 용달차, 오토바이, 자전거 등이 뒤엉켜 붐비기 때문에 사업성이 꽤 좋았다.

좁은 길에 서너 명이 딱 버티고 서서 비켜주지 않다가 차에 부딪혔다고 억지를 부리거나, 시속 5km 미만이거나 정차했다가 시동을 걸고 느릿하게 움직이는 차의 백미러에 손을 일부러 갖다 댄 뒤 뒤로 벌러덩 나자빠지면 되는, 누워서 식은 죽 먹기의 꿀잡이었다. 기봉도 처음 상경했을 때 사업 자금을 마련하려고 삼발이 배달 일을 한 적이 있었다. 그때 보험사기업자들의 갖은 횡포에 신물이 나 그만 삼발이를 팔아치웠다.

춘발은 보통 교통사고가 발생하면 보험사는 증상이 심하지 않더라도 피해자에게 합의금 명목으로 거액의 '향후 치료비'를 주고 사건에 합의해 주는 점을 노렸다. 고문과 구타 그리고 구라 치는 주특기를 빼고는 세상사 어느 것에도 젬병인 춘발은 돈 냄새 하나는 귀신같이 잘 맡았다. 인근 병원 원장들 또한 나이롱환자를 많이 보내주는 춘발을 'VIP 고객'으로 후하게 대접했다. 명절 때마다 푸짐한 선물이나 후하게 뒷돈을 찔러주고 가끔 룸살롱에서 여성 접대도 했다.

"햐~ 세상 살맛 나네, 그 콧대 높은 닥터님들께서 VIP 대접을 해 주다니…, 인생 오래 살고 볼 일이야."

이런 사기 수법으로 전체 자동차 보험 가입자의 보험료가 올라가는 사회적 불안 요인이 되었지만, 교통경찰과 보험사는 오래된 비리를 관행이라며 손 놓고 있었다.

춘발은 보험사기업이 잘 굴러가자 골방을 하나 더 얻어서 후배들을 더 많이 불러올렸다. 새 사업을 열었는데 그게 바로 고리대금 불법사채업이었다. 그리고 스무 명 가까운 후배들을 모아서 '춘발파'라는 조직까지 만들었다. 사채업은 법적으로는 최고 이자율 20%를 초과하는 고리대금을 이자제한법으로 금지하지만, 춘발파는 전직 판사 출신 고문 변호사를 두고, 법망을 교묘히 피해 바퀴벌레처럼 암약하고 있었다.

높은 이자율과 불공정한 계약 조건으로 채무자의 신용정보를 불법적으로 수집하거나 협박, 폭력 등 행위를 저질렀다. 돈을 제때 갚지 못하는 남자는 전라도 신안 앞바다 새우잡이 어선의 노예로 팔아넘겼고, 여성은 밀매음하는 미아리 텍사스, 청량리 588, 자갈마당, 옐로하우스 등 집창촌으로 보내는 등 서민과 약자를 죽이는 불한당 같은 행패를 부렸다.

꼬리가 길면 잡힌다고 했던가. 드디어 이들의 흉악한 마각이 드러났다. 춘발파 행동대원 A가 사회초년생인 20대 여성 B에게 150만 원을 빌려준 뒤 원리금 명목으로 1,000만 원 넘게 돌려받고, 이 과정에서 성매매까지 강요한 혐의로 재판에 넘겨졌다. 연간 이자율은

1,300%를 훌쩍 넘었다. 이자제한법 및 채권의 공정한 추심 위반 혐의로 기소된 A는 징역 4개월에 처해졌다. 징역 4개월? 이라면, 솜방망이 처벌이 분명했다. 고문 변호사와 담당 판사가 '우덜법 연구회' 회원이자 주말 골프 회원으로서 이 사건을 쓱싹하는 바람에 전관예우 효과를 톡톡히 봤다는 소문이 짜했다.

"야 기봉아, 너 목돈 필요하지? 이 매형이 얼마나 해줄까나? 천만 원?"

"지금 당장 필요 없어요. 그리고 매형? 그런 징그러운 말 좀 하지 마세요."

"돈 싫어하는 놈도 있네? 니가 나한테 진 빚이 얼마인 줄은 알것지? 아주 줄여서 1천만 원이여. 알어?"

"빚이라니, 그게 무슨 말이에요?"

"거시기 너 부산 방위병 때, 나가 니 병원비 대줬잖여? 그걸 갚으란 말이여. 쓰블. 너 때문에 우리 집 망했부럿어."

"아, 아니, 그건 내가 구타사건의 피해자로 병원에 입원한 거잖아요."

"이 쓰블, 오늘 마수부터 재수가 없응께 기분이 좀 껄쩍지근허네잉. 다음부터 내 부하 쌍칼이 찾아올 거야. 그때는 무조건 오케이! 해야 해. 안 하면 죽어!"

"야, 사기꾼 개새끼야! 징글맞다, 제발 지구를 떠나거라. 쓰블."

기봉은 춘발의 면상에 대고 이렇게 똑같이 쏘아붙이고 싶었지만, 입이 떨어지지 않았다.

'지렁이도 밟으면 꿈틀거린다고 하는데, 나는 왜 맨날 당하고 살아야 하는 건가.' 견딜 수 없는 무력감에 울상이 돼버린 기봉은 애꿎은 담배만 피워 댔다.

며칠 후, 충무로 회현동 시장 포장마차에서 김준수를 만난 기봉은 춘발이가 인쇄 골목에 나타나 고향 후배들과 '춘발파'를 조직하고 보험사기업과 고리대금 사채업을 벌이고 있다고 귀띔했다. 그리고 자신에게도 사채 천만 원을 가져다 쓰라고 협박하고 있다고도 일렀다. 그 자리에는 동석한 박민혁 형사는 기봉의 말을 다 귀담아들었다. 박 형사는 김준수의 고교 후배로 헌병대 조사관 때부터 알고 지낸 사이였다. 그는 헌병 중사로 전역 후 경찰 특채를 통해 서울 중부서 형사로 근무 중이었다.

"박 형사, 잘 들었지? 춘발이 놈이 범죄조직까지 만들어서 기봉이를 괴롭힌다네. 참 질긴 악연이다."

"네, 형님. 제가 앞으로 '춘발파'를 면밀하게 들여다보겠습니다. 기봉 씨, 지난번 가게에 있던 그놈, 춘발이 맞지요?"

"맞아요. 그날 처음 나타난 거예요."

"박 형사, 그놈들이 범죄단체까지 구성했잖아. 경찰에서 수사하고 검찰에 구속영장 치면 내가 기사 써야겠다."

절망과 슬픔으로 늘 우울했던 기봉은 그날 술기운을 빌려 자신의 신세 한탄을 늘어놓았다. 기봉은 때로는 설움에 북받쳐 눈물을 삼켰고, 술이 한 잔씩 더 들어가자 주먹을 불끈 쥐면서 허공을 찌르기도 했다. 급기야 식탁에 엎드려 엉엉 울기 시작했다.

박 형사가 일으켜 세우려 하자, 김준수는 그냥 놔두라고 했다.

"그래, 네 속이 시원해질 때까지 울고, 맘껏 하소연해도 좋다. 기봉아."

김준수의 권유로 부산에서 상경해 인쇄 골목에서 영세한 1인 가게를 차려 그럭저럭 입에 풀칠하며 살고 있는 도시 빈민의 절규는 절절하고도 슬펐다. 세상은 유전무죄, 무전유죄, 법은 무소불위의 독재자에 의해서 어떤 이유에서든지 유야무야될 수 있었다. 양심을 저버린 사기꾼과 전과자가 득세하는 세상. 시중의 뒷골목에서는 약육강식의 정글링 법칙이 엄연히 존재했다. 그야말로 눈뜨고도 코 베이는 세상이었다.

"자, 우리 깐부들끼리 한 잔 마시자. 힘내!"

술이 몇 순배 돌아가면서 얼었던 마음이 풀리자 김준수가 화제를 바꿨다.

"아참, 나 취재차 일본에 갔다 올 계획이다."

"언제 가세요?

"응, 10월 중순쯤? 좀 특별한 심층취재야."

"형님, 일본에서 우리 누나 만날 수 있을까요?"

"동백 씨? 글쎄다, 서울에서 김 씨 찾는 거나 마찬가지 아닐까?"

"그렇겠지요?"

슬퍼서 한잔, 외로워서 한잔, 주거니 받거니 하다 보니 시간이 꽤 흘렀다. 포장마차에서 나온 셋은 어깨동무를 하고 버스정류장을 향해서 느릿하게 걸어갔다.

"기봉아, 오늘은 택시 타고 가라. 형이 돈 내줄게."

"아닙니다. 형님 먼저 가세요."

김준수는 답답한 듯 술도 깰 겸 해서 허공에 소리를 냅다 질렀다.

"야~ 죽일 놈들! 불쌍한 기봉이를 왜 괴롭히냐? 모조리 삼청교육 대 '빨간 모자' 맛 좀 볼래?"

김준수는 기봉과 박 형사를 데리고 근처 제과점에 들러 각각 케이 크 하나씩 사서 건네주었다.

"기봉이는 어머니와 조카에게 선물하고, 박 형사는 가족 선물, 이상!"


'춘발파'의 극성은 더욱 기승을 부렸다. 가장 대표적인 것이 "배달 음식에 바퀴벌레, 머리카락, 손톱 발톱이 들어있다"는 등의 거짓말로 식당 10여 군데로부터 환불받은 게 도합 천만 원이나 됐다. 이런 구 차하고도 쪼잔한 짓을 서슴없이 자행하는 건 건수를 잡아서 식당업 자들에게 사채를 빌려 쓰게 하려는 꿍꿍이속 때문이었다.

"벼룩의 간을 빼먹지, 영세 소상인들을 등쳐먹다니, 천벌 받을 놈 들이네. 그려."

"저런 벼락 맞아 뒈질 놈들! 귀신은 어디서 낮잠을 주무시고 계신 지? 참."

춘발파 양아치 패거리들의 행패는 계속되었다. 겨울철에 다방에 들어가서는 생트집을 잡아서 연탄난로 위에 생선을 올려놓고 냄새

180

와 연기를 피워 사람들을 쫓아내기도 했다. 또 밥집과 술집, 다방에서 실컷 먹고 마신 뒤에 "아 배 터져 죽겠네!"라면서 으레 중지에 침을 묻혀 위에서 아래로 사선을 그어 외상을 뜻하는 바디 랭귀지를 구사했다.

"육시랄 놈의 새끼들! 누군 땅 파서 장사하나? 아이구, 두(頭)야."

이들의 무전취식, 무전 취음에 넌더리를 치는 '노라쥐' 주인 춘심은 뒷목을 잡았다. 그즈음 부산의 전국구 조폭 S파의 행동대장 출신인 허대박이 뜬금없이 도깨비처럼 인쇄조합사무실로 기어들었다. 옆구리에 대검을 찬 대박은 까부장한 메밀눈을 부라리며 먹이를 찾는 족제비처럼 살금살금 사무실 안팎을 살폈다. 대박은 속 빈 강정처럼 허우대만 컸다 뿐이지 춘발의 짝퉁 모조품이나 다름없었다.

"동작 그만! 쉿! 자 여러분! 내 말 좀 들어보시요. 에~ 나님을 소개하자면 난 여러분의 고민을 해결하러 하늘이 내려보낸 만능 해결사여. 그동안 사이코 춘발이 놈 때문에 얼마나 마음고생 심했던가? 이제 나만 믿고 걱정이랑 붙들어매시요잉."

양날이 서고 끝이 뾰족한 대검을 허공에 마구 흔들어대는 꼴은 망나니를 연상케 했다. 게다가 입가에 흘리는 음험한 미소는 섬뜩했다. 표독스런 족제비 눈을 가진 놈이 호언장담하는 모습이 기괴했으므로 조합장과 간부들은 어처구니없다는 듯이 코웃음을 쳤다.

"저 얼치기 속물은 대체 누구야?"

"글쎄, 어디서 굴러먹던 개망나니인지, 우린 이제 저딴 사기꾼 놈 필요 없잖아?"

"지금 뭐라? 얼치기, 속물, 개망나니라 고라. 시방 이 대검이 운다 울어."

"에잇! 그 징그런 칼 좀 치워요. 소름이 돋고 등골이 오싹해 죽겠네."

"난 오금이 저리고 자꾸 화장실 마려워."

"아, 이 대검? 이거이 정의의 보검이지라. 말 안 듣는 놈들 싹! 처단해부르는 것!"

"여봐 얼치기 약장사! 1절로 끝내. 누구 앞에서 설교야? 우릴 호구로 아나?"

그때 대박이 갑자기 다리를 외로 꼬며 똥간이 급하다면서 황급히 꽁무니를 내뺐다.

"어지간히 급했던 모양이네. 눈깔 고약한 놈도 생리현상은 어쩔 수 없지."

일을 보고 다시 돌아온 대박은 사기꾼답게 낯빛 하나 변하지 않은 채 일장 연설을 시작했다.

"아따, 이건 극비 사항인디, 여기서만 공개할 께로. 나가 전국 최고 종이공장 사장의 사돈의 팔촌인 군 의원과 막역한 사이란 거까지 밝혀야 하나? 또 잉크공장 사장도 우리 조직 후원회장이여, 아러?"

"그래서 뭐 어쩌라구?"

"이 양반아, 좋게 말할 때 지방방송 꺼라잉, 그따위 잡소리들 집어치우고, 앙? 이 칼이 운다 울어."

대박은 인쇄업자들이 민감하게 생각하는 종이와 잉크 이야기를 꺼내 관심을 집중시켰다.

"쉽게 말해서 우리 회사가 아주 싸게 종이와 잉크를 대줄 텡게로, 조합과 공급계약을 맺자 이거야. 알유, 언더스탠드?"

"이해하느냐구? 그럼 가격은 어떻게 할 거야?"

"그야 기존 업체보다 훨씬 싸게 반값으로 줄 텡께, 왜 못 믿어? 속아만 살았어?"

"아니, 정확하게 숫자로 이야기해야지, 구렁이 담 넘어가듯 두루뭉술하게 하면 나중에 사고 나. 큰코다쳐."

"뭔 말이 그렇게 많어? 겁쟁이 빨갱이여? 싸면 거래처 바꾸는 게 자본주의 시장원리여, 내 말 틀렸어?"

"그래도⋯."

조합의 간부들은 찬반양론으로 나뉘어 의견이 갈라졌다.

"썩어빠진 정치인 나부랭이를 들먹이는 놈을 어떻게 믿을 수 있어? 마약, 사기 등 전과 10범이라던데, 허."

"난 그놈이 콩으로 메주를 쑨다고 해도 절대 못 믿어. 무신불립이지, 흥."

"근데, 진짜로 가격을 낮춰 공급해 준다면야, 그야 더할 나위 없이 좋은 거지, 뭐."

퇴물 조폭 허대박은 국도 극장 뒤 켠 허름한 주물공장 골목에 사무실을 차려놓고 과거 자신과 연이 닿았던 똘마니들을 끌어모아서 '대박파'를 결성했다. 이마에 건달이라고 써 붙인 자들이 사무실에 뻔질나게 드나들었다. 그곳은 거짓말과 도둑질, 공갈 협박, 사기, 음모,

중상모략 등이 만들어지는 범죄 생산공장이나 다름없었다. 대박이 인쇄협동조합에 종이와 잉크 공급 얘기를 꺼낸 것은 자신이 합법적인 사업가라는 것을 알리기 위한 꼼수이자 위장 전술이었다. 사실 대박의 주력 사업은 마약 밀매업이었다.

대박은 사무실 노름판에서 물주가 되어 늘상 패를 잡았다. 파트장급 중간 이상 간부들은 한가한 시간에는 도박하면서 시간을 때웠다. 겉으로는 각 파트 별로 책임자를 두어 문어발식 관리체계의 모양새를 갖췄다. 국내 금융파트는 사채업과 보험사기를, 특임1파트는 마약 밀거래 및 국내외 판매망 구축이었고, 특임2파트는 인쇄소에 종이와 잉크를 납품하는 사업을 하는 체했다. 대박은 막강 노조를 방패막이로 써먹을 요량으로 대형 노조에 금융업자로 가입 등록까지 마쳤다.

"캬, 이건 신의 한수다. 누가 이런 비상한 지략을 짜낼 수 있을까잉. 난 천재야!"

"형님, 요즘 초딩 아그들은 천재를 '천하에 재수없는 놈'이라 한답니다. 다른 걸로 바꾸시는 게 어떠실지요?"

"어떤 시러베아들 놈이 그따위 개소리를 만들어냈당가? 그럼 영재? 수재?"

그러던 어느 날 대박과 춘발이 동네 다방에서 우연히 마주쳤다.

"야, 춘발아! 우리 동업하자. 동향 싸나이 의리 좋다는 게 뭐냐, 응?"

"밀가루(마약) 장사? 노 쌩큐! 지금 내 사업도 똥인지 된장인지 헷갈리는데."

"야, 글구 너 아는 기자있지, 군대 동기 말야! 나 소개 좀 시켜주라."

"기자를 왜? 김준수 새끼 나랑 앙숙이야, 정 만나고 싶으면 신문사로 찾아가 봐."

"쳇! 가오만 구겨뿌럿네. 알써, 가! 새끼야. 네깐 새끼 이젠 필요 없어."

"붕신, 떼사정에 도가 텄다더니만 걸레 같은 거지 근성 여전하구만. 퉤퉤퉷!"

이로써 대박과 춘발의 사이는 얼음장 깨지듯 쪼개졌다. 춘발은 대박이 일본 야쿠자 마약조직과 거래를 한다는 냄새를 맡고 건수를 잡기 위해 호시탐탐 노리고 있었다. 대박이가 이 바닥에서 없어져야 심간이 편할 거 같았다. 일타삼피!

"일단 경찰에 신고해서 보상금 타 먹고, 골목 상권까지 빼앗고 나면 난 독불장군이 되는 거여. 역시 난 IQ 200의 천재란 말여."

텃세와 기득권을 내세운 춘발은 기가 한껏 올라 대박과의 한판 대결, 그것도 어느 한쪽이 죽어야 끝나는 치킨게임이라도 마다하지 않겠다는 결심을 했다.


대박의 속셈은 서울에서 마약 판매망을 새롭게 구축하는 것이었다. 그런데 춘발이 거절하며 등을 돌리자, 춘발에게 빅엿을 날리기로 했다. 그 첫 번째는 춘발의 고리대금 사채놀이를 경찰에 고발하는 것이었다. 그런 뒤 인쇄조합 간부들에게 "사기꾼 춘발과 금전 거래

를 하면 그날로 우리와는 인연 끝! 안면몰수 함다"라며 엄포를 놓고
다녔다.

"아야, 근디 귀가 왜 이렇게 간지럽지? 어떤 들보잡 새끼가 내 욕
하나."

오래지 않아 춘발은 자신을 씹는 대박의 욕악담을 듣게 되었다.
춘발은 뒷담화나 까는 대박에게 분풀이하듯 저주를 퍼부으며 땅이
꺼져라 길길이 날뛰었다.

"뭐 날 죽이겠다고? 엉? 엥간히 좀 혀라, 쓰블. 여태껏 지 새끼 도
와준 은혜는 다 개 줘버리고 말야, 의리라곤 쥐뿔도 없는 개새끼 같
으니라구."

대박은 춘발을 불법사채 고리대금업자라고 경찰에 고발했고 기다
렸다는 듯이 춘발도 경찰에 맞고발했다.

"대박이구 춘발이구, 아이구, 골치야! 대굴박 터지겠당."

조합 사람들의 신세 한탄이 분수처럼 쏟아졌다. 중부서 박 형사는
마약 판매 전과자인 대박이 신흥폭력단을 조직했다는 첩보에 따라
탐문수사를 강화하고 있었다.


그 무렵 대박은 부산 출장을 뻔질나게 다니고 있었다. 부산항은
외국에서 들어온 마약이 홍콩이나 마카오로 가기 전에 거쳐 가는 기
항지로 이용되는 곳이었다. 화물선 창고 안쪽에 몰래 숨겨 들여오는
마약 더미는 일차 관세청 직원들이 점검하지만, 헐렁한 단속망을 비
켜나가기 일쑤였다. 그래서 검경 합동 마약 전문 단속팀이 마약탐지

견과 함께 투입되어 샅샅이 뒤져 발견하곤 했다. 그물이 아무리 촘촘하다고 해도 수많은 은신처를 찾아내기란 사실상 불가능했다. 이런 빈틈과 허점을 이용하는 마약업자들은 근절되지 않고 독버섯처럼 쑥쑥 자라났다.

수입된 마약 더미는 잘게 쪼개 전국 각지로 운송되었다. 대박은 S파 현역 판매책과 여전히 끈이 닿아 마약을 손쉽게 받을 수 있었다. 대박은 전국 10개 판매망에 물건을 보낸 뒤 나머지는 서울로 가져와 뿌릴 계획이었다. 지방 조직책 가운데는 춘발이와 아는 자들도 끼어 있어서 대박의 마약거래 정보는 춘발의 귀에도 속속 들어갔다.

급기야 배달 사고가 터졌다. 대박의 고향 후배 조직책 몇 명이 가져간 물건의 거래대금 백여 억 원이 회수가 안 되었다. 중간 판매책이 마약을 가지고 잠적해버린 것이었다. 이것은 마약 관련해서 경찰에 신고할 수 없다는 약점을 쥔 작자들이 짜낸 먹튀였다.

대박은 춘발을 의심하고 있었다.

"안 봐도 비디오지. 그 새끼가 개수작을 부렸을 확률이 1,000% 확신!"

"암마, 마약 먹고 튀어도 신고 못 한다는 걸 악용한 거겠지요. 불여시 같은 놈!"

대박파는 눈에 쌍심지를 켜고 사라진 판매책들이 갈 만한 곳을 찾아나섰지만 매번 허탕을 쳤다. 그러던 어느 날 춘발은 미아리 텍사스 쪽방에서 목덜미를 잡혔다.

"이 썩을 놈아! 니가 뛰어봐야 부처님 손바닥 위의 벼룩이지, 눈깔아! 꿇어!"

그런데 정작 물건은 어디에 팔아먹었는지 행방이 묘연했다. 마약을 전부 팔았다면 족히 100억 원은 넘었을 것이다.

인쇄 골목에서 대박파와 춘발파의 쫓고 쫓기는 추격전을 훤히 꿰뚫고 있는 사람이 바로 기봉이었다. 기봉은 거래처 인쇄업자들을 통해서 기봉과 대박, 그리고 마약 실종 사건에 대해 이야기를 자세하게 들을 수 있었다.

어느 날 기봉이 퇴근길에 술집 '노라줘' 앞을 지나가는데 여주인 춘심이 손짓으로 불렀다.

"기봉 씨, 오늘 뭔 약속있어요?"

"아니, 왜요?"

"이리 좀 와 봐요."

여주인은 뭔가 심상찮은 표정을 지으며 무겁게 입을 뗐다.

"글쎄, 지난번에 춘발파 똘마니들이 술 마시러 와서 며칠 후 전쟁하러 가는데 야구방망이와 쇠파이프를 준비해 놔야 한다고 하던데. 그 표정들이 무거웠어."

"전쟁하러 간다고요?"

"응, 근데 이건 진짜 특급 비밀인데, 동생 아는 기자하고 형사 있지?"

"왜요?"

"응, 빨리 받아 적어봐."

춘심은 술집 바깥을 조심스레 살피며 기봉을 향해 입을 열었다.

"볼펜, 종이 여기 있어, 빨리 적어."

"뭘요?"

"잔말 말고, 동생은 기억력이 좀 약하잖아? 절대 읽씹(읽고 무시함) 하지마."

기봉이 받아 적은 메모의 내용은 다음과 같았다.

'○일 ○시, 대박과 춘발 담판, 밀가루 판매건. 북한산 의상능선 용 출봉 아래 골짜기 백골바위, 보디가드 1명씩 대동.'

그때 춘심은 무엇을 보았는지 갑자기 사색이 되어 그 자리에 쪼그려 앉았다. 춘발이 두 손가락을 입안에 오므려 넣고 휘파람을 휙휙 불면서 나타났기 때문이었다.

"어맛! 쉿! 춘발 패거리다. 빨리 숨겨. 걸리면 입으로 씹어!"

춘발과 서너 명이 가게로 들어서자 춘심이 "춘발 씨 왔어?"라며 살갑게 인사했다.

"어이, 이쁜 매미 누님! 어제 주문한 개고기 준비해 놨겠지?"

"아 그럼, 누구 분부신데…."

"삼복더위엔 누렁이 괴기가 최고지라."

"옴메, 이게 누구랑가. 근디 둘이 빠구리했어? 언니 옷차림도 오늘 따라 야리꾸리하네잉."

중간 보스의 말을 받은 춘발이 한마디 했다.

"야 임마, 빠구리가 뭐냐? 흘레붙은 금사빠녀(금방 사랑에 빠지는 여자)! 이렇게 점잖게 해야지."

"넷, 알겠습니다. 형님."

"아, 글구 '열애' 좀 그만 틀어. 주구장창 지겹다, 대신 군가 '진짜 사나이'로 바꿔!"

춘발은 기봉에게 한쪽 입꼬리를 올린 썩소를 날리며 친근함을 표했다.

"아야, 우리 처남 기봉아! 내 술 한 잔 받아라. 똥개 괴기 한 점, 된장 옴팡지게 발라 옴쏙 씹어봐, 그 맛 죽인다."

"아입니다. 저는 개고기 못 합니다. 글구 약속이 있어 이만 가~ 보~ 겠~습니당."

기봉은 불편한 상황에서 어서 빨리 빠져나가려고 기를 쓰고 있었다.

"이 씨부럴시끼가 형님의 하사주를 거절해? 눈깔을 콱!"

중간 보스가 나섰다.

"아니 저, 진짜로 약속이 있어서요."

"그런 개구라는 하덜 말어. 근디 빚은 갚고 가야 할 거 아니냐?"

"빚이요? 무슨."

춘발과 기봉의 대화가 이어질 때 중간 보스가 또 끼어들었다.

"야 얼간아! 어디서 꼬나봐, 눈깔아! 쓰블."

"까먹었냐? 군대에서 내가 너한테 치료비와 위자료 준 돈이 얼마인지 알아? 자그만치 거금 100만 원, 지금 돈으로 치면 얼만 줄 알아?"

"천만 원 이상이요!"

똘마니들이 이구동성으로 합창했다.

"그니까 너는 죽을 때까지 나의 피멍 맺힌 한을 다 풀어줘야 한다 이 말이여."

그래서 일단 천만 원을 빌려줄 테니 조금씩 나누어서 갚으라는 강압 대출 이야기였다.

"뭐? 돈이 필요 없다니, 이 새끼가 단단히 미쳤군."

춘발이 주먹을 날려 기봉의 명치를 가격했다.

"으윽!"

기봉은 갑작스런 급소 피격으로 숨이 막혔는지 신음마저 간신히 토해냈다.

"안 되겠다. 이걸로 입을 찢어버려!"

춘발이 윗도리 안주머니에서 시퍼렇게 날이 선 아랍식 칼을 꺼내 기봉이 목의 정맥에 대고 협박했다. 실눈을 뜬 기봉은 소스라치게 놀라며 움찔했다.

"계좌번호? 불러, 안 불러?"

"뭣하냐? 저런 반펭이도 못 되는 놈 하나 못 다루니, 골로 가게 콱! 쑤셔부러."

똘마니가 칼등으로 기봉의 목덜미를 강타해 그 자리에서 기절시켰다.

"야, 그 새끼손가락에 인주 묻혀서 여그다 찍어. 싸게 싸게 해라 잉."

"됐어. 천만 원짜리 한 건 성공! 앞으로 계속 고고! 고잉이다. 알긋냐?"

"옛! 우리 형님은 역시 멋져부러요."

"아니 근데, 계좌번호는 아직 모르는디요?"

"몰라도 돼야, 걔네 거래처에다 물어보면 되지 뭐, 안 그냐?"

"역시 형님은 천재! 아니 영재입니다요. 충성!"

"자, 이젠 아리따운 우리의 여사장님! 여그로 오시용."

"나요? 난 손님 좌석에 안 앉는 거 몰라요?"

춘심은 다구리 맞을 셈 치고 기세 좋게 대꾸했다.

"좋게 말할 때 좋게 좋게 합시다요. 춘심! 춘발! 우리 오누이 사이 아냐?"

똘마니들이 서로 나서 바람을 잡았다.

"계약 특별 보너스! 5점18 민주화 국가유공자 형님의 화끈한 뽀뽀 무제한 제공!"

"아따 그 늙은 매미 언니, 살 수청 들라는 것도 아닌데 뭘 그리 비싸게 구노?"

"그려, 지꺼 뭐 금테 둘렀나? 비싸긴 뭐가 그리 비싸다냐, 난 아직도 숫총각인디…."

"흠, 눈가 주름 자글자글한 거 보니 눈 흘레감도 안 돼야. 퇴기란 말여. 퇴기!"

쓸개 빠진 놈들의 헛소리를 듣다못한 여주인은 부아가 치밀었는지 톡 쏘아붙였다.

"그런 옛같은 히야까시 듣기가 좀 거시기 허네. 젊은 아찌들, 주둥아리 오바로쿠 박아버릴까?"

양아치들의 조리돌림과 여주인의 앙칼진 응수 등 시답잖은 대거리가 이어질 때 기절해 있던 기봉이 벌떡 일어나 문밖으로 냅다 내빼기 시작했다.

"으메 으메, 저 새끼가 발라뿌네!"

"아야! 놔둬라. 여기 금테 여왕님 건이 더 급하다잉."

"아 근디, 소싯적에 껌 좀 씹었나, 뭐 그리 뻣뻣해."

중간 보스가 거만을 떨며 시비를 걸었다.

"손님네들, 이제 문 닫을 시간입니다요. 잘 가요. 빠이빠이!"

춘심은 굵직한 남성 톤으로 말하고는 두 팔을 뻗어 늘어지게 하품을 뱉어냈다.

"아야, 가자, 오늘은 철수, 내일은 영희, 느좋(느낌 좋아)!"

"내봬누!"

중간 보스가 외쳤다. '내일 봬유, 누나'라는 뜻이었다.

춘발 일당이 냅다 문짝을 발로 차고 나가자 춘심은 악이 나서 포달스럽게 소리를 질렀다.

"또 외상이야? 개 값이 얼마나 올랐는데. 이 거지발싸개만도 못한 개새끼들!"

억척녀 춘심은 검질긴 놈들의 포악한 짓에 천박한 상소리로 응수하곤 했다. '기봉이가 메모를 잘 간직해서 경찰에 신고해야 할 텐데.' 여자가 한을 품으면 오뉴월에도 찬 서리가 내린다고 하지 않았나. 춘심은 망할 놈들이 당할 불지옥의 고통을 상상하면서 남모를 회심의 미소를 지었다.

"이 악마, 좀비 같은 놈들아, 불타는 지옥에나 떨어져라!"

산전수전 다 겪은 춘심의 욕 주머니에서 그날따라 저주가 빗발쳤다.

한편 조금 전 도망친 기봉은 걸음아 나 살려라! 신발 밑창 타는 냄새가 나도록 뛰고 또 뛰었다. 숨이 목까지 차올라 헐떡이던 그의 눈앞에 빨간색 공중전화 박스가 선명하게 보였다. 기봉은 수화기를 급히 잡고 다이얼을 돌렸다.

"네, 김준수 기자입니다. 응? 야! 기봉아, 오랜만이다. 그래 거기서 만나자."

기봉과 김준수가 만난 곳은 인현동 재래시장 부근 포장마차였다.

"오랜만이다. 근데 왜 그렇게 땀이 났어? 윗도리가 다 젖었는데."

"아, 예. 형님, 급히 드릴 말씀이 있어요. 이것 좀 보세요."

기봉은 가쁜 숨을 내쉬고서는 주머니에서 꾸겨진 메모 한 장을 화급히 꺼내들었다.

"그게 뭐지?"

"이건 막걸리집 여주인이 불러준 걸 제가 받아 적은 거예요. 특급 비밀이래요."

김 기자는 기봉이 건네준 메모를 뚫어지게 쳐다보았다.

'○일 ○시, 대박과 춘발 담판, 밀가루 판매건. 북한산 의상능선 용출봉 아래 골짜기 백골바위, 보디가드 1명씩 대동.'

"햐~ 이거 뭔가 냄새가 나는데, 밀가루 판매 건이라면? 마약? 단순히 다구리 붙는 건 아닌 것 같고."

김준수는 일단 첩보 차원에서 박 형사와 의논해 볼 요량이었다.

"형님, 마약이요? 근데 다구리가 뭐예요?"

"응, 깡패들 은어로 패싸움, 몰매, 뭇매. 사건기자를 하다 보니 별 걸 다 알지?"

"이번 기회에 춘발파 놈들을 모조리 싹 잡아넣었으면 좋겠네요."

"그래야지. 놈들을 일망타진해서 못된 버르장머리를 확 뜯어고쳐 야겠지."

"자, 행운의 주신(酒神)에 대한 기도! 한잔하지, 짠!"

"아, 네."

김준수는 사건기자의 촉과 경험칙으로 볼 때 두 패거리 우두머리 가 마약 관련 건으로 만나서 무엇인가 중요한 협상을 하는 것이라고 추리했다.

"기봉아, 이제 너의 날이 온 모양이다. 음지가 양지 된다고…."

김준수는 찬란하게 타오르는 가스등 불꽃에서 동백의 미소를 언 뜻 본 것 같았다. 평소에 기봉에게 일말의 도움을 주는 것이 어쩌면 동백을 향한 그리움과 사랑이 아닐까라는 생각을 잠시 하고 있었다.

"형님, 무슨 생각하세요. 한잔하셔야죠."

"어? 어! 그래. 파이팅!"

김준수는 다음날 박 형사를 불러서 이 제보 내용을 건네주었다. 이 로써 경찰청 마약단속팀이 본격적으로 움직이기 시작했다. 김준수는 검경과 공항 항만을 관장하는 세관 등 외곽을 취재하면서 폭넓게 정 보를 수집하고 있었다. 이제 남은 건 판도라의 상자가 열려서 검은 두 조직 간의 비밀이 밝혀지는 것이었다.


날카로운 비수 같은 그믐달이 뜬 어느 날 밤 대박과 춘발은 각각 한 명의 보디가드를 데리고 북한산 의상능선 용출봉이 올려다보이는 으슥한 골짜기에서 만났다. 주위는 칠흑 같은 어둠에 싸인 채 들짐승의 날카로운 울음소리가 가끔씩 적막을 깼다. 어디서든 귀곡성이 들릴 것 같은 을씨년스러운 분위기였다.

"야, 춘발이! 좋게 말할 때 어서 내놔."

"뭘? 난 몰라. 쓰블."

"뭐? 이 새끼가 생까고 자빠졌네. 생선을 고양이에게 맡겨놓은 내가 잘못이지."

대박의 고향 후배 중 한 명이 춘발을 마약 판매조직에 끌어들였다가 사달이 난 것이었다. 대박은 옆구리에 차고 있던 날 선 군용대검을 꺼내 들었다. 시퍼런 칼날이 달빛에 번득였다.

"어? 이건 아니잖아. 나 죽이면 물건 영영 못 찾아. 알아서 해."

"그래도 니 새끼 모가지부터 따야 쓰것다. 어서 불지옥에나 떨어져라!"

춘발도 아랍 칼을 꺼내 들고 대들었다.

"헛! 쓰블, 똥물에 튀겨 죽일 새끼. 너 죽고 나 살자."

대박이 찌를 듯 위협하며 대검을 들이밀자 춘발은 피하려다 그만 나무 등걸을 밟아 휘청거리며 넘어질 뻔했다. 그때 그의 보디가드가 벌초 낫을 들고 대박에게 덤벼들었다. 순간 대박의 보디가드도 골프

채를 휘둘러 낫을 쳐서 떨어뜨렸다. 이어 대박이 왕 주먹을 날려 춘발의 면상을 후려갈기자 춘발은 아랍 칼을 놓친 채 뒤로 벌렁 나자빠졌다.

"앗, 내 칼! 어디 갔어? 에잇, 이판사판 공사판이닷, 배째!"

대박은 배짱을 부리는 춘발의 목덜미를 찌르려다 왼쪽 귀를 물어뜯었다.

"아아악! 아파! 잠깐만 스톱!"

"물건 어디 있어? 새꺄. 순순히 부는 게 어때? 오른쪽 귀도 피 보고 싶어?"

"아아앗! 잠깐만, 타임!"

"셋 셀 때까지 말 안 하면 진짜로 죽인다."

"하나, 둘, 세에~ ㅅ."

대박의 대검이 춘발의 목 경동맥을 지그시 압박하자, 춘발은 꼬리를 그만 내리고 말았다. 잔뜩 겁이 난 춘발은 아생연후살타(我生然後殺他)! 먼저 내가 산 뒤에 상대를 죽인다는 전략에 따라 작전상 후퇴, 항복했다.

"항복! 저~ 저~ 거시기, 저~ 큰 소나무 밑에…"

의외로 쉽게 꼬랑지를 내린 춘발은 너럭바위 위 큰 소나무 등걸 아래를 가리켰다.

"뭣허냐, 얼릉 가서 찾아보랑께!"

대박의 단호한 지시가 떨어지기가 무섭게 숲속에 숨어있던 똘마니 십여 명이 삽과 곡괭이 등 연장을 가지고 재빠르게 뛰어갔다. 덮어놓은 흙을 파헤치자 정말 곱게 포장한 상자가 보였다.

"확인해 봐. 진짠지."

"형님, 흰가루! 맞습니다요."

"야, 이놈들을 거그다 파묻어야 쓰것다. 구덩이 깊게 파라."

낮게 깔리는 대박의 묵직한 소리는 복수심이 잔뜩 묻어나 음험하게 들렸다.

"옛! 알것습니다요."

한패는 삽과 곡괭이 등 연장으로 구덩이를 더 깊고 넓게 파기 시작했고, 나머지는 춘발과 보디가드의 눈과 입, 그리고 두손 두발을 청테이프로 칭칭 감은 뒤 무릎을 꿇렸다. 춘발과 보디가드는 발버둥을 치며 "사람 살려!"라고 필사적으로 발악했지만, 청테이프에 막혀소리가 차단되었다. 그때 건너 숲속에서 일단의 검은 물체가 우르르쏟아져 나왔다. 춘발이 비상 상황을 대비해서 숨겨놓은 똘마니들이었다. 손도끼와 야구방망이, 골프채, 빠루(쇠 지렛대)로 무장한 이들은대박파와 맞부딪치며 난투극을 벌였다.

"악! 내 대구리!", "엄살 좀 작작 부려라!", "모조리 죽여! 이 마약도둑놈들!", "죽어라! 마약 밀매업자들아!", "개쌍노므시키들!"

함성과 고통스런 비명, 맞고함, 신음이 피 튀기듯 퍼져나가 조용한골짜기는 삽시간에 아수라장이 되고 말았다. 두 패거리가 열나게 치고받는 모습은 고스란히 마약단속반의 카메라에 잡혔다. 두 패거리의 다구리가 절정에 달했을 때 난데없이 탕! 탕! 탕! 세 발의 총성이골짜기를 울렸다.

"씨빨, 이건 뭔 소리야? 여가 김신조 루트라더니 북괴 무장공비 출현이야?"

"어떤 새끼가 총 쏘고 지랄이야?"

골짜기의 너럭바위를 한눈에 조망할 수 있는 위치에 잠복해 있던 마약단속 팀장이 쏜 경고용 신호탄이었다. 이어서 총성이 또 한 발 탕! 하고 울렸다. 그러자 공격명령을 기다렸다는 듯이 수십 명의 경찰 기동대원들이 들이닥쳐 포위망을 쳤다. 이어서 조명탄이 터지자 근처는 대낮같이 밝아졌다. 왕초가 사로잡힌 춘발파 똘마니들은 싸움을 포기하고 땅바닥에 펄썩 무릎을 꿇었다. 대박파 조직원들 역시 항복 의사로 흰 손수건을 나뭇가지에 묶어 들고 있었다.

"모두 땅바닥에 엎어진다. 양팔은 허리 뒤로 올린다. 실시!"

마약 단속팀 형사 10여 명과 박민혁 형사 등은 테이저 건과 수갑, 포승줄을 들고 선발로 나섰다. 포승줄에 묶인 두 조직원들은 오리걸음으로 줄줄이 하산해 주차장으로 이동했다.

"박 형사, 경찰이 어부지리를 얻은 건가?"

김준수의 질문에 박 형사는 "두 패가 싸우다가 한꺼번에 모두 잡혔으니 어부지리가 맞겠네요"라고 대답했다.

"햐, 10년 묵은 체증이 쑥 내려가는 듯 속이 시원하다. 브라보!"

함박웃음을 터뜨리던 김준수가 기봉을 바라보며 "이제 시원하냐?"고 물었다.

"네, 형님. 오랫동안 앓던 이가 빠진 것 같습니다."

"기봉 씨, 그동안 고생 많았어요. 그러고 보니 이번 작전의 성공은 기봉 씨의 제보가 결정적이었습니다. 그리고 모든 게 형님 덕분입니다."

"나야 뭐…, 기봉이가 수훈갑이지."

김준수가 손목시계를 봤을 때 새벽 4시였다. 급히 사회부장과 시경 캡에게 마약 소탕 일망타진 사건을 보고했다. 사회부장의 보고를 받은 편집국장은 사장에게 알려 호외 발행 승낙을 받았다. 신문사 사회부, 편집부, 인쇄부, 수송부 등의 사원이 새벽에 비상 출근했다. 거대한 윤전기가 우웅~ 굉음을 내며 돌아가자 타블로이드판 호외가 착! 착! 착! 연달아 쏟아져 나왔다. 종이신문의 잉크 냄새는 새벽 공기를 타고 기분 좋게 코끝을 찔렀다.

특종1급 기사였다. '마약 밀매 조폭, 대박파·춘발파 2개 조직원 30여 명 심야 일망타진! 북한산 계곡에 숨겨놓은 시가 100억 원대 마약 30kg, 서로 다투다가 결국 쇠고랑… 제보한 시민 P 씨 수훈갑!'

호외 1면 톱으로 대서특필된 기사의 헤드라인이었다. 이날 발행된 수만 부의 호외는 아침 출근길 지하철 입구, 버스정류장 등에서 시민과 학생들에게 무료로 뿌려졌다. 특히 대통령실 홍보수석은 사회부장에게 전화를 해서 "마약문제는 안보와 경제문제 못지않게 각하의 최대 관심사이기 때문에 기뻐하실 쾌거"라며 "각하가 보실 것 포함해서 호외 150부를 긴급히 보내 달라"고 했다. 거리의 독자들은 "정의로운 기자의 특종!", "대한민국 만세!", "시민 영웅의 쾌거!"라며 환호했다.

바깥의 이런 사정을 아는지 모르는지 대박과 춘발은 경찰청 호송

버스 안에서 대거리를 하고 있었다.

"야, 쥐새끼야, 난 비록 건달 밥 먹고 잔뼈가 굵었지만 너처럼 사기, 구라는 안 치고 살았어. 쓰블."

춘발이도 지지 않고 악다구니를 썼다.

"난, 돈은 마귀라 생각하는 사람이여. 마약 따윈 쳐다보지도 않는 거 알랑가 몰라?"

"미친놈, 육갑 떨고 자빠졌네, 근데 니가 짭새(경찰) 불렀냐?"

"아니라구! 미치고 환장허것네. 왜 나만 가지고 지랄이야? 내가 동네북이야?"

"넌 허파에 바람든 풍신난 놈, 짭새의 충실한 사냥개! 남의 마약 떼먹는 간땡이 부은 놈! 근디 니 사채 깔아놓은 거, 수거할 수 있것냐?"

"엠병할! 사람 약올리는 데 도가 텄군. 아찌 앞날이나 걱정하세요."

"으음, 내님의 꿈은 정치인! 아, 폼생폼사! 아방궁에서 삐까번쩍하게 살아보고 싶었는데… 너 땀시 종쳐부렀다잉. 십년공부 도로아미타불!"

대박의 꿈은 정치인으로, 군 의원부터 도 의원을 거쳐 국회의원이 되는 것이었다.

"이런 제미붙을! 성한 호박에 말뚝 박은 게 누군데? 산통이나 깨고 말야."

춘발의 꿈은 돈을 물 쓰듯 쓰는 재벌사업가였다.

"춘발아, 이젠 시러베새끼들 장단에 놀아나지 말구, 앞으로 '차카게 살아라'잉."

"육시랄! 나님으로 말할 것 같으면, 5점18 민주화 국가유공자여. 들어가자마자 8점15 특별 사면될 걸?"

"야, 숫총각! 니 부자지는 괜찮냐? 이제 들어가면 똘똘이 목욕시킬 기회 없을 틴디. 어짜쓰까잉?"

"제미 퍽킹! 고자 힘줄 같은 소리 작작 좀 혀. 모태 솔로도 서러운데."

그때 춘발이 호송버스에 올라탄 김준수를 발견하고는 소리를 빽 질렀다.

"야, 준수야! 아니 김 기자님! 군대 동기 의리가 있지 나 좀 빼줘, 응? 앞으로 안 그럴게. 제발!"

"춘발이, 이놈! 꼴 좋~다. 잘못했으면 죗값을 달게 받아야지."

"쓰블. 서울내기 다마네기, 맛 드럽게 없는 다마네기! 나가 국립 호텔 간다고 야코죽을 줄 아냐? 어림 반 푼어치도 없는 소리 허덜 말어."

김준수는 뒷골목 우수마발 같은 인간들의 몰지각한 작태에 환멸을 느꼈다.

"금 나와라 뚝딱! 도깨비방망이 대신 홍두깨에 머리가 깨져 쪽박 차게 생겼구나. 인생에 공짜 점심은 절대로 없는 법이지."

세상사 사필귀정, 모든 일은 반드시 바른길로 돌아간다 했다. 한 사람을 오랫동안 속이거나 많은 사람을 한때 속일 수는 있어도 모두를 영원히 속일 수는 없는 게 세상 이치였다. 이번에 보니 하늘도 무심치는 않았다.

"일확천금? 너희들은 국민 혈세들인 빨간 짬밥이나 축내는 식충이들이다, 공짜라면 양잿물도 처먹을 놈들, 에잇 이 개털들아! 춘발이 저 놈은 원래 싹이 노랬었지."

박 형사가 호통치듯 말했다.

특종 1급 상패와 상금까지 받은 김 기자는 어느 날 기봉과 박 형사를 불러 인쇄 골목 '노라줘'에서 여사장 춘심과 함께 조촐한 막걸리 파티를 벌였다. 박 형사는 공로자 보상 규정에 따라 기봉과 춘심에게 적정한 검거 보상금이 지급된다고 알려주었다.

"기봉 씨가 춘발이 패거리들에게 얼마나 당했다구요. 숨 쉬는 거빼고는 다 거짓말인 개만도 못한 놈들한테."

춘심이 기봉을 쳐다보며 애처로운 표정을 지었다.

"기봉아, 어떠냐? 이젠 속이 좀 후련하냐? 눈엣가시가 없어졌으니."

"네, 형님, 아직은 뭐가 뭔지 얼떨떨합니다."

기봉은 모처럼 만에 헤벌쭉 웃었다. 정의의 여신은 아직 살아있는지 가뭄에 콩 나듯 나타나곤 했다.

# '풍운아' 김재학

신칸센은 오사카역 플랫폼을 뒤로 한 채 도쿄를 향해 미끄러지듯 나아가기 시작했다. 시속 300km를 자랑하는 쾌속 열차였지만 실내는 소음이 거의 없어 쾌적했다. 김준수 기자는 지정된 자리에 앉자마자 여독이 밀려와 눈이 스르륵 감겼다. 오사카에서 숨 막히는 1주일 동안 여정 때문이었다. 하지만 지난 1주일간 꿈같은 여정을 한 장면씩 회상해 보니 잠이 싹 달아났다. 야쿠자라는 이색 취재를 한 것은 별천지에 갔다 온 기분으로 남아있었다. 김준수는 이 별난 경험을 모아 '오사카에서 1주일'이란 16밀리 필름을 머릿속에서 재구성했다. 제작기획, 감독, 배우까지 1인 3역의 역할도 맡았다. 영사기는 레일 위를 달리는 기차 소리와 나란히 따르륵 소리를 내며 돌아가기 시작했다.

기자에게는 보통 사람들이 접근하기 어려운 곳의 세계를 취재할 수 있는 기회와 특권이 종종 주어진다. 야쿠자! 그것은 너무나도 놀랍고 비밀스러운 세계의 현장취재가 아닐 수 없었다. 김준수는 어느 날 평소 친분이 있는 역사 소설가이자 방송작가로 유명한 S 작가의 한강 변 오피스텔에 들렀다. S 작가는 '일본을 답하다'라는 한일 관계사를 집필하고 있었다. '가장 싫어하는 나라, 가장 배우고 싶은 나라'라는 부제가 붙은 역사 다큐멘터리였다. S 작가가 김준수에게 불쑥 말을 건넸다.

"김 기자, 일본 한번 갔다 오지 않을래?"

"일본요? 아직 못 가본 곳인데….”

"골치 아픈 군부독재니 민주화운동 싹 잊고 머리 좀 식히고 와. 야쿠자 취재야.”

"야쿠자요? 야쿠자라… 좋아요!"

김준수는 '야쿠자'라는 생소한 단어가 주는 부담감에 조금 의아한 표정을 지었다가 이내 호기심이 당겨 흔쾌히 동의했다. 지금까지 자신이 아는 야쿠자란? 영화 '흑우(黑雨 Black Rain)'에서 본 게 전부였다. 또 신문사에 매주 들어오는 일본 주간지 표지에 가끔 검은 선글라스에 험상궂은 야쿠자들의 사진이 실렸다. 비록 완력을 쓰는 폭력집단이지만 야쿠자 세계를 통해서 일본 비주류 집단의 독특한 역사와 하위문화를 엿볼 수 있으리라는 호기심이 동했다. 문신, 돈과 폭력, 섹스, 마약 등의 단어와 밀접한 야쿠자의 실체가 벌써부터 눈앞에 어른거렸다.

"드디어 야쿠자라는 이색지대를 취재하다니? 아마도 야쿠자를 외국 기자에게 공개하는 건 세계 최초의 사건이 아닐까요?"

"그렇지, 자신의 비밀스러운 민낯을 까발린다는 게 그리 쉬운 일은 아니겠지?"

"그렇다면 왜? 스스로 커밍아웃하는 걸까요?"

"그건 김 기자가 가서 알아봐."

김준수는 현장에 가서 두 눈으로 똑똑히 확인해 보고 싶은 생각이 굴뚝같았다. 순간 일본으로 건너간 동백의 환영이 홀연히 나타났다 사라지는 것을 느낄 수 있었다.

'가서 혹시, 동백을 만날 수 있을지도 몰라.'

"김 기자, 여권은 있지?"

"네. 지난번 1990 북경 아시안 게임 취재 가기 전에 만들었어요."

1990년 해외여행 자유화가 시행된 지 얼마 안 된 때라 대한민국 국민들 가운데 여권을 소지한 사람들은 거의 없었다.

"오케이! 오사카에 있는 재일동포인데 내 친한 친구야. 야쿠자 대부! 김재학, 일본 이름은 가나야마 고사부로. 김 기자의 샤프한 취재 망에 특종거리가 많이 걸려들지도 모를 일이야."

"야쿠자 대부? 특종?"

사회부 기자의 호기심은 더욱 불타올랐다.

S 작가는 재빨리 수화기를 들어 일본 친구의 국제전화번호 다이얼을 돌렸다.

"어이, 가나야마 가이죠(회장)! 나 S요. 내가 잘 아는 한국 기자가 거기 가면 잘 좀 돌봐줄 수 있지? 편한 날짜 알려줘요. 어? 어! 응? 응응! 아하하. 아리가토~."

김준수는 이처럼 일을 시원시원하게 처리하는 S 작가와 같은 부류를 좋아했다. 이렇게 해서 일본 경찰도 함부로 드나들 수 없는 금단의 구역, 야쿠자 본부와 그들의 활동상을 면밀하게 들여다볼 수 있게 된 세계 유일의 기자가 되었다.

10월의 가을 햇살이 따사롭게 내리쬐던 어느 날 김준수는 김포공항에서 KAL기를 타고 1시간 30분 정도 비행한 뒤 오사카 간사이 공항에 도착했다. 입국 게이트를 나온 김준수는 자신을 환영한다는 플래카드를 보는 순간 입이 딱 벌어지지 않을 수 없었다. 로비에는 건장한 남성 10여 명이 좌우로 도열해 있었다. 마치 어느 나라 VIP를 영접하기 위한 환영식장의 분위기와 별반 다르지 않았다. 위아래 청커버와 청바지를 입은 김준수의 인상착의를 알아본 가나야마 회장의 언론 참모 N이 먼저 다가와 환영 인사했다.

"김준수 기자님? 환영합니다. 오시느라 수고 많았습니다. 회장님은 지금 사무실에서 기다리고 계십니다. 가시죠."

N과의 인사가 끝나자 한 젊은 와카모노(신출내기 야쿠자)가 성큼성큼 김준수 앞으로 다가와서 거의 90도 각도로 고개를 숙여 예를 표한 뒤 커다란 짐가방을 빼앗듯이 받아들어 어깨에 둘러메고 터벅터벅 걸어갔다. 김준수는 N과 함께 양쪽으로 도열해 있는 조직원들 가운데 통로를 지나면서 90도 폴더인사를 받았다. 공항 청사 바깥으로 나오자 길이가 어림잡아 5m가 넘는, 상당히 긴 11인승 VIP 리무진이 떡하니 대기하고 있었다. 한 와카모노가 재빠르게 뒷좌석의 문을 열어주었고, 김준수는 N과 함께 뒷좌석에 올랐다. 리무진 승용차의 앞뒤로 클라이슬러와 롤스로이스 등 기다란 승용차가 VIP 호위를 하듯

이 움직이기 시작했다.

미지의 야쿠자 세계! 김준수는 처음부터 상대의 혼을 쏙 빼놓으려는 이들의 의도된 '공항 영접 행사'에서 강렬한 인상을 받았다. '로마에 가서는 로마법을 따라야 한다'는 말은 곧 마음을 활짝 열어 상대방을 이해하고 소통한다는 뜻과 같다고 생각했다.

"역시, 야쿠자의 배포 하나는 다르네."

김준수는 자신의 생각이 불쑥 입 밖으로 튀어나온 것조차 잊고 있었다. 옆자리에 앉은 언론 참모 N은 부드러운 음성으로 말을 걸었다.

"김 기자님, 불편하신 점이 있으면 언제든지 말씀해주세요."

재일교포인 N의 한국어 구사 실력이 뛰어나 김준수는 마음이 한결 놓였다.

"아까 공항 로비에서의 환영식은 낯선 장면이라 충격적? 좀 어리둥절했습니다."

"아 그랬습니까? 저희들은 회장님이 초청한 손님에게는 회장님과 같은 대우를 합니다. 경호업무 차원에서, 전문용어로 '병풍친다'고 합니다."

"아, 저에겐 놀랍고도 신박했습니다. 근데 전직 기자 출신이라고 알고 있습니다만, 어느 신문사였나요?"

"아 네, 오사카 요미우리 신문에서 근무했었습니다. 지금은 가나야마 회장님을 모시고 있지요."

"그럼 회장님의 참모들 가운데 전문직이 많이 있나요?"

"네, 지금 주력 사업은 건설과 부동산인데, 그 분야의 건축설계사,

변호사, 회계사 등이 있습니다."

"아, 그렇군요."

"제가 오기 전에 알아보니까, 회장님이 음반을 취입한 현역 가수시 던데요?"

"네, 그렇습니다. 폴리돌 레코드사에서 앨범을 냈습니다. 노래 한 번 들어보실래요?"

"네, 좋아요."

"앨범에 한국 가수 조용필의 '돌아와요 부산항에'도 있습니다. 요 즘 일본에서 최고의 히트곡이죠."

리무진 승용차 안의 카세트 테이프에서는 가나야마 회장이 부른 '돌아와요 부산항에'가 1절은 한국말로, 2절은 일본말로 구성지게 흘 러나왔다.

"이 노래는 재일동포 모국 방문 때 부산에서 처음으로 울려 퍼졌 던 곡입니다."

"네, 그렇군요. 저도 이 노래를 좋아합니다. 가수 조용필 씨를 인터 뷰한 적도 있구요."

차창 바깥으로 일본 제2의 도시답게 현대화된 건물들이 쭈욱 늘어 서 있었다. 차는 빠르게 도심으로 들어갔다. 높은 빌딩과 질서정연한 차량 행렬, 깨끗한 거리가 인상적이었다. 테이프에서는 가나야마 회 장이 부른 '오사카의 시구레(가을비)'라는 곡이 남성의 구슬픈 음성으 로 흘러나왔다. 가수의 음색이 여자여자해서 진짜 가나야마 회장의 목소리인지 의아했다.

오사카 시내로 들어서고 나서 좀 더 달리자 대한민국 총영사관 간판이 언뜻 보였다. 리무진은 점차 속도를 늦춰 그 건물을 스치고 지나 우회전하여 주차장 앞에 정지했다.

"김 기자님, 도착했습니다. 내리시죠."

눈앞의 주차장 철조망에는 '대한민국 총영사관 전용 주차장'이란 푯말이 한글로 붙어있었다. N은 주차장 바로 옆 '가나야마 산업주식회사(金山産業株式會社)'라는 간판이 걸려 있는 2층 건물로 김준수를 안내했다.

"여기 응접실에서 조금만 기다리시면 곧 뵙게 될 것입니다."

N의 말에 따라 1층 소파에 앉아서 내부를 살펴보니, 와카슈로 보이는 젊은이들이 명령을 기다리듯 차렷 자세로 곧게 서 있었다. 낯선 환경에서 느끼는 긴장감을 누그러뜨리려 김 기자가 담배를 꺼내 물자, 3m쯤 되는 전방에 서 있던 와카모노가 쏜살같이 달려와서 라이터 불을 붙여주었다. 거의 동시에 다른 와카모노가 재떨이를 가지고 날아왔다. 담배를 다 피운 뒤 꽁초를 재떨이에 놓자마자 또 다른 와카모노가 번개처럼 와서 새 재떨이로 바꿔놓고 갔다. 이들 와카모노들은 마치 잘 훈련된 군대의 조교처럼 행동이 정확하고 민첩했다.

김준수는 빈틈없는 이들의 절도있는 행동에 내심 놀라 마른침을 꿀꺽 삼켰다. 앞으로 전개될 야쿠자 세계의 놀라운 광경들에 대한 기대가 한껏 커졌다. N은 기다리는 짬을 틈타 가나야마 회장의 가족사에 대해서 간단히 설명해 주었다. 회장의 한국 이름은 김재학(金在鶴). 일본명은 가나야마 고사부로(金山桂三郎). 54세, 아버지 김양묵은 경상도 함양 출신으로 일본에 건너와서 1938년(소화 13) 일본이 중일전쟁에 돌입한 직후 김재학을 낳았다. 부친은 가난한 살림이었지만 세 아들에게 안동 김 씨의 조상을 존경하고 부모에게 효도하는 교육을 가르쳤다. 그러나 막내인 어린 김재학은 공부와는 담을 쌓고 불량 청소년들과 어울리며 사카우메구미(酒梅組)의 다이몬(代紋 구미를 상징하는 문양)을 가슴속에 품고 살았다. 그는 이즈미시 시노타 거리에서 14세 박치기 소년 마사하루(雅春 김재학의 아명)로 이름을 날렸다. 그곳은 제2차 세계대전 때 일본군 전용 유곽(창녀촌)이 있었던 곳인데, 패망한 뒤미군 전용 업소로 바뀌었고 미군을 상대로 먹고사는 '빵빵걸'의 거리로 유명했다.

야쿠자를 꿈꾸던 마사하루는 16세 때 덴노지 공원 외곽 유곽 지대에서 활동했다. 이곳은 전후 일본 사회의 극심했던 빈민가이자 우범지대였다. 마사하루는 어려서부터 남자는 완력만 있으면 조선인이라는 차별과 가난에서 벗어날 수 있다고 믿었다. 일본인들이 거의 대부분을 차지하고 있는 사카우메구미에 들어가는 꿈을 꾼 것도 그런 이유에서였다.

"김 기자님, 오래 기다리셨죠? 이제 올라가시죠."

N의 이야기를 경청하던 김준수는 이층 나무 계단을 따라 올라갔다. 사무실 문 앞에는 초로의 신사가 환하게 미소를 지으며 서 있었다. 가나야마 회장은 거친 야쿠자의 이미지가 아니라, 오히려 점잖은 용모를 가진 50줄에 들어선 초로의 신사로 보였다. 하늘의 뜻을 아는 지명(知命)의 오십 대 남자였다. 덩치는 그리 크지 않았지만, 싸움

판에서 다져진 눈빛이 살아있어 한눈에도 단단한 결기가 느껴졌다.

"김준수 기자님! 반갑습니다. 먼 길 오시느라 고생 많으셨습니다."

"네, 회장님! 초대해 주셔서 감사합니다."

가나야마 회장 또한 모국어를 유창하게 구사했다. 다만 특유의 일본식 억양과 경상도 사투리가 좀 섞이긴 했지만, 전혀 흠잡을 데가 없었다. 악수를 청하기 위해 내민 그의 손은 거친 삶을 산 것과 달리, 의외로 피부가 부드러운 편이었다. 우리가 흔히 알고 있는 뺨에 칼자국이 났거나 손가락이 잘린 단지(斷指)의 야쿠자 흔적은 찾아볼 수 없었다.

"S 작가의 전화를 두 번씩이나 받았습니다. 잘 모시라고 신신당부하더군요."

"네, 감사합니다."

사무실 한 켠에 작은 제단이 모셔져 있었다. 김재학 회장은 한국인의 피를 이어받았다는 사실에 대단한 자부심과 긍지를 간직하고 있었다. 그래서 그는 매일 아침 30분간 선조의 위패를 모신 제단 앞에서 묵념을 올린 뒤에 일과를 시작한다고 했다. 주변을 살펴보던 김준수는 깜짝 놀라 입을 다물지 못했다.

"어? 아니, 저 사람들은?"

벽면에 늘어선 사진액자 속의 인물 중에는 한국 대통령을 비롯하여 저명인사들이 많았기 때문이었다. 누구나 알만한 유명 정치인들, 현재 일본에서 활동하고 있는 한국의 인기가수 조용필, 계은숙, 패티 김, 김연자 등의 모습이 보였다. 또 천하장사 출신 씨름선수 이만기, 강호동, 이봉걸의 얼굴도 보였다. 또한 '일본의 국민가수'인 미소라 히바리의 환하게 웃는 모습이 돋보였다. 가나야마 회장은 그녀가 재일동포라는 사실이 밝혀지자 평소 교분이 있던 재일동포 사업가인 신격호 회장(롯데그룹 창업자)에게 후원을 부탁했다. 가나야마 회장은 이렇듯 일본에서 활동하는 한국 연예인들의 활동에 음으로 양으로 많은 도움을 주고 있었다.

88서울올림픽 때 대한민국 정부로부터 받은 체육훈장(청룡장 68호)을 노태우 대통령으로부터 받는 사진도 있었다. 절친이라는 S 작가와 온천에서 다정하게 찍은 사진도 보였다. 이렇듯 여러 부류의 사진들로 미루어볼 때 가나야마 회장의 모국 인사들과의 교제 범위를 알 수 있었다.

"저에게는 한국인의 피가 흐르기 때문에 한국인이라면 고향 사람 같습니다. 일본을 다녀가는 한국 정치인이나 사업가, 현재 활동하는 가수들과의 친분이 저 사진들 속에 모두 담겨져 있습니다."

가나야마 회장은 김준수를 바라보면서 자신이 '친한파 인사'라고 말하고 싶어 하는 눈치였다.

"아, 김 기자님의 이번 취재 기간이 며칠이었죠?"

"네, 오사카에서 1주일, 도쿄에서 3일, 도합 10일 예정입니다."

"네, 아무쪼록 체류하는 동안에 불편한 점이 있으면 언론 참모 N에게 말하십시오. 시장하실 텐데, 이제 식사하러 나갑시다."

건물 밖으로 나왔을 때 가나야마 회장의 설명이 이어졌다.

"여기 '대한민국 총영사관 전용 주차장'이라고 쓰인 곳이 바로 우리 땅입니다."

그는 주차장 철망에 붙어있는 '금산(金山 가나야마)'이라는 팻말을 가리키며 말했다. 오사카에서 '金山'이란 팻말이 붙은 부동산은 모두 자신들의 자산이라고 덧붙였다.

"이 주차장은 제가 한국 정부에 무상으로 대여하고 있습니다."

"아무 조건 없이요?"

N이 거들었다.

"네, 회장님은 조국을 위해서 하는 일이라면 소매를 걷어붙이십니다."

"또 조국을 위한 다른 사업도 있나요?"

"네 여럿 있는데, 차차 말씀드리겠습니다. 이쪽으로 가시죠."

이날 주역인 가나야마 회장과 김준수 기자가 뒷골목 거리를 나란히 걸어갈 때 앞뒤, 양옆에서 병풍 치면서 밀착 경호하는 야쿠자들의 행렬은 마치 누아르 영화에서나 볼 수 있는 스펙터클한 장면이었다.

"와카슈들은 모두 권총을 소지하고 있습니다. 혹시 상대편의 습격이라도 있을까 봐 회장님과 외빈을 철저하게 경호하는 것이죠."

N이 설명했다. 그리고 야쿠자는 조직의 상징인 다이몬(代紋)과 보스의 안위를 위해서 자신의 목숨을 바치는 걸 미덕으로 삼는 특이한 집단이라고 덧붙였다.

"명예에 살고 명예에 죽다니요, 놀랍습니다."

"네, 일반인의 의식으론 좀 이해하기가 어려울 수도 있을 겁니다."

N의 조곤조곤한 설명이 차곡차곡 쌓이면서 김준수의 야쿠자에 대

한 호기심은 점점 더 커져만 갔다. 방탄벽을 쌓으며 경호 임무를 수행 중인 건장한 20여 명의 사내들은 모두 검은색 정장 차림으로 중절모에 선글라스를 꼈거나 머리를 박박 민 백고머리사내, 꼬랑지 머리를 한 이도 있었다. 이들의 일거수일투족은 굉장히 엄격하고도 잘 훈련된 군대조직 같았다. 상명하복의 칼 같은 규율은 군대를 뺨쳤다. 명령에 살고 명령에 죽는 일사불란한 움직임은 번개처럼 민첩했고 한 치의 빈틈이 없었다. 이것이 최소한 야쿠자의 군기 잡힌 겉모습이었다. 목숨과 바꿀 수 있는 명예를 중시하는 그들은 높은 자긍심으로 충만해 있었다. 형형색색 컬러플한 머플러와 영국제 바바리코트 자락이 바람에 휘날리는 모습은 폼생폼사! 가위 낭만적이기까지 했다.

얼마만큼 갔을 때 N이 김준수를 슬며시 대열에서 이탈시킨 뒤 2층 건물의 소프랜드(soap land)로 밀어 넣었다. 그곳 네온 불빛은 오사카의 도톤보리 환락가를 대표하는 듯 번쩍번쩍 빛났다. 비누 거품을 뜻하는 소프랜드는 손님이 여성으로부터 거품 마사지를 받는 곳이었다. 원래 이름은 터키탕(Turkey湯), 일본말로는 도로코탕이었다. 그런데 땀을 내는 증기탕이라는 원래 기능과 달리 변칙 운영되자, 튀르키에 정부가 항의했고 일본은 소프랜드로, 한국은 증기탕(나중에 찜질방)으로 이름을 바꾸었다.

소프랜드는 한국 호스티스 가운데 이왕 돈을 벌기로 작정했다면, 이런 곳이야말로 많은 소득을 올릴 수 있는 곳이라고 N은 귀띔했다. 그래서인지 한국인 도우미들이 실제 많다고 했다. 물과 술의 도시 오사카에서 소프랜드는 불야성을 이루며 성업 중이었다.

김준수는 여가와 쾌락의 장소, 매춘이 이뤄지는 소프랜드를 바라보는 한·일 간 시각의 차이가 있음을 느꼈다. 일본은 성(性)에 대해서 한국보다 좀 더 개방적이었다. 일본의 한 재래목욕탕에서 등이 굽은 할머니가 남탕에 들어와서 청소하거나 물통과 수건 등을 정리하는 것을 다큐멘터리 영상에서 본 적이 있었다. 우리의 사고방식으로는 도저히 이해할 수 없는 희한한 풍경이 아닐 수 없었다. 또 일본의 온천에서는 오늘의 남탕과 여탕이 다음날에는 서로 바뀌어서 여탕과 남탕이 되기도 한다. 남녀의 기를 각각 받으라는 뜻으로 팻말을 바꿔 놓는다는데 이것 또한 다큐멘터리에서 봤다.

소프랜드 대기실은 희미한 불빛으로 야릇한 분위기를 연출했다. 대기실에는 목욕 복장인 유카타(浴衣)를 걸친 여인들이 여러 명 대기하고 있었다. 한국말을 잘하는 여인이 다가와서 공손히 머리 숙여 인사를 했다. 그녀가 안내한 방의 중간에는 김이 모락모락 나는 욕탕이 있었고 한편에는 세계 각국의 유명 양주와 고급 양담배들이 진열되어 있었다. 여인은 담배와 술은 얼마든지 자유롭게 이용할 수 있다고 말했다.

"저~ 미안합니다만 목욕은 혼자 할 테니 이 방에서 나가셔도 좋습니다."

"손님, 저는 특별 부탁을 받았습니다. 오사카에서는 오사카 법도를 따라야 합니다."

소프랜드에서 전 코스를 다 받으려면 1시간 이상이 걸린다고 했다.

"저는 취재차 한국에서 온 기자입니다. 밖에서 기다리는 사람들이 있어서 간단히 샤워만 하고 나가렵니다. 정말 미안합니다."

혹시 불쾌한 언사를 한 것이 아닌가 하는 걱정이 되었지만, 여인은 알았다는 듯이 다소곳한 미소를 지으며 바깥으로 나갔다.

어둠 속에서 피어난 화려한 네온 불빛은 오색찬란한 조명으로 오사카 거리를 수놓았다. 그날 가나야마 회장은 김준수를 위해 특별한 주연을 베풀었다. 건물 3층에 있는 주연장은 화려하기가 필설로 다할 수 없을 정도였다. 로마 시대의 고전적인 건축 양식 인테리어가 뽐내고 있었고 사자, 원숭이, 코끼리 등 갖가지 조형물로 뒤덮인 신비한 광경이 펼쳐졌다. 휘황찬란한 샹들리에가 달린 홀의 중앙에 무대가 마련되어 있었다.

가나야마 회장이 들어서자, 가오 마담은 공손하게 안내를 했고 라운드 테이블에 착석하자 여러 명의 호스티스들이 빙 둘러앉았다. 김준수는 낯선 홀의 분위기와 여인들의 화려함에 잠시 어리둥절했다. 자칫 꿔다 놓은 보릿자루 신세가 될 뻔했다. 이때 눈치 빠른 가나야마 회장이 김준수를 바라보면서 잔을 들어 건배할 것을 외쳤다.

"자, 오늘 한국에서 오신 김준수 기자님을 위하여, 건배합시다. 간빠이!"

"간빠이!"

어수선한 분위기 탓인지 김준수는 최상급 조니 워커 블루라벨의 진정한 맛을 제대로 느낄 수가 없었다. 차라리 뒷골목의 허름한 이자카야에서 엔카를 들으면서 마시는 게 더 낫지 않을까 하는 촌스런 생각이 스쳐 지나갔다. 그날 가나야마 회장은 호스티스들의 간청에 따라 무대에 올라 가수로서 기량을 맘껏 뽐냈다.

"여보 당신은 안녕하시죠/ 추위는 하루하루 더해 오는데/ 입어도 주시 잖을/ 스웨터를/ 손끝을 녹이면서/ 짜고 있어요/ 사랑을 잃어 버린 여자의 미련/ 당신을 사랑하던/ 북녘의 술집…."

가나야마 회장은 오사카 출신 한국계 톱 가수인 미야코 하루미의 히트곡 '북녘의 숙소에서(北の宿から)'를 울듯 슬픈 감정으로 불렀다. 그는 가사처럼 마치 비련의 여인이 된 듯 연모의 정을 호소력 짙게 표현했다. 어느 누가 이런 감성의 소유자를 야쿠자 오야붕이라고 할 것인가? 청중의 박수갈채가 이어지는 가운데 N은 "회장님 사모님은 황족 출신 여인입니다"라고 귀띔했다.

"황실의 여인?"

김준수는 또 놀라움을 금치 못했다.

"오사카에서의 마지막 날 뵐 수 있을 겁니다."

가오 마담은 김준수에게도 노래를 신청했다. 김준수는 예의상 잠시 머뭇거렸으나 분위기를 깨지 않으려는 듯 무대로 성큼 올라갔다. 사실 김준수는 노래 부르는 게 취미여서 이런 제안이 겁나거나 낯설지는 않았다. 당시 일본인들의 최대 히트곡인 조용필의 '돌아와요 부산항에'였다. 1절을 부르자, 여기저기서 휘파람 소리와 환호성이 터져나왔다. 2절을 마저 부르자 박수갈채가 이어졌다. 정신이 혼미한 가운데 눈앞의 사람들 모습은 화려한 조명과 뒤섞여 제대로 분간이 되지 않았다.

"좋습니다! 김 기자님, 원곡자 뺨치는 실력입니다."

자리로 돌아오자 가나야마 회장의 칭찬이 나왔다. 그는 재일동포 미야코 하루미 이야기를 계속하려다가 화제를 돌려 다음과 같은 이야기를 들려주었다.

"일본에서 재일동포는 공무원 진출이 제한되다 보니 먹고살기 위해서 연예계, 빠징코, 야쿠자까지 두루 하층에 진출해 있습니다. 그 옛날의 차별이랄까? 힘든 시절의 이야기입니다. 지금은 많이 달라졌지만."

그리고 요즘 한국 가수들이 연예인 송출단으로 많이들 와서 활동하고 있다고 말해주었다.

"마담, 오늘 한국에서 온 가수 안 나왔나?"

"네, 무슨 사정인지 요즘 결근이 잦다고 합니다. 죄송합니다."

"노래를 참 잘 부르는 아가씨인데, 김 기자에게 소개하려고 했는데…, 아쉽구먼."

"네, 다음에는 꼭 출석시키겠습니다."

"그래. 김 기자! 도쿄 가기 전에 만날 수 있을 거요."

김준수는 '한국에서 온 가수'라는 말에 불현듯 동백을 떠올렸다. 그러나 이내 '이 넓은 땅 어디에서 동백을 찾을 수 있단 말인가?'라며 조용히 한숨을 들이쉬었다.

"스바키 상은 요즘 통 활동이 부진합니다. 무슨 일이 있는지 모르겠어요."

새끼 마담이 한마디 거들었다.

"도쿄로 갔다는 말도 들리던데요."

곁에서 수발을 들던 호스티스가 끼어들었다.

"음."

두어 시간에 걸친 첫날의 성대한 환영식은 마침내 끝이 났다. N은 약간 취한 김준수를 차에 태워서 숙소까지 바래다주었다.

다음날, 회장의 사무실에서 취재가 시작되었다. 가나야마 회장은 분위기를 부드럽게 하려는 듯이 자신의 노래 한 곡을 틀어주었다.

"물의 도시(水鄕) 오사카/ 다리만도 팔백여덟/ 사내로 태어나면 사카우메의/ 배짱 하나/ 밑천이다/ 멋도 안단다/ 설사 내 이름이 야쿠자라 해도/ 달리는 닌쿄(仁俠 협기) 그 외길에/ 사나이 의리가/ 꽃을 피운다.

하늘을 찌를 테냐/ 쓰텐카쿠(通天閣)야/ 너 하나만 높다더냐/ 나도야 높다/

백년 역사의/ 사카우메의/ 도비(鳶)가 날고 있다/ 춤추고 있다/

붉은 등이 켜지는/ 도톤보리에/ 사나이 의리의/ 꽃을 피운다."

사나이의 힘찬 기상을 담은 이 노래는 마치 사카우메구미의 단가(團歌)처럼 들렸다. 김준수는 언론 참모 N의 해석으로 노래 뜻을 이해했다. 야쿠자를 소재로 한 노래였지만, 오사카의 지리와 역사, 문화를 담은 엔카였다.

야쿠자 조직에서 강령에 위배 되는 행위를 하면 근신 처분을 받고 조금 심하면 파문당하고, 큰 잘못을 저지르면 형제간 인연을 끊는 절연장(絶縁狀)을 내게 된다. 그 절연장은 다른 조직에게도 서면으로 통지하기 때문에 절연장을 받은 야쿠자는 그 세계에서는 파멸이나 다름없었다. 이런 체계적인 조직과 뒷골목 뜨내기 양아치들과는 애초 비교 대상이 될 수 없었다.

'이게 바로 야쿠자의 세계다.'

가나야마 회장은 한때 부산의 전국구 S파 조폭 두목 L과 사카스기(盃) 의식을 가졌다. 사카스기는 야쿠자가 되기 위해 오야붕으로부터 사카스기, 즉 술잔을 받아서 형제의 의리를 다지는 약속행위다. 그 의식은 오야붕 이하 간부들이 모두 참석한 가운데 장중하고 엄숙하게 1시간 이상이나 진행된다. 이 같은 결의를 다짐하고서야 비로소 배신이 없는 의형제가 탄생되는 것이다. 조직에서 간부로 승진할 때는 사카스기를 다시 받아야 한다. 그런데 S파가 마약거래에 손을 대자 한국 두목 L에게 절연장이 발급됐고 형제의 인연이 깨어졌다.

가나야마 회장은 엽서만 한 절연장을 보여주며 설명했다.

"이것 보세요. 이게 그와 관련된 절연장입니다. 일본 열도 전 지역 조직에 다 뿌려진 것입니다. 한번 끊어진 연은 다시 잇기가 불가능합니다."

사무실에서 이런저런 이야기를 나누면서 김준수는 가나야마 회장이 상당한 달변가임을 알 수 있었다. 이윽고 야쿠자에 대해서 입을 열었다.

"에~ 야쿠자를 취재하러 오셨는데, 사실 야쿠자란 한마디로 '쓸모없는 인생'을 말합니다."

그가 웃으며 말했다.

"쓸모없는 인생요?"

그가 들려준 야쿠자 이야기는 다음과 같았다. 우선 야쿠자라는 말의 어원은 8·9·3을 일본어 발음으로 야쿠자라고 읽는다. '산마이 가루타'라는 노름에서 '八や(여덟 끗)' '九く(아홉 끗)' '三さ(세 끗)'의 수가 나오면 지게 된 데서 나온 말이다. 도박에서 제일 쓸모없는 숫자이므로 '쓸모없는 인간'을 뜻한다고 말했다. 한국 사람이라면 서양의 마피아나 우리나라 조폭과 같은 막가파식 이미지를 떠올리겠지만, 야쿠자는 일본 특유의 전통과 독특한 문화를 가지고 있었다. 한 번도 외국의 침략을 받지 않은 섬나라에서 자생한 폭력조직으로, 목숨보다 명예를 중시하는 사무라이를 닮아서 명예에 살고 명예에 죽는 전통을 고수하고 있었다.

'머리는 좋은데 인간으로서 쓸모없는 것들의 대표적 존재가 야쿠자라니?'

김준수는 이 말을 언뜻 이해할 수 없어 고개를 갸우뚱했다.

이때 언론 참모 N이 말문을 열었다.

가타이의 『일본의 야쿠자』에서는 야쿠자를 크게 세 종류로 나눈다. 바쿠도(博徒 노름꾼), 데키야(的屋 노천상), 구렌타이(愚連隊)다. 바쿠도는 뎃카바(鐵火場 도박장)를 열어서 판돈을 버는 부류, 노름꾼에게 돈을 빌려주는 가시모토(貸元) 부류와 노름판을 전전하는 떠돌이가 있다. 또 노점상들도 전국적으로 나와바리를 가지고 있다. 구렌타이는 바쿠도와 데키야를 제외한 야쿠자를 말하는데, 히로뽕 같은 마약을 취급하는 무리, 토건업의 현장에서 임금을 갈취하는 무리, 공갈을 쳐서 남의 빚을 받아내는 해결사 같은 무리다.

고베에 본부를 둔 야마구치구미(山口組)는 야쿠자 1만 2천여 명을 거느린 일본 최대 조직으로 조직원 70% 정도가 재일한국인들로 구성되어 있었다. 반면 오사카에 본부를 둔 1백 년이 넘는 역사와 전통을 자랑하는 사카우메구미는 대부분이 일본인으로 구성되어 있었다. 가나야마 고사부로 회장은 5대째 사카우메구미 휘하 구마무라구미(隈村組) 구미초 대행, 와카가시라(若頭 2인자), 가나야마구미 구미초(組長 오야붕) 등 여러 직책을 가지고 있었다. 그러면서 다음과 같은 말을 덧붙였다.

"가나야마 회장이 한국 출신이라는 것을 알고 있는 조직원들은 유흥업소에 출연하는 한국 가수들과 호스티스들을 절대 보호한다는 불문율을 지킵니다."

그 다음 날에도 회장의 사무실에서 취재가 계속되었다.

"가장 궁금한 게 경찰에서 왜 야쿠자를 내버려두는 것입니까?"

"일본 야쿠자의 전통은 백 년이 넘었습니다. 그 척박하던 제2차 세계대전 중에도 야쿠자의 조직은 건재했으니까요. 구니사타 주지, 시미즈 지로초 등 협객들의 무용담까지 전통으로 남아있어요. 함부로 전통의 조직을 없앨 수는 없지요. 다만 불법행위에 대해서는 엄격하게 처벌합니다."

김재학 회장은 명쾌하게 답변했다.

1985년 일본 경시청의 자료에 따르면, 일본 국내 야쿠자 총수는

93,910명이고 그 구성조직은 2,278개 단체, 형무소에 수감 중인 야쿠자는 총수의 절반에 해당하는 5만여 명으로 추산되었다.

"주간지 1면을 장식하는 야쿠자의 장례식이나 결혼식 사진에는 여러 조직의 오야붕들이 나오는데, 경찰은 경비에만 주력하는 모습입니다. 왜 그런가요?"

"경찰은 오야붕들의 모습을 다 사진 촬영하고 자료를 만들어놓습니다. 굳이 혐의도 없는데 단속한다고 소란을 피우는 것보다 한눈에 여러 조직의 보스들을 파악할 수 있다는 장점을 활용하는 것이겠죠. 그리고 어떤 조직의 윗선은 우익정당과 연계가 되어 있기도 합니다."

기자로서 이색지대를 취재하는 만큼, 정신을 똑바로 차려도 언뜻 이해가 가지 않는 부분들이 많았다. 그럴 때마다 한·일 간 문화에 대한 인식의 차이와 야쿠자라는 집단의 특수성에 기인하는 것이라고 추측했다.

김 회장의 설명은 이어졌다.

"폭력은 절대 미화될 수 없지만, 세상 어느 구석에선 지금도 폭력이 엄연히 자행되고 있어요. 폭력이 필요한 곳, 폭력을 필요로 하는 곳이 있다는 겁니다. 세상사 참으로 기묘하죠?"

김재학 회장은 자신이 안동김씨의 후손이라는 것에 대해 자부심을 넘어서 모국에 대한 사랑을 베풀고 싶어 했다. 그 첫 번째로 참여한 사업이 재일동포 조총련계의 모국 방문 캠페인이었다. 조총련계는 재일교포 가운데 북한을 지지하는 성향이 있는 사람들로 구성된 종북단체 계열이다. 일본 속의 한국인은 크게 귀화한 한국인, 민단계와 조총련계, 상사 주재원 및 유학생 등 세 분야로 나뉜다.

1975년 한국 정부에서는 조총련계를 본국으로 초청하여 선조들의 산소를 성묘하게 하는 효도 캠페인을 벌였다. 그런데 조국을 방문하는 사람은 거의 모두가 노인들이었다. 그때 부산항에서 재일동포들을 맞은 노래가 조용필의 '돌아와요 부산항에'였다.

"영사관에서 연락이 왔어요. 조총련계 중에서 젊은 청소년들을 초청하고 싶은데 걱정이라고 하더군요. 그때만 해도 조총련계 젊은이들은 대한민국을 우습게 알았어요."

김 회장은 그래서 위험을 무릅쓰고 그 사업에 팔을 걷어붙이고 나섰다. 조총련의 반발은 대단했다. 한국 사업에 협조하면서 날뛰면 가만두지 않겠다는 공갈 협박이 빗발쳤다. 그러나 야쿠자란 험한 세계에서 잔뼈가 굵은 김 회장은 코웃음을 쳤다. 그는 45명의 조총련계 청소년들을 설득하여 직접 조국으로 데리고 간 적이 네 번 있었다. 당시 자유 대한민국에서는 사회주의 북한보다 체제가 우수하다는 것과 나날이 발전하는 국력을 자랑하고 싶은 생각에서 이 같은 사업을 시행하고 있었다.

조국에 대한 자신의 소임을 깨달은 김 회장은 나아가 1987년 한국의 민속씨름을 오사카에 본격적으로 소개했다.

"일본에 스모가 있다면, 대한민국에는 씨름이 있다."

김 회장은 모국의 기상을 일본 땅에 알리기 위해서 해마다 사재를 털어서 한국 민속씨름대회를 개최했다. 이때 참여한 한국의 천하장사들로는 이만기, 이봉걸과 고등학생이었던 강호동 등이 있었다. 이외에도 20여 명의 장사들이 더 있었는데 모두 도포에 갓을 쓴 조선 시대 양반 차림으로 오사카 간사이 공항에 내리자 일본 스포츠계는 깜짝 놀랐다.

김재학 회장은 다음과 같이 조국애를 드러냈다.

"'너는 한국인임을 잊지 마라'는 아버지의 유지를 받들어서 실천한 것입니다. 그리고 이렇게 한·일 간의 교류가 이뤄지면 서로 친밀한 이웃으로 발전하지 않을까요?"

"네 맞습니다. 한국 사람이 가장 싫어하는 나라이면서도 가장 배우고 싶어 하는 나라가 일본 아닙니까? 앞마당을 같이 쓰는 나라로서 서로 사이좋게 지내야죠."

김준수는 다음과 같은 말을 덧붙였다.

"대한민국은 일제 36년 식민지라는 아픈 과거가 있지만, 항일(抗日), 반일(反日)을 넘어서 이제는 지일(知日), 극일(克日)을 거쳐, 협일(協日)을 지향해야 합니다. 현재가 과거와 싸우면 미래가 없다고 윈스턴 처칠 경이 일찍이 말했지요."

'가깝고도 먼 나라, 일본'. 김준수와 김재학 회장은 서로의 생각이 통하는 것을 느끼면서 점차 마음을 열고 신뢰를 쌓아갔다.

김 회장의 평소 지론인 '애국하고 싶다'는 충정은 88올림픽 때도 고국에 대한 지원금 희사로 실현되었다. '개 같이 벌어서 정승처럼 쓴다'는 속담처럼 그는 여러 차례 모국을 위해 거액의 사재를 털었다.

1988년 9월~10월 제24회 하계올림픽이 서울에서 개최되어 참가국 159개국 가운데 대한민국은 메달 순위로는 소련, 동독, 미국에 이어 4위를 기록하는 쾌거를 이뤘다. 그는 88올림픽이 끝난 뒤 모국인 대한민국 정부로부터 '88올림픽의 성공적인 개최에 기여한 공로'로 체육훈장 청룡장(제68호)을 받았다. 한국 대통령과 같이 찍은 사진은 바로 이 공로 훈장 수상식장에서 촬영된 것이었다.

오사카에서 마지막 날, 마침내 김 회장의 황족 출신 부인이 나왔다.

"원래 오야붕 부인의 얼굴은 조직의 간부들에게도 안 보여줍니다. 오늘 특별한 날입니다."

언론 참모 N이 귀띔했다.

김재학 회장은 시즈에 부인을 김준수에게 소개했다.

"오하요 고자이마스!"

"오하요 고자이마스!"

초면에 수인사를 끝내고 바라본 시즈에 부인은 귀족 출신답게 고상한 기품을 드러냈다. 보랏빛 원피스에 번쩍이는 액세서리, 하얀 손가락을 돋보이게 하는 왕방울 다이아몬드 반지는 그가 귀부인임을 말해주고 있었다. 이윽고 점심 메뉴로 덴뿌라 요리가 하나씩 나오자 시즈에 부인은 말문을 열었다.

"김 기자님, 오사카 여행은 어떠셨나요? 여긴 제가 좋아하는 덴뿌라를 잘하는 음식점입니다. 맛있게 드십시오."

"네, 회장님 덕분에 잘 지냈습니다. 저도 덴뿌라를 좋아합니다."

그녀의 정식 이름은 남편의 성을 따라서 가나야마 시즈에(金山靜江)였다. 가나야마 회장과 시즈에 부인의 러브스토리는 일본 기자들도 제대로 취재를 하지 못해 알려진 게 별로 없었다. 야쿠자의 온몸에 그려진 문신 때문에 한동안 밤에 불을 끄고 자야 했다는 뜬금없는 가십성 소문만 나돌았을 뿐이었다.

김준수는 갑자기 기자정신이 발동돼, 시즈에 부인에게 가나야마 회장을 만나게 된 사연을 물어보고 싶었다. 그러나 이번 취재는 김 회장과 그 조직에 관한 것이지 시즈에 부인을 포함시킨 것은 아니라는 생각에 입을 꾹 다물 수밖에 없었다.

황실 교육을 받은 여인의 절제된 몸가짐을 바라보면서 식사한다는 것은 이색적이면서 무척 기분 좋은 일이었다. 흐뭇한 미소를 짓던 김 회장은 화기애애한 분위기에 취하는 듯했다.

"김 기자님, 시원한 생맥주 한잔하셔야죠. 참 도쿄는 오후에 가시죠?"

"네, 생맥주 마시고 신칸센 타고 가면 낭만적인 여행이 될 것 같습니다. 하하."

시즈에 부인과 김 회장, 그리고 김준수는 각자의 생맥주잔을 들어 서로의 건강을 위하는 구호 "간빠이!"를 외쳤다.

"오늘 요리 중 새우튀김이 일미였습니다. 감사합니다."

김준수가 마지막 인사를 하자 시즈에 부인도 응답해주었다.

"저도 새우를 좋아합니다. 또 이까(오징어)와 야채 튀김도 좋아합니다. 감사합니다."

김 회장이 N의 얼굴을 바라보자 다음과 같은 대답이 돌아왔다.

"넷, 회장님! 도쿄역에 직원들이 마중 나와 있을 겁니다."

"시즈에 부인! 오늘 만나서 반갑습니다. 덴뿌라 맛있게 잘 먹었습니다. 사요나라!"

"네, 저도 즐거운 식사 시간이었습니다. 행복하세요. 사요나라!"

지난 7일 동안 오사카에서 밤과 낮의 현장 체험들을 반추한 김준수는 별천지에 갔다 온 기분이었다. 마침내 신칸센의 속도가 느려지면서 도쿄역 플랫폼으로 들어서고 있었다. 때마침 '오사카에서의 1주일' 다큐멘터리 필름도 서서히 막을 내리고 있었다. 오사카의 야쿠자 취재는 기자 생활 중 잊지 못할 독특하고도 즐거운 체험으로 남았다.

신칸센이 멈춰 서자 차창 밖에는 통역 겸 가이드 여성 P와 도쿄 지부 요원 서너 명이 마중 나와 기다리고 있었다. 청커버와 청바지 차림을 알아본 남자 한 명이 성큼 다가와 공손히 인사를 한 뒤 커다란 가방을 받아들었다. 간단한 목례를 마친 김준수는 대기하고 있는 승용차를 향해 가면서 이들의 깍듯한 예절에 또 한 번 기가 막힐 지경이었다. 여성 가이드 P의 안내를 받은 김준수는 도쿄 국회의사당 뒤편 조용한 곳에 있는 도큐 호텔에 짐을 풀었다. 그날 저녁 P가 안내한 한국식당에서 김치찌개와 소주로 식사를 마친 뒤 P의 안내에 따라 호텔에서 그리 멀지 않은 주점으로 들어갔다. 숲속의 한적한 곳에 자리한 주점의 이름은 '스바키(椿)' 살롱이었다. 스바키라면 동백꽃이다.

김준수가 자리를 잡고 앉자 여종업원이 다가와 통역을 통해서 술과 안주, 그리고 노래 주문을 받았다. 이때 옆자리에서 김준수와 통역이 하는 한국말을 엿들은 초로의 일본 남자 손님이 초면임에도 불구하고 노래 부탁을 해왔다.

"정말 죄송합니다. 아들과 함께 왔는데요. 한국 사람인 것 같아서 실례를 무릅쓰고 부탁드립니다. 혹시 조용필의 '돌아와요 부산항에'를 불러주실 수 있을까요?"

김준수는 기다렸다는 듯이, 스스럼없이 일어나서 가라오케 마이크를 잡고 1절과 2절을 연달아 열창했다.

"대단히 감사합니다. 저의 애창곡을 잘 들었습니다. 초면에 실례가 많았습니다."

초로의 신사는 아들과 함께 일어서서 허리를 연신 굽히면서 감사의 인사를 건넸다.

김준수는 맥주 한 컵을 시원하게 들이켠 뒤 자신이 주문한 '열애'를 부르기 시작했다.

"태워도~/ 태워도~/ 재가 되지 않는~/ 진주처럼~/ 영롱한~/ 사랑을 피우리라~"

바로 그때 한 여성이 '열애'를 나직이 따라 부르며 김준수가 서 있는 무대 쪽으로 다가오고 있었다. 홀 안의 어둑한 조명 속에서 어렴풋하게 보이던 그녀는 점점 크게 클로즈업되어 김준수의 눈앞에 바짝 다가섰다. 입꼬리가 살짝 올라가는 미소, 사뿐사뿐 경쾌한 걸음걸이, 단정한 몸가짐 등 아리따운 풍채가 영락없는 동백이었다.

"안녕하세요, 계엄군 아찌! 김준수 씨 맞죠?"

"아, 네. 근데? 누구~ 신지요? 아, 동백? 동백 씨, 맞지요?"

"네, 저 동백이에요. 계엄군, 김준수 병장님!"

"아~ 동백이! 진짜 동백이 맞는지, 꼬집어볼까요?"

"아니 오랜만에 만났으니, 얼싸안아 봐야 하지 않을까요? 여기서 만나다니요."

이날 동백의 눈에 준수는 푸른 군복 상의 주머니에 동백꽃을 꽂은 계엄군 모습이었다가 서서히 파란 청커버와 청바지 차림의 김준수로 변하는 이미지 변환을 경험했다.

"글쎄, 꿈인지 생시인지, 영 헷갈리네요. 준수 씨."

"동백 씨, 하늘이 갈라놓지 않는 이상, 우리의 인연은 찰떡처럼 질겨요."

동백은 그동안 세파에 시달린 탓인지, 조용한 에겐녀에서 활달한 테토녀로 변해있었다. 스카치위스키 시바스 리갈 1병과 얼음 조각, 생수 등이 탁자 위에 올려졌다.

"계엄군 아찌, 호호."

"난 아직도 계엄군이네요. 허허."

"제가 계엄 때문에 입에 풀칠하러 일본에 왔으니 절대로 잊을 수가 없지요."

"우리는 질기고도 아름다운 인연입니다. 맞죠?"

10년 이상 만나지 못한 탓에 두 사람의 이야기보따리에는 구구절절한 사연들이 수북이 쌓여있었다. 하룻밤이 절대 부족한 시간이었다. 테이블에 마주 앉은 남녀는 그동안 못 나눈 애틋한 사랑을 전하고자 한동안 연민에 찬 눈빛만 주고받았다. 동백은 얼른 김준수 옆으로 자리를 옮겨 앉았다.

"준수 씨! 하나도 안 변했어요. 난 늙었지요?"

"아니 늙다니요? 부산 동백섬, 자갈치 시장에서의 그 멋진 모습, 예전 그대로예요. 아리따운 용모에 섬섬옥수의 손도 똑같아요."

"근데 준수 씨, 지금 뭐 하세요?"

"신문기자예요. 이번에 취재차 오사카 왔다가 오늘 도쿄 도착했고, 저녁때 김치찌개 먹고 가이드를 따라 여기로 온 거예요."

"오사카엔 무슨 취재요?"

"가나야마 회장, 한국명 김재학. 재일동포 야쿠자 오야붕 취재요."

"어? 가나야마 회장, 저도 잘 알아요. 여기에 가끔 오셔요."

사카우메구미가 도쿄에 진출한 이후 회장은 한 달에 한두 번씩 도쿄에 올라올 때마다 환락가가 아닌 조용한 이곳에서 참모들과 구수회의를 하곤 했다. 이 사실을 알아챈 마쓰우라구미에서는 조직원들을 보내 가나야마 회장의 동태를 살피기도 했고, 동백에게 이것저것을 물어보기도 했다.

김준수는 동백의 그동안 삶이 몹시 궁금했다.

"동백 씨, 그동안 살아온 이야기 좀 해줄 수 있어요?"

"네, 어디서부터 할까요? 저 한 잔 따라주세요. 같이 짠!"

동백은 1980년 초 계엄령으로 경제가 침체된 가운데 민생고 따위는 아랑곳하지 않는 군사 정권의 치세에 신물이 나서 연예인 송출단 일원으로 돈 벌러 일본으로 건너왔다. 그리고 오사카 클럽 등에서 밤무대 가수로 활동하면서 이름을 날렸다. 그때 가나야마 회장이 '오사카 엘레지'라는 별명을 지어준 사실 등 구구절절한 사연을 풀어놓았다.

"홀몸으로 낯선 곳에서 고생 많았네요."

양주 스트레이트를 몇 잔 연거푸 마신 동백은 혈혈단신 타향에서 그것도 거친 유흥가에서 경험했던 세월이 힘들었던지 간간이 눈물을 머금고 긴 한숨도 쉬었다.

"강산도 변한다는 십 년 세월, 어찌 이루 다 말할 수 있겠어요."

"어? 잠깐! 동백 씨."

김준수는 동백의 머리카락에서 희끗희끗한 새치를 발견하고는 손을 뻗쳤다.

"설마 세월의 눈발이 뿌려진 건 아니겠지요?"

"여기 와서 새치가 부쩍 늘어가네요."

동백은 맥주를 한 잔 쭈욱 마신 뒤 준수를 바라보며 환한 미소를 보냈다.

김준수가 천천히 입을 열었다.

"오사카에서는 밤무대 가수였고, 도쿄는 언제 왔어요?"

"한 2년 됐어요. 오사카 생활을 접고 여기서 월급 사장으로 가게를 운영해요. 노래도 부르고. 이 가게는 도쿄의 가나야마 회장님 가게들 가운데 하나예요."

홀 천장에서 빙빙 돌아가는 네온 불빛이 그녀의 얼굴을 비칠 때마다 슬픔과 기쁨, 회한과 그리움 등 여러 형태의 실루엣이 변화무쌍하게 명멸했다.

그날 밤, 동백은 김준수가 기자라는 말에 가슴속에 담아 놓고 있던 비밀 이야기를 풀어놓았다. 먼저 최근에 나카무라 면회 갔다가 들은 이야기를 모두 다 털어놓았다. 도쿄의 한 야쿠자 조직과 한국 조폭이 연계해서 북한산(産) 마약을 밀매하려는데 그것은 북한이 조총련 자금을 확보하기 위해서 계획한 국제 마약범죄라는 것이었다. 북한, 일본, 한국, 조총련 등이 관련돼 국제 공조가 필요한 복잡한 사안이었다. 그리고 나카무라는 이 사실을 일단 가나야마 회장에게 보고해 달라고 신신당부했다. 동백은 듣다 처음인 마약 밀매 국제조직에 대한 이야기를 들을 때 등골이 서늘하고 오금이 저려 그 자리에 주저앉을 뻔했다고 말했다. 너무나 겁이 난 나머지 이 이야기를 가슴속에 품고 있다가 김준수가 나타나자 먼저 상의하게 되었다고도 했다.

"가나야마 회장에게는 내가 얘기할게요. 그게 낫겠지요?"

"그러세요. 그럼."

"그런데 나카무라는 왜 진짜 히트맨 대신 형무소에 들어간 것일까요?"

기자의 날카로운 촉이 발동된 단도직입적인 질문이었다.

동백은 가끔 가게에 오는 나카무라의 친구에게서 들은 이야기를 소상하게 들려주었다. 오사카에서 도쿄까지 사업의 영역을 넓히려는 가나야마 회장의 뜻은 어렵사리 이루어졌다. 그럼으로써 도쿄로 진출한 사카우메구미와 도쿄를 거점으로 하는 마쓰우라 구미와의 마찰은 불가피해졌다. 도쿄의 야쿠자 조직 간에는 자신의 시마우치(島內 세력권)에는 다른 조직을 넣지 않는다는 오래된 관행이 있었다. 시마우치는 성(城)이나 영토라는 뜻으로 나와바리(繩張り)와 같은 개념이

다. 그러니까 오사카 야쿠자가 도쿄에 진출한다는 것은 곧 항쟁이 시작된다는 것을 뜻했다. 가나야마 회장의 명을 받은 구미의 샤테이(舍弟 고위간부)는 편법을 쓰기로 했다. 간판은 일반 회사 사무소로 하고 안에서는 야쿠자 업무를 보는 것이었다. 그리고 준비를 마친 어느 날 사카우메구미의 지부 개설을 알리는 안내장을 도쿄 전역의 야쿠자 조직에 발송했다.

"받는 조직에서는 도전장이라고 믿겠네요."

"그렇지요. 사카우메구미의 다이몬(문양)을 금박으로 박았으니까요. 선전포고라고 생각할 수도 있겠죠."

"햐~ 그럼 어떻게 되는 걸까요?"

그즈음 도쿄의 북서쪽 네리마구 지역을 세력권으로 하는 마쓰우라구미에서 사카우메구미의 사무소를 습격한 일이 있었다. 큰 피해는 없었지만, 선공을 당한 것에 대해 오사카 본부에서는 복수를 택했다. 헤이타이(兵隊 행동대원)를 도쿄로 급파했다. 총격전이라는 일촉즉발의 위기가 도래했으나 중개인이 나서서 충돌은 겨우 면하게 되었다. 미적지근하게 마무리된 이 사건을 두고 양측은 기습의 기회를 노리고 있었다. 이때 등장하는 주인공이 뎃포다마(鐵砲玉)라고 불리는 히트맨이다. 히트맨은 특공대를 말한다. 상대 쪽에서는 암살범이라고 부른다.

사카우메구미 도쿄 지부에 있던 20대 초반의 나카무라가 스스로 나섰다.

"아니키붕(형님뻘 야쿠자)! 저에게 맡겨주십시오."

"네가?"

"하잇, 당장 보내주십시오."

나카무라가 이렇게 간청을 하는 이유는 땅에 떨어진 자신의 명예를 회복하기 위해서였다. 그는 샤브(シャブ)라고 불리는 환각제를 몰래 복용하다가 아니키붕에게 걸려 묵사발이 되도록 얻어터진 적이 있었다. 야쿠자의 세계에서는 히로뽕이나 마약에 해당하는 샤브의 거래에 나서는 경우는 있으나, 샤브에 빠지는 것을 절대 금기사항으로 여기는 조직이 많았다. 가나야마 회장은 이 원칙을 절대적으로 지켰는데, 마약거래나 마약을 복용한 자에 대해서는 엄벌이 내려졌다.

"나카무라, 너 샤브 하나?"

"아, 아닙니다."

"팔뚝 걷어!"

아니키붕은 미적거리는 나카무라의 턱을 향해 주먹을 연속으로 날렸다.

"이 자식이 간땡이가 단단히 부었군."

나카무라는 무릎을 꿇고 자신의 잘못에 대한 용서를 빌었다.

"저리 꺼져! 샤브를 가까이하다가는 정신병자나 폐인이 된다는 거 모르고 있었나?"

"하잇, 한 번만 용서해주십시오. 그리고 제 소원을 이루게 해주십시오."

"소원? 그게 뭐냐?"

"제가 히트맨이 되겠습니다."

"벌써 두 번째 간청이다."

아니키붕은 놀랍다는 표정을 지었다.

"저의 명예를 회복하게 해주십시오. 아니키붕!"

그러나 나카무라는 끝내 자신의 손에 권총을 쥘 수 없었다. 오사카 본부에서는 노련한 중간 간부를 보내 마쓰우라구미 간부의 다리에 총을 쏴서 중상을 입혔다. 현장에서 자리를 피한 중간 간부는 가나야마 회장의 지시에 따라 잠적했고 그때 나카무라가 나서서 형무소행을 택했다.

"나카무라! 걱정 말고 잘 다녀와라."

나카무라는 이 한마디를 조직으로부터 듣고는 형무소에 들어갔다. 살인죄는 징역 20년. 설사 감형된다고 해도 15년 이상은 살아야 했다. 대개 히트맨은 자신이 직접 저지른 사건의 당사자가 되는 게 맞았지만, 또 다른 경우에는 조직의 명령에 따라 히트맨을 대신해서 젊은 와카모노가 청춘을 형무소에서 보내기도 했다. 야쿠자는 조직과 명예를 위해서 죽고 산다. 만약 대타로 잡혀갔다면 그 가족에 대해서는 조직에서 최소한의 생활비 등을 책임졌다.

"이게 그 사연의 전부예요."

"그랬군요. 젊은 청춘이 불쌍하네. 근데 명예를 지키려는 의리 하나는 끝내주네요."

"동백 씨! 오늘은 우리의 밀린 이야기나 실컷 합시다."

"아까 말해준 거 잊지 마세요."

"하므, 국제 마약범죄! 머릿속에 단디 메모해두었습니다. 걱정 마이소."

그날 두 사람은 도큐 호텔 방에서 여러 해 동안 쌓인 회포를 푸느라 밤을 하얗게 지새웠다. 계엄군, 부산 다방, 최애곡 '열애', '돌아와요 부산항에', 감만동 집, 어머니와 동생 기봉, 방위병, 헌병대, 삼청교육대, '빨간 모자' 조교, 동백섬, 동박새, 자갈치 시장 아나고회, 영도다리, 태종대, 갈매기 등 갖가지 화제가 봇물 터지듯 쏟아져 나왔다. 두 사람은 나란히 누워서 서로의 손을 잡고 서러운 세월만큼 꼬옥 껴안았다.

동백과의 꿈같은 '도쿄 밀월 3일'을 즐기고 귀국한 김준수는 우선 박민혁 형사를 찾았다.

"박 형사, 급해서 찾았어. 일본 야쿠자와 한국 조폭이 연루된 마약 사건 첩보인데, 배후에 북한과 조총련까지 등장해. 국제 공조 사안이니만큼 쉽지 않겠지?"

"네, 감사합니다. 근데 제보자가 누구지요?"

"응, 기자는 취재 윤리상 취재원을 보호해야 하거든. 미안."

"네, 알겠습니다."

이 사건은 국제 공조가 필수여서 한·일 수사당국에서는 인터폴 적색수배령 등 다각도로 수사계획을 짜고 있었다. 공항과 항구 등 마약 밀수 경로를 집중 차단했고 마약 유통망을 확보하는데 총력을 기울이고 있었다. 수개월 이상 조용히 진행된 물밑 수사 공조가 드디어 끝났다. 김준수는 또 기사를 독점 취재하는 행운을 안았다.

"북한산(産) 히로뽕 남한 거처 일본으로… 삼각관계 첫 적발". 이런 제목으로 단독 취재한 기사가 1면에 대서특필되자 각 신문·방송·통신 등 언론사 기자들은 후속 취재를 하느라 동분서주 요란하게 뛰어다녔다. 기자에게 특종이란, 그것도 한·일 국제 마약조직의 일망타진이라는 국경을 초월한 기사는 자존감을 한껏 뽐낼 수 있는 최고의 영예였다. 국내 폭력조직 S파는 일본의 야쿠자 스미요시파와 연계, 북한산(産)으로 추정되는 1백kg의 히로뽕(시가 5천억 원)을 은닉한 재첩 등을 흥남항에서 선적, 묵호항을 경유해 일본 돗토리현 사카이항으로 옮겨갔다. 그곳에 물건을 찾으러 왔다가 한·일 경찰에 의해서 일망타진된 국제 마약 사건이었다. 사실 이 검거 사건의 결정적 역할을 한 사람은 재일교포 야쿠자 오야붕 가나야마 고사부로(김재학)였다. 동백이 나카무라로부터 들은 이야기를 김준수가 가나야마 회장에게 직접 알렸고, 회장은 휘하 조직을 동원해서 스미요시파의 개입 단서를 잡고 한국 경찰과 일본 경찰 모두에게 통보했던 것이다.

"김 기자는 민완 특종기자야. 그것도 두 번씩이나 국내외 마약거래를 말야."

"원래 마당발이잖아. 저번엔 오사카 야쿠자 취재로 낙양의 지가를 한껏 올려놓았지."

"기자 근성이 남달라, 한번 물면 끝까지 놓지 않는 불독 정신! 진정한 챔피언이지."

"이번엔 한턱 단단히 쏴야 할 거야. 암."

김준수는 지난번 국내 마약조직 소탕에 이어 이번의 국제 마약조직 검거 기사로 특종 1급의 상을 받았다. 그는 경찰청과 모 신문사가 공동 운영하는 황룡봉사상을 떠올렸다. 우선 박 형사를 범죄소탕 부문의 용(勇)상, 동백은 한국을 위해 공헌해 공공질서 확립에 도움을 준 의(義)상 후보자로 추천했다. 상장, 상패에 상금은 각 천만 원이었다. 그러나 개인 신상이 밝혀지는 것을 꺼린 동백의 사정을 감안해서 가명(일본 이름 스바키)으로 추천했다. 김준수는 도쿄의 동백과 통화를 했다.

"지난번 내게 말해준 그 얘기, 잘 처리되어 오늘 자 한국 신문에 대서특필 보도됐어요."

"여기 일본의 요미우리, 마이니치, 아사이 및 NHK 등에서도 크게 보도되었어요. 조총련계는 관련이 없다고 발뺌했지만."

"여튼 타지에서 몸조심하고 만날 때까지 안녕."

"계엄군 아찌, 수고 많았어요. 안녕~. 빠이빠이."

"그놈의 계엄군 딱지는 언제 떨어지려나, 하하."

서로 바빠서 전화가 금세 끊겼지만, 동백은 하룻밤에 만리장성을 쌓은 이야기를 미처 하지 못해 몹시 아쉬워했다.

# 기봉의 죽음

　가을비가 부슬부슬 내리던 날, 일흔이 넘은 가나야마 회장이 인천 공항을 통해 방한했다. 절친이었던 역사 작가 S의 갑작스러운 죽음에 문상차 온 것이다. 미리 연락을 주고받은 김준수는 공항에 마중 나갔다.

　"회장님, 너무 오랜만입니다. 그동안 잘 지내셨습니까?"

　"김 기자, 참 오랜만이요. 반갑소."

　"네, 오랫동안 친분이 두텁던 친구분이 돌아가셔서 몹시 섭섭하시겠습니다."

　"오랜 지기인데, 어찌 다 말로 할 수 있겠습니까?"

　"아, 회장님. 그리고, 아시죠?"

　김 기자는 옆에 서 있던 동백을 회장에게 인사시켰다.

　"회장님, 안녕하셨어요? 저 동백이에요. 스바키 상."

　"아, 스바키 상. 근데 여긴 어떻게?"

　"네, 김 기자님이 부산에서 군대 생활할 때 만난 사이입니다."

　김준수는 멋쩍었는지 헛기침을 두어 번 했다.

"회장님, 제가 오사카 123클럽, 도쿄의 스바키 살롱에서 일할 때 늘 도와주셔서 감사했습니다."

"그래, 요즘은 한국에서 뭐 하고 지내요?"

"송충이가 솔잎을 먹듯이, 노래하면서 살고 있어요."

"나이트클럽?"

"아니요. 문화센터, 노인복지시설, 주민자치센터 노래교실에서 노래 강사로 활동하고 있습니다."

"그래요. 인생 2막 봉사활동이 멋져 보여요!"

"네, 감사합니다. 회장님, 건강하세요."

김재학 회장과 김준수, 동백을 태운 승용차는 서로들 밀렸던 이야기를 나누는 동안에 신촌 세브란스 병원 영안실 앞에 도착했다. 이른 오후 시각이어서 문상객들은 거의 없었다. 영정 속 S 작가는 웃는 모습이었다.

"친구, 나야, 자네 비보를 듣고는 한걸음에 달려왔네. 먼저 가 계시게, 극락왕생!"

김 회장은 친구의 영정 앞에서 향을 피운 뒤 두 손을 모아 기도했다. 이어서 김준수가 큰 절을 세 번 하고 나서 영정 앞에 섰다. 기억을 되살려 보면, S 작가의 소개로 김재학 회장을 만나게 되어 오사카 취재도 했고, 국제마약조직 소탕이라는 특종도 했다. 역사소설을 여러 권 낸 S 작가는 김준수에게 한·일 관계사 분야에 눈을 뜨게 해준 은인이자 스승 같은 사람이었다. 다만 받은 은혜를 다 갚지 못했다는 자책감에 괴로울 따름이었다.

문상을 모두 마친 김 회장은 그의 약속 장소인 롯데호텔로 향했다. 김준수와 동백은 회장이 탄 승용차에 편승해서 롯데호텔까지 간 뒤 을지로 인쇄 골목 기봉이네 가게에 들를 참이었다.

"회장님, 조만간 연락드리겠습니다."

"그래요, 또 연락합시다. 안녕."

김준수는 뒤돌아선 회장의 희끗한 귀밑머리를 보며 세월의 무상을 느꼈다.

을지로 입구에서 명동 쪽으로 길을 잡은 두 사람은 부지런히 걸어 을지로3가 기봉의 가게 문 앞에 도착했다.

"어이, 깐부 아우, 기봉이! 누나 오셨네."

"어? 김 기자님! 누나!"

"근데 너 어디 아프냐? 얼굴이 홀쭉한 게 말이 아니네."

동백은 기봉을 보자마자 안색이 좋지 않다면서 병원에 가보라고 채근했다.

"엊그제 병원에 갔다 왔어. 근데 의사가 좀 쉬어야 한다고 그러네."

"쉬어야 한다고? 무슨 중병인가?"

그러고 보니 기봉은 먼젓번과는 전혀 딴판으로 몰라보게 수척해 있었다.

"아무것도 아닙니다. 걱정 끼쳐드려서 죄송합니다."

"기봉아, 난 네가 삼청교육대 그 악마 조교 놈에게 당한 후유증이라고 생각해."

"누나, 다음 주에 다시 정밀 검사하기로 했으니까 일단 기다려봐."

평소에도 깡마른 체격의 기봉은 어느새 바람에 날릴 정도의 꼬챙이가 되었다.

"그래 기봉아, 병원에도 가고 일도 쉬엄쉬엄하고, 또 연락하자. 깐부, 파이팅!"

기봉은 김준수와 동백, 두 사람의 따뜻한 말과 방문만으로도 한껏 위로가 되었다.


기봉의 가게에서 나온 두 사람은 세운상가 부근 찻집에 들어갔다.

어쩐 일인지 동백의 표정은 자못 심각했다. 이런 모습을 처음 본 준수는 약간 불안했다. 동백이 찬물을 마신 뒤 무겁게 입을 떼었다.

"하룻밤에 만리장성을 쌓는다는 말, 이해가 가요?"

"남녀의 사랑을 말하는 게 아닌가요?"

"그래요. 맞아요."

"…."

동백은 잠시 쉬었다가 말을 이어갔다.

"남녀가 만나 짧은 순간에 새로운 생명을 잉태시켰다면, 하룻밤에 만리장성을 쌓았다고들 합니다. 그게 행운일까요, 불행일까요?"

동백은 이날 밑도 끝도 없는 이야기를 꺼내 준수에게 질문을 던졌다.

"그야 당연히 행운이지요. 소우주라는 새 생명이 잉태되었는데…"

"준수 씨, 우리 그날 도큐 호텔에서의 하룻밤 생각나요?"

"그야 왜 생각이 안 나겠어요? 벌써 20년 전 이야기네요."

"그럼, 한번 찬찬히 생각해 봐요. 무엇 짚이는 거 없어요?"

김준수는 아무리 생각해도 짚이는 게 없었다.

"잠깐만요. 그 옛날로 한번 돌아가 봐야겠어요."

김준수는 잠시 눈을 감고 지나간 옛 추억을 떠올리려 애를 썼다. 우레처럼 만났다가 번개처럼 헤어진 도큐 호텔의 밀회였다. 준수의 기억에 동백의 등을 두드려주고 팔을 주물러주고 껴안아 주었던 쪼가리 단상들 몇 개가 불완전하게 떠올랐다.

다음 날 아침에 눈을 떠 보니 베개만 덩그러니 옆에 놓여 있을 뿐 동백은 온데간데없었다. 목이 말라 물을 마시려 냉장고 쪽으로 가는데, 탁자 위에 하얀 쪽지가 보였다. 그 쪽지에는 '하룻밤에 만리장성을 쌓는다'는 알 듯 모를 듯한 표현이 들어있었던 것 같았다. 그때 그 말은 연인 사이에 하룻밤을 지낸 연모지정을 말하는 것쯤으로 이해했다. 불쑥 펼쳐진 호텔 방에서의 뜨거운 정사는 하룻밤에 만리장성을 쌓고도 남을 정도가 되었던 것 같기도 했다.

"으음."

"준수 씨, 주무시는 거 아니죠?"

"아, 아니요. 그 옛날 추억에 빠져있었어요."

"근데 뭐 짚이는 건 없어요?"

"글쎄, 뭐가 있었더라? 도통 생각이 안 나네요."

"그건 그렇고, 세화가 지난번 전화해서 김 기자님이 인터뷰 해주었다고 말했어요."

"아, 난영가요제 말이죠? 세화의 노래 실력 대단해요. 내가 심사도 하고 인터뷰도 했어요."

"네. 감사합니다."

김준수는 지난 난영가요제 때의 일을 떠올렸다. 출입처를 사회부에서 문화부로 옮긴 뒤 목포에서 개최된 난영가요제 심사위원으로 위촉되어 내려간 적이 있었다. 모 지상파 방송사가 주최한 난영가요제는 1935년 한국 가요사에 불후의 명곡으로 남은 '목포의 눈물'을 부른 가수 이난영을 기리기 위한 것이었다. 이 곡은 와세다대학 출신 20대 무명 시인 문일석이 작사를 했고, 일본 도쿄 고등음악원에서 공부한 손목인이 작곡했다. 이난영 특유의 비음(鼻音)과 흐느끼는 듯한 창법에는 남도 판소리 가락과 같은 한이 스몄다는 평을 듣는 명곡이다. 이난영은 1938년까지 일본 무대에서 '목포의 눈물' 일본어 버전을 부르며 활약했다.

난영가요제는 목포의 대형 호텔 콘서트홀에서 개최되었는데, 대상 수상자는 19세의 박세화였다. 경연 출전자들은 지정곡인 '목포의 눈물'과 자유곡 1곡을 선정해서 불렀다. 이날 김준수는 심사위원이었지만, 기자로서 대상 수상자를 인터뷰했다.

"축하합니다. '열애'를 자유곡으로 고른 이유가 있나요?"

"네, 가사에 얽힌 슬픈 사연이 가슴 먹먹하잖아요. 부인과 아이들을 남겨두고 떠나가는 아버지의 심정이 마음에 와닿았어요. 그리고 어머니가 이 노래를 자주 불렀어요."

"어머니가 자주 부른 노래요?"

"네, 어머니의 애창곡 중 하나였어요. 애초 계엄군인의 최애곡이었는데, 자신의 애창곡이 되었다고 했어요."

"계엄군 최애곡? 어머니가 가수예요? 누구시죠?"

"네, 본명과 예명이 똑같은 동백이에요. 일본 예명은 스바키(椿). 오사카와 도쿄에서 활동했어요."

"동백꽃? 스바키?"

김준수는 자신이 알고 있는 동백이 바로 그 동백이라는 확신에 무릎을 탁 쳤다.

"와우, 유레카!"

"왜~ 아시는 분이세요?"

"아, 예~ 오래전 부산에서 군 복무할 때 만났던 그분 이름이 동백이었어요. 계엄 때 구직난이 심하자 일본에 취직하러 갔었고요."

"어머, 어머니 고향이 부산이고 일본에 돈 벌러 갔어요. 또 서울 출신 계엄군 얘기를 한 적이 있어요. 기봉이 삼촌이 그 부대 방위병으로 근무했다고 들었어요."

"맞아요! 어머니는 내가 아는 동백 씨가 틀림없어요. 어찌 이런 인연이 다 있지?"

"그 군인이 삼촌한테 인쇄 기술을 배우게 해준 은인이라고 들었어요."

"아, 세상 참 좁네요. 정말 동백 씨의 따님이 맞군요."

"네, 이따가 어머니한테 김 기자님 만난 이야기를 해야겠어요. 기뻐하실 거예요."

"그래요. 어머니는 오래전 도쿄에 취재갔을 때 만난 적이 한 번 있었는데, 그 후로는 소식이 끊겼고…. 핑계지만 저도 기자 생활로 바빴고…."

김준수는 호텔 바깥으로 나가 바닷가를 향해 담배 연기를 날렸다. 지난날 부산에서 동백과의 첫 만남과 데이트의 추억들이 주마등처럼 스쳐 갔다. 그런 자신의 앞에는 지금 어린 소녀가 다소곳이 앉아있었다.

김준수는 동백을 꼭 빼닮은 세화를 쳐다보면서 동백의 얼굴을 떠올려 오버랩시켰다.

"저는 세화 양의 노래를 듣고 전율을 느꼈어요. 애절한 사연을 잘 전달하는 호소력 짙은 표현력을 높이 샀어요. 음색이 원곡자인 윤시내 씨와도 많이 닮았구요."

"그렇게 좋게 봐주셔서 감사합니다."

"또한 관객들의 열띤 호응과 박수갈채로 보아 대중에게 어필하는 소구력도 뛰어났어요. 방송사에서 TV 녹화를 했으니 이제 곧 전국적으로 전파를 타겠네요."

"네, 잘 부탁드립니다."

"앞으로 계획은?"

"트로트와 발라드 혼합 장르의 자작곡을 만들어서 솔로 앨범을 내고 싶어요."

"아, 예. 싱어송라이터로서 활동을 기대합니다."

"상금은 어디에 쓸 계획입니까?"

"저를 키워주신 할머니와 기봉이 외삼촌 그리고 어머니에게 선물을 해드리고 싶어요. 또 제 신곡을 취입하는 데도 보태려 합니다."

김준수는 그날 자신의 연락처가 적힌 명함을 세화에게 건네주고는 자리를 떠났다.

세화는 어머니에게 김준수 기자를 만나서 인터뷰한 사실을 말해주었고 어머니와의 러브스토리를 들을 수 있었다면서 기뻐했다. 이 소식을 들은 동백은 추후 좋은 자리를 마련해서 세화에게 꼭 전해줄 이야기를 풀어놓아야겠다고 마음먹었다.

"동백 씨, 세화 잘 키우세요. 인성도 실력 못잖게 좋아서 크게 성공할 겁니다."

"네 고맙습니다. 다 준수 씨 같은 분들이 좋게 봐서 키워주시니까요."

호사다마랄까, 갖은 고생 끝에 먹고살 만해지니 기봉이네 집안에 비보가 날아들었다. 한평생 고생만 하시던 그의 노모는 서울의 변두리 구파발 사글셋방에서 돌아가셨다. 그 어머니의 장례식 때 김준수는 해외에 취재차 나가 있어서 참석하지 못했다. 기봉의 어머니 뼛가루는 파주 광탄의 보광사 뒷산에 뿌려졌다. 평소 유언대로 산분장(散粉葬)을 한 것이었다. 인생이란 결국 한낱 한 줌의 하얀 뼛가루로 남게 되는 허무한 존재였다. 그것마저도 바람에 날려버렸으니, 돈도 욕심도 명예도 권력도 다 소용없는 공수래공수거가 맞았다.

기봉은 군대와 삼청교육대에서 구타와 고문을 받아 생긴 후유증인 타박상 어혈통으로 시달리다 그만 병원 신세를 지게 되었다. 골병이 들어 시름시름 앓던 기봉의 얼굴은 어느 날부터 백지장처럼 하얘졌다.

기봉을 문병한 김준수는 그 옛날 기봉이가 군 의무실에 실려갔을 때 '성난 코뿔소' 같은 군의관이 말한 PTSD(외상 후 스트레스 장애)니 PTED(외상 후 울분장애)가 다 일리가 있는 말인 것 같았다.

어느 날, 기봉은 입원실에서 침을 꿀꺽 삼기더니 기어들어 가는 목소리로 조카에게 동백 누나가 자주 불렀던 '열애'를 들려달라고 했다. 세화가 콧노래로 나직하게 음률을 선사하자 기봉의 감았던 눈에서 눈물이 주르륵 흘러내렸다. 그리고 긴 한숨을 내쉰 뒤 잡았던 손을 스르륵 놓아버렸다. 이렇다 할 유언도 없이 절명한 것이다. 세화는 반쯤 뜬 눈을 감겨주었다. 그것이 저승으로 가는 외삼촌에 대한 마지막 예의라고 생각했다. 하얀 병실에서 맞이한 차가운 죽음이었다. 어린 시절 어머니 대신 자신을 돌봐주었던 삼촌, 맛있는 과자와 케이크를 사주었던 아버지 같은 존재였다. 조금만 늦게 도착했으면 임종을 지키지 못했을 것이라고 생각하니 머리가 쭈뼛했다. 세화의 급한 연락을 받은 동백은 김준수 기자에게 연락하라고 말하고는 병원으로 직행했다.

시체 안치실은 늘 그렇듯이 서늘하고 음습했다. 시신을 담은 관은 대형 냉동고에 칸칸이 차곡차곡 쌓여 안치되어 있었다. 얼마나 많은 시신이 저곳을 거쳐 갔을까. 누군가 생로병사는 사람에게 주어진 은혜라고 했다는데, 막상 당하고 나면 서럽고도 아픈 것이 인생 같았다.

동생의 임종을 지키지 못한 동백은 넋두리와 울음이 반씩 섞인 구슬픈 심경을 토해냈다.

"아이구, 불쌍해라. 젊었을 때 삼청교육대에서 지옥 같은 고문으로 평생 불구가 된 거야. 결혼도 못 해 슬하에 자식도 없이, 너무 고독하게 살았어. 드럼 연주자로서 좋아하던 음악도 못하고…. 김 기자님 덕분에 서울에 올라와 인쇄 기술로 겨우 입에 풀칠하는가 했는데, 그만 으흐흑. 기봉아, 기봉아!"

영정 속 기봉은 순한 표정으로 정면을 바라보고 있었다.

"형님! 저의 삶은 여태껏 방해꾼에게 '도둑맞은 시간'이었던 것 같아요. 저만의 온전한 시간이 없었어요."

김준수는 언젠가 기봉이 포장마차에서 자신에게 했던 푸념을 떠올렸다.

"깐부 아우! 박기봉 군, 너무 고생 많이 했어요. 부디 극락왕생하시고. 우리 나중에 또 만나요."

김 기자는 상주도 없이 마지막으로 떠나가는 고혼에게 정중하게 인사를 건넸다.

서울시립승화원에는 동백, 세화, 준수, 그리고 준수의 연락을 받고 뒤늦게 달려온 박민혁 형사가 모였다. 시신이 화구에 들어가 불태워지는 사이, 세화가 조용히 입을 열었다. 삼촌이 돌아가시기 전에 하신 말씀이라고 했다.

"김 기자님은 내 평생 은인이시다. 내가 방위병일 때 인쇄 기술을 배우게 해주었고, 상경 후 인쇄 골목 시절에는 춘발파 불량배들로부터 나를 보호해 주었다. 또 삼청교육대 보상금 받는 방법도 알려주었다. 그런 은혜를 다 갚지 못하고 가는 게 서럽구나. 동백 누나가 많이 보고 싶다."

세화는 또 삼촌이 남긴 유언이라면서 다음과 같은 말을 추가로 전했다.

"네 진짜 아빠를 꼬옥 찾아라. 엄마한테 물어보면 알 거야. 꼬옥."

이 말을 듣고 있던 김준수는 여러 감정이 교차한 듯 고개를 푹 숙인 채 어깨를 들썩였다.

해발 100m도 안 되어 보이는 야트막한 야산의 화장장 위로 눈발이 날리기 시작했다. 온통 회색빛 세상. 하루에도 수많은 사람이 한 줌의 연기로 사라져 버리는 이승과 저승을 나누는 이별의 현장은 늘 춥고 쓸쓸했다.

"유골은 어디로 모시지요?"

"제가 알아둔 절이 있답니다."

승용차 운전대를 잡은 동백은 화장장을 나와 우회전 호국로의 벽제관 고지 비석을 지나 고양동 삼거리에서 파주 혜음령 고개를 넘어갔다. 좀 달리다 보니 우측에 보광사가 나타났다.

"저 절 뒤편 어딘가에다 어머니 유골을 뿌린 것 같은데… 기봉이가 알 텐데…."

동백은 한숨을 내쉬며 넋두리 같은 혼잣말을 했다.

절 마당에는 5층짜리 돌탑이 서 있었다. 대웅전 처마 끝에 매달린 풍경은 오고 가는 산바람에 댕그랑거리며 고즈넉한 산사에 울려 퍼졌다. 납골함은 풍진 세상, 백 년도 못살면서 온갖 구질구질한 속물 근성과의 작별을 고하는 듯 차츰 식어갔다. 무소의 뿔처럼 혼자서 황천길을 향해 가야하는 것이 인생이었다.

"이제 명부전에 납골함을 모실 차례예요. 스님이 기다리고 계십니다."

청아한 목탁 소리와 함께 낭랑한 불경 소리가 스피커를 타고 사찰 마당을 가득 메웠다. 괴로움이 끝없이 이어지는 고해(苦海)의 바다에서 몸부림치는 중생들에게 안식과 행복을 전하려는 복음의 소리였다. 불가에서는 일체유심조(一切唯心造)! 모든 것은 마음먹기에 달렸다고 설파한다.

극락왕생을 비는 염불과 목탁 소리가 그치고 법당문을 나온 동백이 나지막이 입을 떼어 김준수를 불렀다.

"여보, 여보세요, 준수 씨. 오늘 수고 많았어요."

"네, 동백 씨 당신도 고생 많았어요. 세화도 고생 많았고."

일행은 옷깃에 스며드는 서늘한 기운을 맞으며 주차장까지 오솔길을 걸어 내려갔다. 겨울나무에서 기봉의 넋인 듯 산새 울음소리가 처량하게 들렸다. 저녁 무렵 묵중한 범종 소리가 등 뒤로 댕! 댕! 댕! 울려 퍼지기 시작했다. 한 번 울릴 때 탐(貪)! 두 번째는 진(嗔)! 세 번째는 치(痴)! 였다. 불가에서는 지나친 욕심인 탐욕(貪慾), 분노와 미움의 진에(嗔恚), 어리석고 못난 우치(愚癡), 이 세 가지 번뇌 망상을 3독(毒)이라고 부른다.

동백은 차에 오르자마자 참았던 눈물을 폭포수처럼 쏟아냈다.

"참 불쌍한 인생이었어요. 어머니와 부산 감만동 오두막집에 살 때, 끼니를 걱정하고 살았으니까 게다가 삼청교육대 그놈 때문에 성불구자가 됐잖아요."

"그래요. 기봉인 춘발이 놈에게 맞아 죽은 거 맞아요. 근데 가해자가 피해자로 둔갑하고 5·18 민주유공자가 되어 연금까지 타 먹고 살고 있으니, 세상 참."

"엄마, 그래도 김 기자 아저씨가 기봉 삼촌을 음으로 양으로 많이 도와주셨잖아."

"그건 그렇지, 그래서 우리가 지금까지 살아왔던 거야. 너무나 고마운 일이지."

산안개가 짙어져 시야는 온통 회색빛으로 변해있었다. 눈발이 날리는가 싶더니 어느새 꽤 굵은 함박눈이 쏟아지기 시작했다. 함박눈은 주변 숲과 호숫가의 나뭇가지에서 하얀 상고대로 피어나 신비한 선경(仙境)을 만들었다.

뒤따라오던 박 형사는 차의 비상등을 켜고 멈춰 선 뒤 임무가 있다면서 먼저 서울로 돌아갔다.

"박 형사, 오늘 고마웠어. 연락할게. 조심히 가."

"네, 형님과 형수님, 그리고 세화 양. 고생 많았습니다. 저는 이만 가보겠습니다."

김준수는 셋이서 오붓한 시간을 갖고 싶었다.

"눈이 많이 오는데, 우리 어디 찻집이라도 들렀다 갑시다."

"네. 저기 저, 호수가 보이는 곳 옆에 카페가 보이네요."

눈이 밝은 세화가 흐릿한 시야에서 카페를 발견했다.

"눈이 제법 많이 내리니 운전 조심하시고. 천천히."

호숫가에 카페가 그림처럼 숨어있었다.

김준수는 카페에 들어가기 전에 바깥의 하얀 눈 세상을 바라보며 담배 한 대를 물었다. 그리고 일본 시인 오가와 게이슈가 읊은 하이쿠를 떠올렸다.

'진흙에 내린/ 아름다운 눈송이/ 진흙이 되네.'

5·7·5 모두 17자에 담긴 눈 이야기였다. 내리는 순간부터 녹을 것이 결정되는 눈의 운명은 마치 잠시 왔다가는 인생과도 똑 닮았다고 생각했다.

'생야(生也) 부운기(浮雲起)요, 사야(死也) 부운멸(浮雲滅)이로다!'

뜬구름이 일어나는 것이 생이고, 뜬구름이 사라지는 것이 죽음이라고 서산대사는 일찍이 설파했다.


카페 난롯가에 옹기종기 모여 노변정담을 나누는 세 사람은 더없이 행복해 보였다.

"자, 우리 이제 밥 먹으러 갑시다. 제가 두 모녀분을 모실게요."

"좋아요. 오늘 우리 모두 한 끼도 못 먹었지요?"

"뭐가 좋을까요?"

"눈도 오고 추우니까 뜨끈한 국물이 좋지 않을까. 세화야, 괜찮지?"

"응, 엄마가 좋다면 다 좋은 거야."

"그럼 가봅시다. 어디든지."

그곳에서 멀지 않은 곳에 굴뚝 연기를 내뿜는 불가마 곰탕집이 있었다. 화덕에서는 장작이 벌겋게 타고 있었다.

"일단 저 불꽃이 마음에 드네요, 괜찮겠죠?"

"좋아요. 준수 씨. 오늘은 소주 한잔하셔야죠? 기봉이도 보낸 날이니."

"그럼요. 이런 날은 뜨거운 탕에 소주 한잔이 제격이지요. 근데 당신도 같이 해야 하는데….."

"엄마, 오늘 내가 운전할 테니까, 두 분께서 맘 놓고 편하게 드세요. 기봉이 삼촌도 있었으면 좋았을 텐데."

"세화가 운전면허도 땄대요. 오늘 우리 딸 덕 좀 보자."

"그나저나 세화는 난영가요제 대상을 받은 가수로서, 앞으로 계획은?"

"응, 요즘 한일교류가 활발해지니까, 트로트와 엔카, 발라드와 재팬 시티팝을 같이 부르는 가수로서 일본 진출도 생각하고 있어요."

"일본 진출이라면, 당연히 엄마지."

"먼저 자신의 실력을 기르고 난 뒤에 더 넓고 큰 무대에 도전해야 해."

"가야나마 회장도 가수인데, 세화의 일본 진출 얘기 한번 해볼까요?"

"아직은 아니에요. 무엇보다 본인의 실력이 중요해요. 스스로 빛을 내는 발광체가 먼저 되어야겠지요."

"그래요, 열심히 하다 보면 별의 순간이 꼭 올 거예요."

"자, 우리 세화의 성공을 위해서 브라보!"

"파이팅!"

딸의 행복을 염원하는 엄마의 소리는 우렁찼다.

모처럼 만에 오붓하게 식사를 끝낸 세 명은 다정다감한 식구같이 보였다.

"이제 어디로 가시지요?"

동백이 물었다.

"어? 제가 묻고 싶었던 질문입니다."

김준수는 헤어짐이 못내 서운한 표정이었다.

"집으로 가야지요. 난 저쪽 버스정류장에서 내려주세요."

"아니, 집까지 바래다줄 수 있어요. 가시죠."

"오늘 당신 고생 많았어요. 세화도. 조만간 또 만납시다. 눈길 운전 조심!"

"네, 김 기자님. 다음엔 제가 멋진 식사 대접할게요. 안녕."

"고마워. 조심해 잘 가요."

한 달 후, 세화가 두 분을 위해 식사 대접하는 날이었다. 김준수와 동백은 다행히 음식궁합이 맞아 생선 요릿집으로 갔다. 김준수는 아나고 세꼬시 메뉴를 보고는 부산 광안리에서 먹었던 추억을 떠올렸다.

"동백 씨, 우리가 자갈치 시장에서도 먹었던 그 아나고 세꼬시!"

"하므. 그기 부산 토산물 아입니꺼? 어릴 때 마이 묵었지에."

세꼬시회는 두 사람에게 추억의 공감을 불러일으켜 화학적 케미를 높였다.

"요즘은 황혼 녘 서쪽 놀을 보는 게 참 좋아졌어요."

동백의 말에 준수는 다음과 같은 소회를 밝혔다.

"그래요? 당신도 나이가 들어가는 모양이네요. 나는 달구경 취미가 생겼어요. 소나무 가지에 걸린 보름달, 송월! 기가 막히지요."

"그래요? 저는 밤무대 생활을 오래 해서인지, 달 구경할 시간이 별로 없었어요."

"왜, 내가 전에 말했잖아요. 떨어져 있어도 보름달 보면서 서로 안부를 전하자고요."

"그랬었지요."

"엄마, 나는 반짝이는 별이 좋아. 스타!"

세화는 '동박새 사연'이란 우리말과 일본어 버전의 트로트 신곡을 냈다. 그런데 가사는 김준수가 20대 계엄군일 때 동백섬에 놀러 가서 읊었던 즉흥시를 변형시킨 것이었다.

세화는 또 '동백아가씨', '열애', '돌아와요 부산항에', '모란 동백', '상사화', '공수래공수거' 등 우리 가요를 일본어 버전으로 바꾼 신세대풍의 곡도 취입했다.

"우리 세화가 정말 스타가 되려나 보다."

"이 대목에서 세화의 음반 취입을 축하하며 건배, 청바지!"

청바지는 '청춘은 바로 지금부터'라는 건배사였다.

동백은 오랜만에 맞은 화기애애한 분위기에 행복감을 만끽했다.

"우리 여보는 마음 미남이네요."

"우리 당신은 마음 미녀구요."

"그나저나 우리 언제 합칠래요?"

소주를 몇 잔 마신 동백이 단도직입적으로 물어봤다.

"당연히 합쳐야지요. 세월은 화살처럼 빠르게 날아가는데…."

"서로 가련하게 여기는 측은지심, 이것만 있으면 돼요."

"그래요. 우리는 살아온 날들보다 살아갈 날들이 적은 저녁 마당에 서 있어요."

"그러니 세화 아빠, 어떻게 빨리 결정지어요."

"세화 아빠?"

"아니 이가 빠져서 말이 헛나왔나 보네요. 미안해요."

이때 세화가 끼어들었다.

"두 분 다 저를 따라하세요. '우심뽀까?'"

"그게 무슨 소리야?"

"응, 우리 심심한데 뽀뽀나 할까? 자 따라 해보세요."

"우심뽀까? 하하."

"우심뽀까? 호호."

"뽀뽀해! 뽀뽀해! 호호호."

세화의 말에 두 사람은 서로 살며시 포옹하면서 뽀뽀하는 시늉을 했다. 포근한 가슴에 안긴 두 사람의 표정은 꿈을 꾸는 듯했다.

"김 기자님은 꼭 쓰고 싶은 멋진 작품을 쓰시고, 엄마는 노래 자원

봉사 활동 열심히 하면 돼요. 두 분 다 건강하니까, 합치는 건 시간문제겠죠?"

"그래, 조만간 모두에게 좋은 일이 있을 거야."

"아참, 나 다음 달에 대학로 소극장에서 단독 콘서트해요. 두 분 꼭 손잡고 같이 오셔야 해요. 알았죠?"

"당연하지. 우리 딸 첫 공연인데."

"당근이지. 지난번 난영가요제 대상자 인터뷰 기사를 판넬로 만들었어, 그거 가지고 갈게."


며칠 뒤, 동백은 김준수로부터 전화 한 통을 받았다.

"나예요. 먼저 말할게요. 기봉이 삼청교육대 보상금을 탈 수 있게 되었어요. 그리고 당신도 황룡봉사상 의(義)상 수상자로 확정되었네요. 그리고 또 있어요."

"아니, 지금 당장 만나서 얘기해요."

"그래요. 세화도 같이 나올 수 있으면 좋겠구. 박 형사도 올 거예요."

그야말로 세화네 집에 상복이 터졌다. 그 집안은 3대에 걸쳐 적선(積善·착한 일)을 쌓았던 모양이었다. 세화는 몇 달 전 난영가요제 대상자로 이미 상금을 받았다.

박 형사는 다음과 같은 수상 소식을 전했다.

"기봉 씨는 국내 마약범죄 단속 포상자로서 위로금을 받는 수상자로 선정되었어요. 또 동백 누님은 국제 마약조직 검거 포상자로서 한

국과 일본의 수사당국으로부터 각각 일정액의 포상금을 받게끔 되었습니다. 동백 누님 축하드립니다."

"아, 그리고, 기봉 씨가 고인이 되었으므로 포상금은 그 친족인 동백 누님이 받게 되었습니다. 다시 한번 축하드립니다."

"음, 기봉이 기봉했고, 동백이 동백했네, 그려."

김준수는 기봉과 동백의 삶을 옆에서 지켜본 사람으로서 이렇게 평가했다.

46년 전 비상계엄이라는 암흑 속에서 동백과 기봉은 고향을 떠나 각자 도생의 길을 걷다가 우연찮게 범죄소탕이라는 사회적 공익에 결정적 도움을 준 의인이 되었다. 세상엔 이렇게 이름 없는 무명의 민초들이 작은 영웅, 챔피언, 승리자가 되는 경우가 종종 있었다. 그렇게 따진다면 스스로 히트맨이 되어 형무소에 들어간 나카무라도 일본 야쿠자와 한국 조폭이 연계된 북한 마약판매 정보를 알림으로써 정의의 길을 걸은 셈이었다. 국제 마약범죄 조직 소탕전은 물샐틈없는 한·일 수사당국의 공조로 이뤄낸 쾌거였다. 두 나라 사람들이 합심해서 공동선을 이룬 것이었다. 사실 수훈갑은 가나야마, 김재학 회장이었다.

"박 형사, 그동안 고생 많았네. 고마워."

"아니 형님이 주도해서 이런 경사들이 난 거지요. 아참, 저도 황룡봉사상 충(忠)상 수상자가 되어 1계급 특진됩니다."

"축하, 그럼 무궁화 두 개 경감? 박민혁 경감님 축하합니다!"

"형님이 언론사에 추천해주셨잖아요. 이 은혜를 어떻게 갚아야 할지?"

"그 말 한마디로 족해. 나야, 뭐. 동백 씨가 계엄 때 먹고 살려고 일본으로 갔다가 한·일 두 나라를 위한 공을 세운 것이지."

"형님, 기봉 씨가 참 안 됐어요. 공공의 적을 물리친 영광을 같이 누렸어야 했는데…."

"박 형사님, 우리 기봉이가 하늘에서 다 내려다보고 기뻐할 거예요. 누나로서 감사드립니다."

박 형사는 포상금을 받게 되면 고인이 된 기봉을 위로하는 작은 성의를 표하고 싶다고 말했다.

"형님, 기봉 씨가 어렵게 키운 조카 세화가 커서 가수가 됐잖아요. 그러니 저의 작은 성금으로 세화의 음반을 구입해서 동료와 지인들에게 나눠주고 싶습니다."

"아니, 왜?"

김준수와 동백이 만류했지만 박 형사의 고집을 꺾을 수는 없었다.

"형님, 형수님! 아닙니다. 저의 작은 성의를 마다하지 마세요. 저는 형님 덕분에 특진도 했는데요."

"박 형사, 담주 시간 나면 같이 밥이나 먹지."

동백은 국가보상금을 준수와 같이 살 소박한 보금자리를 마련하는 데 보태고 나머지는 자신이 노래하는 여러 곳의 노인요양시설에 얼마큼씩 기부할 작정이었다. 동백과 세화, 기봉, 그리고 박 형사. 이들은 계엄군이었던 김준수의 20대 군대 시절 인연이 닿아서 만난 운명 같은 사람들이었다.

드디어 세화의 단독 콘서트가 대학로 K 소극장에서 열렸다. 행사 진행을 맡은 남자 MC는 신인가수 세화에 대해서 소개했다.

　"세화 씨는 지난번 난영가요제에서 '목포의 눈물'과 '열애' 두 곡을 불러 대상 수상자가 된 실력파 가수입니다. 싱어송라이터인 그는 최근에 자신의 자작곡인 '동박새 사연'을 선보여 팬덤을 확보하고 있는 중입니다. 여러분의 많은 관심과 뜨거운 사랑이 필요합니다. 자~ 그러면 가수 세화가 부를 노래를 소개해드리겠습니다. 신곡 '동박새 사연'입니다. 뜨거운 박수 많이 보내주십시오. 감사합니다."

　그날 세화가 '동박새 사연'을 부르고 나자 청중의 환호와 박수갈채가 이어졌다. 일단 성공적이었다. 노래를 마친 세화는 마이크를 잡고 '동박새 사연'에 얽힌 토크를 이어갔다.

　"이 곡의 가사는 46년 전 계엄군과 부산의 한 여인이 동백섬에 놀러 갔다가 지은 즉흥시를 활용한 겁니다. 그때 동백섬 데이트를 즐긴 두 분이 저기 계십니다. 무대로 잠시 모시겠습니다."

　객석에서 환호성이 터져나왔다.

　"두 분, 무대로 올라오세요."

　스포트라이트를 받은 반백의 두 남녀는 멋쩍은 표정을 지으며 무대로 올라갔다.

　"여기 동백 씨는 저의 어머니입니다. 일본에서 가수로 활동하다가 지금은 귀국해서 노인복지단체에서 노래강사로 활동 중입니다. 그리고 이분은 즉흥시를 썼던 주인공입니다. 기자로 활동하다가 지금은 소설가로 늦깎이 입문해서 작품을 쓰고 있는 작가입니다. 이 두 분의 노래를 한번 들어볼까요?"

"네, 좋아요."

관객들의 합창은 우렁찼다.

가수인 동백은 마이크를 잡고 윤시내의 '열애'를 먼저 부른 뒤 앵콜곡으로 '오사카의 황혼(大阪暮色)'을 일본어로 불렀다. 관객들의 반응이 예상외로 뜨거웠다. '오사카의 황혼'은 1985년 계은숙이 일본 무대에서 불러 일약 '엔카의 여왕'에 등극한 유명한 노래였다. 많은 MZ 관객들은 일본어 노래에 반감은커녕, 오히려 친근감을 표현했다. 최근 들어 몇몇 방송사에서 한일 가수들이 공동으로 출연, 경합을 벌이는 것과 무관치 않아 보였다. 게다가 젊은이들이 가장 선호하는 해외 여행지는 단연 일본인 것도 영향을 끼쳤을 것이다.

세화는 다시 마이크를 잡고 즉흥시를 썼던 김준수 씨에게 노래 한 곡을 신청했다. 그러자 김 씨는 스스럼없이 동백과 함께 '돌아와요 부산항에'를 부르겠다고 했다. 가수인 동백은 물론이거니와 김 씨의 노래 실력 또한 관객들의 인정을 받았다.

"가수 뺨치는 실력입니다. 아찌, 더 늦기 전에 가수 데뷔하세요. 네에?"

두 사람이 무대에서 내려간 뒤 세화는 다시 마이크를 잡았다. 그러고는 동백꽃과 동박새의 얽힌 사연을 이야기했다.

"겨울에 꽃을 피우는 동백꽃은 벌과 나비가 활동하지 않는 계절임으로 암수 나무의 수정을 동박새에게 의존합니다. 그래서 동백꽃은 추위를 무릅쓰고 꿀을 만들어서 동박새의 노고에 보답하고자 합니다. 이들의 상생의 조화가 아름답지 않나요?"

"네에!"

관객들의 대답 소리가 우렁찼다.

"우리도 저 동백꽃과 동박새처럼 서로 도우며 사랑하며 살아갔으면 좋겠습니다. 그러면 제가 40여 년 전 젊은 연인들이 읊었던 즉흥시를 읽어보겠습니다. 잘 들어주세요."

"동백이 엄동설한에 활짝 미소 짓는 것은/ 동박에게 꿀 한 모금 더 주기 위함이다/ 동박이 날아가면 동백은 송이째 목을 꺾어 그 절개를 드러낸다/ 빨간 선혈로 다시 피어난 동백은/ 목을 빼고 동박을 기다린다/ 동박아! 내가 이 세상에서/ 너에게 영원히 주고 싶은 것은/ 꿀 사랑이야."

세화가 시를 다 읽자 관객들은 "너에게 영원히 주고 싶은 것은?", "꿀 사랑이야!"를 연호하면서 환호작약했다. 객석의 환호와 열띤 호응으로 장내 열기가 한껏 고조되자 세화는 전혀 예상치 못한 상황에 기뻐서 어쩔 줄 몰랐다. 이날 세화의 첫 단독 콘서트는 성공적이었다.

객석에 앉아 지켜보던 김준수와 동백 또한 감격의 눈물을 쏟았다. 그때 동백이 무겁게 닫았던 입을 천천히 열었다.

"세화 아빠! 세화가 당신 딸 맞아요. 왜, 내가 하룻밤에 만리장성을 쌓는다는 말을 여러 번 했잖아요."

"아, 정말? 세화가 내 딸이 맞아요?"

"글쎄 그렇다니까요."

"세화야! 세화야! 세화야!"

김준수의 눈물 젖은 바리톤 목소리는 공연장의 천장과 공간 사방에 부딪쳐 장내에 공명을 일으켰다.

첫 콘서트를 성공리에 끝낸 세화는 기쁨 반, 설렘 반 흥분의 상태였다. 동백, 김준수, 세화 이 세 사람은 로비의 찻집에 앉아있었다.

"세화야, 너의 실력을 오늘 내 두 눈, 두 귀로 확인했어."

가수 선배인 동백이 세화의 능력을 인정했다.

"세화야, 장하다. 너의 실력은 이미 내가 심사해서 잘 알잖아."

"세화야, 이분이 네 친아빠다. 인사드려라."

"어? 어! 왠지 난영가요제 마치고 인터뷰할 때부터 난 어렴풋이 느끼고 있었어요. 아빠라는 걸."

"피는 못 속이는 거야. 딸이 아빠의 체취를 맡고 알아보는 거, 그게 조물주의 섭리가 아니고 뭐냐?"

"그래요. 아빠! 이렇게 처음으로 불러보네요. 아빠, 이제 우리 헤어지지 말고 영원히 같이 행복하게 살아요."

"세화야! 고맙다. 내게 너와 같은 자랑스러운 딸이 있다고 생각하니 감개무량하구나. 고맙다. 세화야!"

"아빠!"

세화는 김준수에게 다가가 그의 품에 와락 안겼다.

"아빠, 조만간에 기봉 삼촌과 할머니한테도 가보고 싶어요."

"그래, 그러자꾸나. 돌아가신 분들의 고마움을 잊어선 안 되겠지."

이를 바라보는 동백의 얼굴에 모처럼 환한 웃음꽃이 피어났다.

카페에서 일어나 공연장 로비로 나오자, 박 형사가 손에 앨범을 들고서 급히 뛰어왔다.

"형님, 제가 좀 늦게 와서 뒷자리에서 공연을 봤어요. 세화 씨, 정말 짱입니다. 행복한 시간이었습니다. 무엇보다 음악은 저에게 희망을 주었어요."

"무슨, 희망요?"

"매일 도둑놈들을 만나야 하는 스트레스를 싹 날려주었어요. 세화 씨 노래 듣고 내 지친 영혼이 말끔히 치유되었습니다."

"와, 정말 잘 되었네요."

"세화 씨, 여기 앨범에 가수님의 사인을 부탁드립니다."

박 형사는 황룡봉사상 상금을 받은 뒤 세화의 새 앨범을 대량 구매해서 동료와 지인에게 나누어주겠다고 말했다.

"세화 씨는 부모님의 DNA를 듬뿍 받은 거 같아요. 노래며 작사 작곡 실력이 보통이 아닌 것 같습니다. 앞으로 크게 성공할 거예요."

"고맙네, 오늘부로 자네를 세화의 홍보대사로 임명합니다."

"형님, 영광입니다."

"박 형사님! 감사합니다. 이렇게 우리 딸에게 각별한 관심을 가져주셔서. 오늘은 제가 식사 대접을 하고 싶은데요."

"아닙니다. 제가 조만간에 따로 날 잡아서 형님과 형수님, 세화 씨를 모시겠습니다."

"그래요 그럼. 박 형사 고마워! 또 연락하자구."

"아저씨, 안녕히 가세요. 또 봬요."

"여보! 오늘은 어디로 가실 거지요?"

"어디긴요? 당신과 딸이 살고 있는 곳이지요."

'행복한 집은 다 같은 이유로 행복하고, 불행한 집은 각기 다른 이유로 불행하다'는 톨스토이의 말은 정말인 것 같았다.

# 에필로그

2024년 12·3 비상계엄을 선포한 대통령 V는 2025년 4월 4일 파면됐다. 비상계엄 이후 6개월이 흐른 2025년 6월 3일 대통령 보궐선거가 있었다. 새로운 권력이 들어서자 V는 그해 7월 10일 다시 구속됐다. 그로부터 한 달 후 그 부인 V0도 구속됐다. 헌정사상 부부의 동시 구속기소는 전례가 없는 일이었다. 화무십일홍, 권불십년이란 말은 맞아떨어졌다. 한때 절대 권력의 앞에서 애완견처럼 꼬리를 흔들던 아첨꾼들은 난파선에서 먼저 뛰어내리려고 아귀다툼을 했다. 권력의 속성상 사라진 권력에게서 안면을 몰수하는 배신자들이 속출했다.

V0는 "가장 어두운 밤에 달빛이 밝게 빛나듯, 저의 진실과 마음을 바라보며 이 시간을 견디겠다"며 선문답 같은 말을 남겼다. V와 V0, 두 사람은 40도의 여름 폭염 특보와 열대야가 기승을 부리던 때에 에어컨도 없는 2평 남짓한 독방에 갇혔다.

한편 새로운 권력의 앞잡이가 된 망나니들은 시퍼렇게 날 선 칼을 빼 들고 어지럽게 칼춤을 추었다.

"도쿠(Dog), 가서 물어!"

목줄 풀린 사냥개들은 으르렁거리며 사냥감을 들쫓았다.

역사는 반복되는가. 꼭 9년 전 V는 정권의 전위가 되어, '조선 제일 검(劍)'을 휘두르며 전직 대통령 P를 구속시켰다. 또 정치권력과 좌파 시민단체의 표적이 된 S그룹 총수도 잡아넣었다. 그때 정치 검사들 사이에서는 "재벌을 무조건 잡아넣어야 뜬다"는 공명심에 사로잡혀 있었다. 칼잡이들은 권력이 바뀔 때마다 양지와 음지를 오가며 해바라기를 꿈꾸었다. '칼로 흥한 자 칼로 망한다'는 명언은 여전히 진리였다. 그럼에도 '독이 든 성배(聖杯)'를 탐하고 이카루스의 추락을 마다하지 않는 정상배들은 여전히 권력 앞에 장사진을 치고 있다. 입만 열면 국민을 위한다는 정치 구호는 결국 거짓으로 끝날 것들이었다. 쟁욕도과(爭欲倒戈), 욕심 때문에 배신하는 자들도 줄줄이 나타났다.

"모두들 공황 상태였다. 서로를 이해하지 못했으며, 저마다 오로지 자신에게만 진리가 있다고 생각하였다. (중략) 누구를 어떻게 재판해야 할지 알지 못했고, 무엇을 악으로, 또 무엇을 선으로 여겨야 할지 의견의 일치를 볼 수가 없었다. 누구를 유죄로 하고, 누구를 무죄로 할지도 알지 못했다. 사람들은 어떤 무의미한 증오에 사로잡혀 서로를 죽여 갔다."

김준수 씨는 150년 전 제정 러시아 배경의 도스토옙스키 소설 『죄와 벌』을 읽고 있었다. 이기적 이상주의에 사로잡힌 초인(超人), 이성을 잃은 탐욕 등 우리 사회와 비슷한 동시대성을 드러낸 작품이어서 묘한 기시감에 빠져들었다. 그 기시감은 때와 장소만 달랐을 뿐, 불행한 역사의 반복 같았다.

"호수 위 달그림자를 쫓는 느낌이다."

V는 아직도 그렇게 생각하고 있을까?

오만과 편견이 빚은 달그림자는 햇볕에 바래 역사가 되었고, 달빛에 물들어 신화가 되어 끝내 불가사의한 전설로 남았다.

# 계엄의 추억

김동철 지음

| | |
|---|---|
| 발행처 | 도서출판 **청어** |
| 발행인 | 이영철 |
| 영업 | 이동호 |
| 홍보 | 천성래 |
| 기획 | 육재섭 |
| 편집 | 이설빈 |
| 디자인 | 이수빈 \| 구유림 |
| 인쇄 | 정우인쇄 |

등록      1999년 5월 3일
          (제321-3210000251001999000063호)

1판 1쇄 발행  2026년 1월 5일

주소      서울특별시 서초구 남부순환로 364길 8-15 동일빌딩 2층
대표전화  02-586-0477
팩시밀리  0303-0942-0478
홈페이지  www.chungeobook.com
E-mail    ppi20@hanmail.net

ISBN      979-11-6855-418-4(03810)